雨花忠魂

雨花英烈系列纪实文学

浩气长存

周镐烈士传

胡继云 著

江苏凤凰文艺出版社
JIANGSU PHOENIX LITERATURE AND ART PUBLISHING

图书在版编目（CIP）数据

浩气长存：周镐烈士传 / 胡继云著. -- 南京：江苏凤凰文艺出版社，2022.8（2023.5重印）
（雨花忠魂：雨花英烈系列纪实文学）
ISBN 978-7-5594-6653-2

Ⅰ.①浩… Ⅱ.①胡… Ⅲ.①纪实文学－中国－当代 Ⅳ.①I25

中国版本图书馆 CIP 数据核字（2022）第 044157 号

浩气长存：周镐烈士传

胡继云 著

出 版 人　张在健
责任编辑　姜业雨
封面设计　马海云
责任印制　刘　巍
出版发行　江苏凤凰文艺出版社
　　　　　南京市中央路 165 号，邮编：210009
网　　址　http://www.jswenyi.com
印　　刷　阳谷毕升印务有限公司
开　　本　880 毫米 ×1230 毫米　1/32
印　　张　9.125
字　　数　210 千字
版　　次　2022 年 8 月第 1 版
印　　次　2023 年 5 月第 2 次印刷
书　　号　978-7-5594-6653-2
定　　价　36.00 元

江苏凤凰文艺版图书凡印刷、装订错误，可向出版社调换，联系电话 025-83280257

“雨花忠魂·雨花英烈系列纪实文学”
丛书编委会名单

青春多壮志　热血谱华章

中共江苏省委书记、省人大常委会主任　吴政隆

英雄是民族最闪亮的坐标。翻开我们党一百多年非凡的历史篇章，一代又一代中国共产党人以“为有牺牲多壮志，敢叫日月换新天”的英雄气概，为国家富强、民族复兴、人民幸福甘洒热血、奉献生命，谱写了一曲曲感天动地的英雄壮歌。南京雨花台，是新民主主义革命时期共产党人集中殉难地，在这里英勇就义的革命烈士留下姓名的就有 1519 名。他们正值青春年华，大部分出生于富裕家庭、受过高等教育，牺牲时平均年龄不到 30 岁。他们用鲜血浇灌理想、用生命捍卫信仰，留下了气壮山河、彪炳史册的事迹，展示了中国共产党人的崇高理想信念、高尚道德情操、为民牺牲的大无畏精神，在中华民族伟大复兴的历史征程中树立起不朽的精神丰碑。

习近平总书记指出，“对中华民族的英雄，要心怀崇敬，浓墨重彩记录英雄、塑造英雄，让英雄在文艺作品中得到传扬，引导人民树立正确的历史观、民族观、国家观、文化观”。中共江苏省委宣传部和江苏省作家协会组织创作的《雨花忠魂·雨花英烈系列纪实文学》丛书，以文学的形式记录英雄、礼赞英雄，讲述了朱杏南、周镐、赵景升、胡廷俊、陈处泰等雨花英烈的革命事迹，让我们

透过文字穿越历史，感受先烈们舍家弃业只为“寻找光明而快乐的路”的不灭信仰，感受先烈们“打断了双腿，也打不断共产党人坚强意志”的不屈灵魂，感受先烈们慷慨赴死“只求换得光明”的不朽精神，具有重要的历史见证价值、文明传承价值和思想教育价值，也为党史学习教育常态化长效化提供了生动教材。

在江苏这片深深浸染先烈鲜血的红色热土上，全省人民牢记习近平总书记的殷殷嘱托，坚决扛起“在改革创断、推动高质量发展上争当表率，在服务全国构建新发展格局上争做示范，在率先实现社会主义现代化上走在前列”的光荣使命，奋力谱写“经济强、百姓富、环境美、社会文明程度高”新江苏现代化建设新篇章。新的征程上，我们要坚持用习近平新时代中国特色社会主义思想武装头脑，大力传承弘扬雨花英烈的精神风范，用英雄的火炬照耀前路，将使命化为担当，将责任化作奉献，在先烈先辈们用生命和鲜血开辟的道路上不懈奋斗、永远奋斗，奋力书写无愧于时代的壮美篇章，这是对英烈最好的告慰。

天地英雄气，千秋尚凛然。雨花英烈永垂不朽！雨花英烈的精神风范将永远铭记在我们心中！

是为序。

目　录

第一章
走出罗田

求学

一

风吹过来，太阳躲在云层里，迟迟不肯出来。

风吹过去，山雀停在树枝上，懒懒地啄着苦楝子。

风吹过来，又吹过去，总有几片茅草叶在头顶上飘来飘去，迟迟不肯落下——那是山坡上吹来的枯草叶。

1910年1月的寒风，吹拂在湖北省罗田县南郊的集市上，那些赶集的人便浸透在这阴冷中，不停地用双手搓搓脸，仿佛那样就能取暖。

卖柴的汉子周玉庭却丝毫没有感到寒冷。他的心里暖暖的，因为他的妻子这几天又将为周家添丁，这是家里的大喜事。这个勤劳的汉子做梦都想把小日子过好，所以，他就拼命地打柴、卖柴，每个集市都来赶——他没别的本事，也就这点干活的力气了，农闲时，多打些柴卖了补贴家用。

周玉庭的目光热切地盯着每个从他柴火边经过的人，期待他们能停下脚步。

集市上的大脚老汉们走过来，又走过去，没人问他柴怎么卖，他们想买的大多是做农活的工具，或者是能打磨时间的烟叶；集市上的小脚婆娘们来了一批，又走了一批，没人问他的柴好不好，她们想买的大多是做女红用的针头线脑，或者是裹脚布之类的东西。

卖不掉柴火，也是正常的事。卖不掉不要紧，把柴火担回家，下个集再担来继续卖就是，总有卖掉的时候。周玉庭就是这样乐观，他的乐观来自他的先辈，人穷精神不能穷，这样的日子才有意义。周家人这种乐观的家风，他会把它传给下一代。

快散集的时候，周玉庭对卖掉柴火已经不抱希望了，正要收拾担子走人，却来了两个人。走在前面的高个子喊他："等等！"

周玉庭恭敬地答道："李先生您吩咐。"

李先生说："这柴火我买啦。"

周玉庭认得李先生。李家是罗田有名的富裕人家，李先生又是个乐善好施的人，不认识他的人很少。

李先生买了柴火，就让随行的长工把钱放到周玉庭手上。周玉庭掂了掂钱，又数了一下，对李先生说："要不了这么多。"说着，就要把多余的钱退还给李先生。

李先生摇头笑道："看你这么辛苦，也不容易，你就收着吧。"

周玉庭说："我哪能多收李先生的钱？"硬要把钱还过去。

随行的长工说："你就拿着吧。李先生今天为少主人请了私塾老师，家里的女公子也要跟着一起拜师呢，这是喜事，他高兴，你就拿着吧。”

周玉庭说：“恭喜李先生了！ 女公子一定很聪明。”

李先生笑道：“她才三岁，倒是也能看出一点点聪明劲来。”

周玉庭吃惊道：“才三岁就请私塾先生了，还是个女孩！”

李先生说：“现在朝廷都讲究‘新学’啦，不论男孩女孩，以后都一样能读书了。”

李先生的话让周玉庭感到很新鲜，但自己对“新学”这个东西似懂非懂，所以没法接下话茬儿。 周玉庭说：“我把柴给李先生送到门上吧。”

李先生说：“不用，不用，我带着人来就是要自己担回去的。”

周玉庭给李先生鞠了一个躬，看着李先生带着长工离开了。 其实真正能买柴火的，都是当地的富裕人家，穷人家哪里需要买柴火，自己上山下坡去打几捆就是了。

周玉庭正在思量着给家里孩子们买点什么好吃的带回去，他的邻居远远跑来喊他：“玉庭哥，快回家去！”

周玉庭问：“都散集了，你跑来干什么？”

邻居说：“我来给你报信啊！ 嫂子生啦，家里叫你买点红糖、胡椒带回去，好给嫂子补月子！”

周玉庭吃惊道：“啊？ 今天就生啦！ 男孩女孩？”

邻居说：“男孩！ 又是一个带把子的！”

周玉庭高兴地拍一下大腿说：“好！ 好！”

周玉庭立即买了红糖、胡椒、糕点，和邻居急急往回赶。

周玉庭跑到家门口的时候，头顶上的太阳忽然露出脸来，眼前的老塔山也明晃晃的，天也仿佛变得一点都不冷了。 周玉庭舀起门前缸里的水喝了一口，咂一下嘴，挺享受的。

这一刻，老塔山前的风很轻柔，轻柔得如纤纤玉手抚摸面颊。

这一刻，老塔山前的水很清冽，清冽得如细细甘泉沁人心脾。

周玉庭想：我这儿子不简单，头顶本来是阴天，现在不阴了；天气本来是冷的，现在也不冷了。这是我儿子的降生带来的！

周玉庭听到屋里婴儿的哭声，便一头撞了进去。看到婴儿把手放在嘴边的可爱模样，他不觉咧开嘴笑出声来。

妻子问："叫个什么名字？"

周玉庭忽然想到李先生家给三岁女儿认老师的事，便抓抓头皮想了一下说："我们一家没有一个识字的，今天我们也转转文，起个能识字的名字——按辈分取名，叫继文吧！"

妻子说："周继文？这个名字文绉绉的，好，真好！"

继文的出生，让周玉庭的父亲也很高兴。他掐指一算时辰，认为孙子继文以后必有作为，一高兴，对周玉庭说："我山顶上那几亩薄田，你拿去种，好好养活孩子。"

这一天，是公元1910年1月21日，农历宣统元年12月11日。

这一天出生的周继文，后来又叫周治平、周道隆、周镐。在这些名字中最响亮的，便是"周镐"，身份是国民党军统局南京站少将站长、国民政府军事委员会京沪行动总队南京指挥部指挥、蒋介石直接委派的接管汪伪政权的"接收大员"。

周镐的出生地是湖北省罗田县三里桥乡七里冲的周家垸，这里现在是罗田县凤山镇老塔山村。

周玉庭在给孩子取名的时候，怎么也没有想到，这个孩子有一天会与富裕人家的女公子李华初发生千丝万缕的联系，而这个富裕人家的主人，就是这天在集市上买了周玉庭柴火的李先生。

二

小小的继文慢慢生长着。罗田的景色仍旧那么旖旎，七里冲的河水仍旧那么清澈，老塔山的秋风仍旧那么轻柔。农家汉子周玉庭仍旧坚持着打柴、卖柴，以此来补贴家用。

继文快到两岁的时候，周玉庭到罗田城里卖柴。他担着柴火路过李先生家门前时，李先生正带着自家的长工在放鞭炮，那李先生，正笑容满面。噼里啪啦，鞭炮声传得很远，引得进城赶集的人们不远不近地围观。

周玉庭想，这李家是不是又有了大喜事，是不是又添人口了？

李先生却站在大门外的石阶上，对着路过的熟人和赶集人拱手，高声道："湖北军政府成立了，大喜啊！湖北军政府成立了，大喜啊！"

周玉庭很茫然，不知道这"湖北军政府"是什么意思，却也不好问别人。看李先生的高兴劲儿，就知道是好事。

正在这时，大街上好多个地方也响起了鞭炮声，也有人跟着高喊："湖北军政府成立了！湖北军政府成立了！"

弄了半天，周玉庭才弄清楚：湖北省独立了，不受清朝政府的管辖和统治了！

这怎么可能？湖北是大清的湖北，它能说不听皇帝的就不听皇帝的了？

接下来的两个月后，就有确切的消息传到罗田——皇帝下台了，不当皇帝了！大清朝没有了！

周玉庭和他的村邻们几乎不相信所听到的、所看到的，难道几千年的皇帝说没有就没有了？

但这是真的！

辛亥革命爆发，最著名的武昌起义就发生在距离罗田县三百来里的地方。武昌起义触发了封建王朝的根基，引发了诸多南方省份的独立，短短时间内就导致了大清的灭亡，宣告了我国封建制度的结束，开启了民主共和新纪元。接下来，中华民国临时政府成立、北洋时期南北对峙、五四运动、中国共产党诞生、国共合作、北伐战争、国共分裂……这些，都发生在其后不久的那些年里。

冥冥之中，似乎预示着七里冲周家垸周玉庭家孩子——周继文的命运，与这个动荡不安的时代休戚相关。

无论世道如何变化，周家的日子似乎都照旧。周家垸的百姓们也还是像从前一样贫穷。

从继文出生的那天起，周玉庭就谋划着孩子读书的事。

周家世代务农，一代一代贫穷地生活在老塔山边。中国几千年的小农经济，让千百万农民苦苦坚守着土地，而他们所坚守的土地，又往往不是自己的土地，他们只能靠租种和扛长工来养家糊口。罗田山区的人，有的会在山顶或荆棘丛生的地方开垦几亩薄田，哪怕能收上几斤粮食也是好的。到周玉庭这一代，他的膝下已有四男三女，但家中一贫如洗，只能靠几亩薄田和出苦力养活这几个孩子。那几亩山顶、山坡上的薄田，实在是贫瘠得很，真是兔子不拉屎，少有收成；遇到灾荒年，更是颗粒无收。周玉庭想，如果哪一天他忽然没了力气，这七个孩子会不会被饿死？

他很清楚，想靠体力挣下肥田、产业，那几乎是不可能的事。

每次无米下锅时，妻子都会吧嗒吧嗒地掉眼泪。

妻子说："怎么办？"

还能怎么办？当然不能饿死，只能设法找吃的。周玉庭一句话也不说，就出去了。

周玉庭到田野里和坡地上跑上一天或者半天，会挖来一些竹根、芦根、野麦冬根，或是摘来几个野果子。反正生吃也罢，煮水喝也罢，多少能让孩子们果一下腹。运气好的时候，他还能捉回一只竹鼠，让全家能打上一顿牙祭。

到冬季，想找吃的就难了。每到寒冬，普通百姓家想吃饱肚子那是不可能的事，大多人家是天天挨饿，周玉庭家更是这样。

没吃的，再没办法也得想办法。周玉庭喜欢打柴火，那柴火里面也能找到一点吃的。周玉庭把柴火劈开，柴火的中间藏着一条扁扁的、长长的白色虫子。周玉庭把虫子放在火里烤，烤得油亮金黄。

周玉庭把虫子放在手掌心，伸到孩子们面前，问他们："只有一条虫子，你们谁能把它吃了？"

孩子们看看，流着口水，可谁都不敢吃。

继文说："能吃吗？"

周玉庭说："那就你吃吧。你是小男子汉，就看你敢不敢吃了！"

继文接过虫子，咬了半截到口中，嚼几下，才知道这虫子真好吃。继文把剩下的半截虫子塞到大哥继先口中，让继先吃掉这剩下的半截——继先大哥最辛苦，天天照顾弟弟妹妹，还帮父母干农活。

继文和大哥继先把嘴里的虫子咽下后，几乎是同时大喊出来："太好吃啦！"

他们这一喊，其他的兄弟姐妹就眼巴巴地看着他们，口水一下便流淌下来。

继文说："我们一起找虫子吃！"

这一天，他们兄弟姐妹七个一口气找到了八只这样的虫子，每人一只地烤着吃了！剩下的一只虫子，继文捧给了爷爷。爷爷看着手中的虫子，眼泪下来了。爷爷说："这孩子，小小年纪就知道孝顺，真是个好孩子。"

那种虫子，实际上就是天牛的幼虫。21世纪的今天，它已经成了一些地方桌上的"珍馐"，而那个时候，想吃到这样的虫子，也并非易事。

偶尔，周玉庭也会打回来一只野兔。兄弟姐妹都眼巴巴地看着那野兔，希望周玉庭能扒了兔皮，炖了兔肉，全家来一次大餐。但那是根本不可能的事——周玉庭会拿了那野兔，去罗田县城，到大户人家的门口，恭谦地用野兔换回几斤粮食。那粮食，兑上树皮或者野菜根，足够全家人细细吃上半个月甚至一个月的。

小小的继文，已经懂得了生活的不易。他对父亲说："您带上我，我和您一起去抓野兔换粮食吧。"

周玉庭问他："粮食好吃吗？"

继文说："好吃。"

周玉庭又问："虫子好吃吗？"

继文说："好吃，可是能吃的虫子不多。"

周玉庭说："你以后，也要当虫子。"

继文说："我是人，我不当虫子，更不能被人吃。"

周玉庭说："你要当'书虫'，去啃书，把天下的书都啃遍了，这样的虫子是好虫子，没人敢吃它。"

继文明白了，父亲是要自己当读书人。

父亲说："青黄不接的时候，满山满坡也找不到几个虫子，因为虫子不多；这兵荒马乱、天灾不断的日子，天下的读书人也不多。你看那些读书人，有几个会挨饿的？他们读了书就有了本事。我们这些百姓因为都不读书、不认识字、不当'书虫'，所以才穷，才会挨饿。"

周玉庭夫妻已经不止一次商议过，家里要培养出一个读书人，要让家庭风光起来，再也不受地主豪强欺负。夫妻俩商量的结果是：兄弟姐妹七个人中，继文最聪明，哪怕讨饭，哪怕夫妻两个都饿死，也要供继文读书。

那天，父母和大哥继先一起，带着继文前往私塾那里。继文背着母亲用蓝粗布为他做成的书包，一路很是开心。到了私塾门前，父母和大哥把继文交给私塾先生。在父亲的指导下，继文对私塾先生纳头便拜。

私塾先生摸着继文的头说："喜欢读书吗？"

继文说："喜欢！"

私塾先生问："读书认字以后你想干什么？"

继文说："不当穷人！"

私塾先生又问："那再以后呢？"

继文想了想说："叫天下穷人们都不当穷人！"

这话让私塾先生愣了半天，不禁感慨道："不简单，不简单！这孩子太聪明了，太有想法了，以后必成大器！你们放心吧，交给我，我一定会用心教他。"

那时的私塾学校，秉承着千百年来的私塾教育模式，学的是“四书五经”。对于很小的孩子来说，那些似懂非懂的文言文，让他们感觉很枯燥。所以，很多学生都学不好，背不熟，写不全。这时候，学不好的学生都要挨先生戒尺的。先生让学生们把手伸出来，用那戒尺打学生的手心。先生的打，是有度的：背、写错误少的学生，可以打轻一点，或者少打几下；背、写错误多的学生，就会打得重，多打几下，所以被打得哭鼻子的学生大有人在。

继文是从来没有被先生打过戒尺的学生。

过去的读书人，有名，有字，有号。继文从读书起，也是这样。在罗田文史资料中，这样介绍道：周镐，字道隆，又名周治平。

三

周家垸的日子平静得很。

周玉庭担着柴火，踏着 1924 年的阳光回到家门前。

那时，周镐正坐在门前教着姐姐认字，大哥周继先在一旁看着他们，眯着眼睛笑。

周镐看父亲过来，便放下书本接过父亲的柴火担子，放好。

周玉庭擦一把额头上的汗说：“我家继文也算是方圆十几里识字最多的人啦，这样总待在七里冲也不是个事啊。”

继先说：“我刚和继文商量这事的。现在都 1924 年啦，科举的事早就没人提了。我们周家要想有出路，要想读好书，总要把继文送到外面学堂里去的。关在小地方肯定不行，最多只能做个私塾先生，糊一口饭吃罢了。”

周玉庭说：“我在罗田县城打听过了，外面有新式学堂，可以出去找找。”

周镐早将一张报纸摊开在父亲面前，指点着告诉父亲，武汉城里有好多处学堂。

周玉庭担心地说：“我们小地方的人，那些大学堂能收我们？”

继先说：“那些学堂都是凭借成绩考进去的，不是随便收学生的。凭继文的成绩，我们怎么也要去考考试试。”

大家这样一商量，说干就干。周玉庭立即去床头的破箱子里，找出用破布包着的一把“积蓄”，交到周镐的手上。

大哥继先也从自己的床角旁边，拿来平时攒下的一点钱。

继先说：“加在一起，估计够盘缠和半年学费啦。”

这样，周家人一致决定把周镐送到武汉城里去读书。

周镐的母亲却是万万不放心，一个孩子孤身在离家几百里的地方读书，能行吗？

周镐说：“妈，我十四岁啦，也不是不懂事的小孩了。我能干活，能吃苦，再大的城市我也不会迷路，您就放心吧。”

说归说，商量之后，决定让大哥继先送周镐去武汉，待读书的事妥当之后，大哥再返回罗田。

1924 年，经历奔波，大哥继先和十四岁的弟弟周镐一起，踏进了相对繁华的武汉城。

二人先找了一家小旅馆住下。那旅馆是他们走了好几条街才找到的最便宜的一家旅馆。旅馆掌柜看到他们风尘仆仆的样子，问周继先他们从哪里来，要干什么。继先告诉掌柜，他是送弟弟来武汉求学的。他们打算明天在武汉寻找学堂，有合适的就报名考试。

掌柜打量着他们说：“从乡下到武汉城里来读书的人可不是太多，你们真不容易。”

继文说：“读书不分城里人乡下人，只要能读好书，就不怕吃苦。”

掌柜敬佩地竖起拇指说：“说得好，往前几辈子，谁还不都是乡下人？读书也不是专门给富人家、城里人的权利。”

继先和掌柜聊起武汉有哪些中学堂、哪个学堂最好。掌柜建议周镐去报考成城中学。

第二天，周继先就带着周镐找到了成城中学。到学校门口，正碰到一位老师从大门内出来。

继先拉着弟弟给先生鞠了一个躬，说：“先生，这里招收学生吗？”

先生打量了一下他们，说：“招啊，你们两个要报考吗？”

继先说：“我都二十多岁啦，哪里还能念书？是我弟弟。”

周镐恭敬地上前一步，对先生说：“先生，我想进您的学堂读书。”

先生弄清他们是从罗田赶来的，很是高兴。先生说：“看来我们学校还是有吸引力的，连黄冈、英山和罗田那边都有学生来，看来真是教育兴国了！”

先生指导了周镐报考方法。

成城中学招收学生，就是指定背两篇“四书五经”中的文章，再背出辛亥革命过程中那些充满激情的文章中的几句话，然后写一篇带有自己观点的小文章。这个过程看似简单，却是对学生知识面和对时局认识的考核。

周镐顺利通过，被录取为成城中学学生。

成城中学在武汉三镇很有名，是由前清举人创办的私立学校。那时的武汉比起其他地方，新学的创办蔚然成风。武汉的小学和中学，从创办者来看，大体分为两类：一类是公立学校，由张之洞等人发起，清政府以及后来的国民政府，在武汉创立了多所公立学校；另一类是私立学校。私立学校又分为两种，一种是洋人创办的私立教会学校，从晚清至1930年，武汉的教会学校共有二十八所；另一种是晚清和民国初年一些有识之士创办的私立学校。可以说，当时武汉的经济、文化、教育相比其他地方，都比较繁荣。

成城中学是新学，除学习文化科学知识外，还传播新思想、新观念。在这所学校中，孙中山的三民主义得到推崇。周镐认真阅读了孙中山的三民主义理论，对旧三民主义和新三民主义都有了自己的了解。周镐牢记父亲周玉庭的叮嘱，学习很是刻苦。

礼拜日，学校休息，周镐刚放下饭碗，就有几个年岁稍大一些的同学簇拥过来。

同学说："周治平，我们到街上宣传三民主义怎么样？"

周镐高兴地说："好啊！我随你们一起去！"

于是，一群学生走上街头，开始宣讲三民主义。大家还将宣讲内容刻印成传单，散发给过路人。

过路的几个老者赞叹道："朝气蓬勃，真是朝气蓬勃啊！"

四

在武汉读中学期间，年轻的周镐增长了不少见识。到底是大武汉，哪里是偏远乡下能比的？周镐每一天都为自己的见闻所兴奋，盼望着假期回乡，能把这外面的信息和潮流带回罗田去。

终于到了假期，穿着一身学生服的周镐回到了老家三里桥七里冲。一时，村上的人都来周家探望这个新式学生娃。

在大家的询问下，周镐给村邻们讲述了在武汉的所见所闻，和自己对家乡罗田的观点。周镐说："以后要有新观念，不能守旧了！"

村东的二大爷问："什么叫作新观念？"

周镐笑道："就说您二大爷吧，大清朝灭亡十几年了，您呢，还留着一头长发。"

二大爷呵呵笑道："这个，这个，一下剪光了还真不适应呢。"

岂止是二大爷，周家垸有好几个这样大年岁的人，都还留着长发。大清倒台后，民国政权要求剪掉长辫子，年轻人带头响应，可是老年人一时却适应不了，辫子是剪了，但是却留成了齐脖子的长发。

村西头的表姑问："对我们妇女有没有什么新'观念'？"

周镐笑道："那更有了。民国政府不允许缠足，可是呢，我们这里还是有那么多人缠足。你看这些才几岁的女孩，把脚缠成了残疾，以后还怎么种田、做家务？女孩也要和男孩一样，长大了做事情，不能落后，这样缠足可不好。"

表姑连连点头说："这个有道理，有道理！我家孩子就不许缠足了！"

有人问："听说武汉点灯不用油，是真的吗？"

周镐说："这倒是真的。武汉有汉口火力发电厂，是宋炜臣先生创办的既济电厂。这个电厂能一下点亮一万八千盏电灯。"

大家好奇地问："还有电灯？那要用什么火去点？"

周镐说："不用火，电灯是挂在高处的，通上电线，有拉线开关。开关一拉，灯亮了；开关再一拉，灯就熄了。它可比小油灯亮上几十倍、几百倍呢。"

周镐的话，让大家很是惊奇，都觉得武汉真是个神奇的地方："那不是天堂一样的日子吗？"

周镐说："只要大家努力，将来实现了三民主义，就家家都能过上比天堂还要好的日子了！"

自然，就有人问什么叫三民主义。周镐就耐心地说给大家听，大家听得似懂非懂，但都知道那是能给大家带来好处的"主义"，是家家都有地种、有粮食吃的"主义"。

周镐萌生了让更多乡下人、罗田人了解和理解三民主义的念头。

深夜，周镐不睡，把草纸裁成方块，在上面写上宣传三民主义的内容和口号。

第二天一早，周镐拉着大哥继先从七里冲去罗田县城。

到了县城，兄弟俩来到比较繁华的街道，周镐在集市上开始宣传三民主义。

周镐对着赶集的人们高声说道："现在已经是 1925 年，大家知道什么是三民主义吗？三民主义是孙中山创立的民主革命纲领。旧三民主义由民族主义、民权主义、民生主义组成，新三民主义又有'联俄、联共、扶助农工'。"

有人问："这位学生，三民主义能干什么？"

周镐见有人提问，便越发兴奋："通过三民主义的实施，我们中国要实现人能尽其才，地能尽其利，物能尽其用，货能畅其流，进而实现国富民强、天下为公的大同社会！"

大哥继先看着周镐一招一式的演讲，不觉看着他笑，心中说：我这个弟弟，一肚子都是才华，还敢在大庭广众之下大声说话，书没有白读啊。

周镐对继先说："大哥，你把我写的传单发给大家吧。"

于是，在这个本来平静如水的罗田县城，路人纷纷拿着周镐写在草纸上的"三民主义"，识字的认真地琢磨上面的内容，不识字的打算拿回家找识字的人给讲解讲解。

一位女学生静静地在人群外看着周镐。待人群散去之后，女学生走上前来，微笑着问周镐："请问你叫什么名字？"

周镐看着这个漂亮女生，爽快答道："我是三里桥七里冲的，叫周镐，也叫周治平。"

女学生说："你在哪里读书？"

周镐说："我在武汉成城中学。"

女学生不由赞道："哦！怪不得，原来是在大城市里读书的。你刚才说的三民主义，你手中有这方面的书籍和文章吗？"

周镐说："有，有，我带回来一些。可是我放在家里了，没有带来城里。"

女学生说："那你明天能不能带来，借给我看看？你放心，我看书很快的，看完了就立即还你。"

周镐连连点头说："行，我们明天还在这个地方见吧。"

女学生自我介绍，她叫李华初，住在李家大院，三岁就拜了私塾老师认字了，对时下的报纸书籍特别感兴趣。

大哥周继先一下明白了什么，仔细打量着李华初，知道这是罗田大户李先生的女儿。

罗田乡间的这一天，阳光特别温暖。

老塔山下的七里冲，清风特别柔和。

这一天，周家垸十五岁的学生周镐结识了罗田乡间大户人家十八岁的女学生李华初。

周镐和继先回到家里，父亲已经听别人说了周镐在罗田街头演讲三民主义的事。

周玉庭说：“我儿子出息了，懂得那么多。”

周镐不好意思了，笑着说：“都是在学校里学的。”

周玉庭又说：“我儿子给我长脸了。”

周镐更加不好意思了：“我勃勃（罗田方言：爸爸）真会说，您就别夸我了。”

继先告诉父亲今天弟弟周镐结识李先生家小姐李华初的事。继先说：“到底是大户人家闺女，说话、做事都一板一眼的。”

父亲称赞道：“都说李华初小姐既美貌又有才，我儿子能够结识华初小姐，也是我们穷人家的荣幸啊。”

周玉庭便说起周镐出生那天，李先生向他买柴火的事，不忘赞一句：“这李先生，好人，他培养出来的女儿也一定不会错！”

第二天，周镐没有要大哥继先陪同，独自拿着从武汉带回来的几本书和几张报纸，来到昨日演讲过三民主义的地方。没想到，李华初早早等候在了这里。

见周镐过来，李华初忙迎上前说：“哇，这么多书，都是新书，这在我们罗田可是花大钱也买不到的。”

周镐把书交到李华初的手上，李华初就一本一本、一张一张翻看书名和标题。

周镐说：“以后我从武汉回来，再给你多带一些过来。”

李华初说：“那真是太感谢了！”

李华初把书籍和报纸折叠好，捧在手上。二人一路走一路说话。李华初作为大户人家的女儿，既读过罗田的私塾，也读过罗田的新学，所以她既有大户人家少女的娇羞，又有读书女子的落落大方。

二人不觉谈起了武昌起义，又谈起了三民主义。周镐说：“我回学校后给你写信吧，把知道的那些事告诉你。”

李华初拍着手说：“太好啦！你有好的书籍也要寄给我。”

周镐说："那好。我一有新买的书，就寄给你。"

李华初说："我大你三岁，你以后写信，可以叫我姐。"

周镐高兴道："那我就叫你姐了。"

这两个天真无邪的少男少女，从此以后就有了书信来往。

在武汉读中学的日子里，周镐每每给李华初写信，都称李华初为"华初姐"。这一份真挚的感情，让他们放开胆量地交流着对时局、对社会、对人生的看法。

五

周镐在求学期间，武汉的形势瞬息万变。作为中学生的周镐，对迅速变化的形势充满好奇，内心总会涌起莫名的激情。

1926 年 10 月，中央军事政治学校武汉分校筹建起来，校长是邓演达。那所军校让周镐充满了向往。这所军校因为筹建时间不长，教学设备相对简陋，师生们上课有时在教室，有时在操场。平时和周末，教员们还会在临街的门前发表演讲和授课，这种大"课堂"的气氛相当活跃。

周镐在周末不上课的时候，会离开成城中学到中央军事政治学校武汉分校门前，听教员和学生们的演讲。这样，周镐有幸旁听到了邓演达和恽代英的演说和他们对学生的教导。

邓演达是著名的国民党左派，一生推崇三民主义，赞同中国共产党。他多次与蒋介石产生分歧，并当面质询过蒋介石大搞分裂的行为。他还在公开集会上发表演讲，支持解放工农群众、扶助农工。

邓演达站在学生中间激情勃发，他一边挥舞着手臂，一边大声宣讲："孙中山的新三民主义，是我们目前最需要实行的，联俄、联共、扶助农工，革命的力量才能壮大！中国千百年来之所以落后，封建皇帝的独裁统治是最大的要素！我们必须反对独裁！"

这话，是明确反对蒋介石的独裁统治。

邓演达的宣讲，让学生爆发出巨大的掌声，那掌声经久不息。站在人群外面的周镐把手都拍红了。

邓演达宣讲结束，步往校门外的大街上，周镐紧随在后面。周镐激动地说：“邓先生讲得好！”

邓演达看出来他不是自己的学生，便故意问他：“你说我讲得好，好在哪里？”

周镐说：“好就好在我是在公开场合第一次听到有人说这样的话。”

邓演达会心一笑。

周镐内心很遗憾，因为自己不是这个学校的学员。他暗下决心：中学毕业后一定要报考这所军校。

而学识渊博的恽代英，演讲时常常旁征博引，人们听得时而入神，时而欢呼，时而爆发出热烈的掌声。恽代英激情澎湃地说：“我们一定要联合全世界的无产阶级，解放全天下的劳苦大众！”

恽代英的观点总是令人耳目一新，连街边过往的行人都会驻足旁听。恽代英是我党早期党员，早在中国共产党成立的1921年他就入了党。作为这所军校的政治总教官，他政治立场坚定、分明。

作为一名共产党人，恽代英从来不隐瞒自己的观点。在这所学校工作期间及其后来，他同蒋介石、汪精卫背叛革命的行径都进行了坚决的斗争。

作为桂系创办的军校，因为派系斗争，桂系内部本来就对蒋介石不满，所以在学校师生中流露出一些反蒋情绪，也是正常的。但像邓演达、恽代英这样在公众场合进行反蒋宣传的不多。蒋介石根本不可能允许这种进步思想发展下去，也不可能让反对他的人继续反对他。

1927年4月12日，蒋介石在上海血腥屠杀中国共产党人和进步群众，史称“四一二”反革命政变，国共第一次合作失败。最终，邓演达和恽代英没能逃脱蒋介石的魔掌，1931年4月29日，恽代英被杀害于南京，年仅三十六岁；1931年11月29日，邓演达被秘密杀害于南京麒麟门外沙子岗。这两人的牺牲，当然是后话了。

周镐向往着能够报考这所学校，而可惜的是，中央军事政治学校武汉分校历时仅十来个月，到 1927 年 7 月就停办了。

但命运总是眷顾勤奋的人。1927 年底，国民党桂系第四集团军进驻武汉，创办了第四集团军随营军官学校，校长叫董南。这所学校后来在 1929 年改编为中央陆军军官学校武汉分校，也称为黄埔军校武汉分校。

从成城中学毕业的周镐，满怀理想，立即报考了这所新学校，被顺利录取在步兵科。

在这所军校，周镐接受了较全面的理论和军事教育。

周镐在随营军官学校里刻苦地学习着。

那天，周镐在宿舍门前靠在走廊上看书，那是一本《全民政治》，廖仲恺所著。

一位同学过来，和他打招呼："你也喜欢这书？"

周镐点点头说："我觉得里面的好多观点非常有道理，所以就借来读读。"

同学笑道："那我们认识一下吧，我姓孙，叫我小孙吧。"

经过交流，小孙有许多观点都与周镐一致。

小孙告诉周镐："这所学校与从前的中央军事政治学校不同，好像气氛越来越紧张，越来越不能随便说话，更不能随意发表不同观点了。"

小孙的话中，暗示着桂系与蒋介石之间复杂的矛盾和关系。

小孙还说，他非常喜欢廖仲恺先生的另一篇叫作《革命派与反革命派》的文章。周镐说，自己也读过，内容都能记得。

小孙看看四下无人，对周镐说："我来背几句给你听听。"小孙开始背道，"现在吾党所有反革命者，皆自诩为老革命党，摆出革命的老招牌，以为做过一回革命党以后，无论如何勾结官僚军阀与帝国主义者，及极力压制我国最大多数之工界，也可以称为革命党，以为革命的老招牌，可以发生清血的效力。不知革命派不是一个虚名，那个人无论从前于何时何地立过何种功绩，苟一进不续革命，便不是革命派。反而言之，何时有反革命的行为，便立刻变成反革命派。”

这显然是廖仲恺先生对国民党老右派所做的辛辣批判。

周镐说：“可惜，廖先生这样的人竟然遭人杀害。”

从此，周镐和小孙经常在一起交流。

小孙交代周镐：“我们两人所交流的观点，都是可以私下说的。但是以后的形势如何变化，目前很难判断，要担心‘隔墙有耳’。所以，这些敏感的话题，你不要轻易与人谈起。”

周镐感激地点头说：“我记住了。”

小孙说得非常对，看似平静的学校，其实暗流涌动。

那一天，城里城外忽然传来隆隆的炮声。

周镐问身边的同学：“怎么了？”

身边的同学又问周镐：“发生了什么事？”

大家都是面面相觑，不明白所以然。

此时，学校的一位教员告诉大家：“同学们，战争爆发了！”

周镐急切地问：“什么战争？”

教员说：“我们还不好给它取个什么名称。之前有一段时间，就有人判断蒋桂战争要爆发。姑且就叫将桂战争吧。”

一听名字，就知道这仗是谁跟谁打的了。一时，大家都很忧虑。

这是 1929 年 3 月。

蒋桂战争爆发之后不久，盘踞在武昌的桂系军阀遭遇失败，离开武昌，周镐所在的随营军官学校学生一千余人也离开武汉，随同桂系部队前往荆州和沙市方向。

蒋介石得知情况后，立即派兵追赶，命令追兵一定要将他们带回，称“不忍莘莘学子流离失所，决定必须加以抚育，储为国用”。

学生们搭乘两艘轮船，一艘是“快利”轮，一艘是“普安”轮。炮兵科的学生们搭乘“快利”轮，周镐等步兵科的学生搭乘“普安”轮。

夜间，轮船行驶在江中。周镐倚在“普安”轮的栏杆上，对着茫茫夜空，一时感到很迷茫：这船将开到哪里去？接下来迎接自己和大家的，将是什么样的命运？

船行到距沙市还有一天距离时，上面传来蒋介石电令，说战争已和平解决，令学生回到武汉，接受改编。

此时学生们产生了分歧。一部分人嚷嚷着要立即回武汉，另一部分则要求继续跟桂系部队出发。

搭乘“快利”轮的炮兵科部分学生，找到带队撤离武汉的副校长周子昌，要求返回武汉。周子昌眼睛一瞪，大声训斥：“你们想干什么？你们反了？”

周子昌的身边，那些荷枪实弹的士兵们正虎视眈眈地看着学生们。学生们不敢再嚷嚷了。

形势复杂。但两天之后，步兵科队长和炮兵科队长同时宣布：撤回武汉，接受改编！

学生们撤回武汉不久，到 4 月初，蒋介石即将学校改名为中央陆军军官学校武汉分校，也就是“黄埔军校武汉分校”，他任命钱大钧担任教育长，令钱大钧立即赴武汉接任。

回到武汉的周镐，被并入步兵科七期。

黄埔生的“抢亲”事件

一

武汉的风，常常很暴烈。

罗田的雨，常常很温润。

周镐非常热爱自己的家乡罗田，那里除了有父母兄妹，还有心心相印的李华初。

身在武汉军校读书的周镐，不知不觉爱上了罗田的富家小姐李华初。

罗田乡间的富家小姐李华初，也不知不觉爱上了武汉军校里的周镐。

从进入第四集团军随营军官学校学习的时候起，周镐的个头快速地长高起来。猛一看，就像从一个少年瞬间变成了一个大小伙子。

从成城中学，到军官学校，周镐一直和罗田大户人家的小姐李华初保持着通信联系。

最早的通信中，他们谈的多是学习上的事，读了什么书，听了老师讲了什么新鲜事，看到社会上发生了什么事，等等。他们喜欢在书信上说话。后来他们的话题就越来越广，涉及许多方面。

谈论学习的——

周镐说："华初姐，我中学快毕业了，我想继续读书。"

李华初说："周治平，你继续读书，我支持你的想法。中学毕业后，你要找一个有名气的学堂报考上去。"

周镐说："华初姐，我又读到一本新书，我一夜就把书看完了。"

李华初说："周治平，你把看完的书都寄给我看。你咋那么舍不得呢，为什么每次只寄一本给我？"

谈论生活的——

周镐说："华初姐，我最近胃口不好，总是不想吃那些油腻的东西。"

李华初说："治平，那你赶快找一家中医诊所看看，是不是患了什么毛病？你现在是军校生了，或许是训练太疲劳了？"

周镐说："华初姐，军校里的起床、睡觉、吃饭，都是统一的，一到时间，睡不着也被命令躺在床上睡。没办法，那就躺着装睡吧。"

李华初说："治平，军校里是很辛苦的，叫你休息你就休息才是，这样才好进行第二天的学习和训练。"

谈见闻的——

周镐说："华初姐，有人是没有人性的。学校前面街上，有坏人把人家小孩拐跑了，后来邻居帮忙把小孩找到了。这小孩的父亲竟然说：‘我没吃的，养不起他，你还是把他送给人贩子吧。’多狠心的父亲啊，就是饿死，父子也得饿死在一块儿啊！”

李华初说：“治平弟，罗田前街有个打铁匠，用一块金子做聘礼，把刘财主家的二闺女娶了。过门之后刘财主才发现那金子是假的，是在铜块上镀了一层金水。这刘财主后悔也迟了，生米煮成熟饭了！真是笑死我啦。”

周镐说：“华初姐，最近武汉和周边的军队调动频繁，也不知为什么。我希望这个世界能稳定下来，让老百姓多过几天太平日子。”

李华初说：“治平弟，我前天上街，又看到你的父亲在卖柴火了。你的父亲真是勤劳，他是种地人的榜样。”

他们就这样通着信，一封又一封。

周镐对李华初的称呼是“华初姐”；李华初对周镐的称呼，从“周治平”，到“治平”，再到“治平弟”。

周镐每次假期回来，两个人都挺高兴。

那些日子里，周镐会利用学校临时放假的机会，从武汉返回罗田。

周镐早和李华初在书信中约好了时间。那天，周镐一回到罗田，顾不上回家，就去见了李华初。李华初在约定的地方等着周镐。

周镐背着背包，风尘仆仆地快步跑过来，李华初看着他，只是欢欣地笑。周镐挠挠头说：“这样看我，我脸上有灰尘吗？”

李华初说：“哪里来的灰尘。”

他们是第一次深情地凝视着对方。李华初虽然比周镐大三岁，但还是忍不住露出羞涩的神情。

周镐说：“华初姐，以后我要娶你。”

李华初不说话，笑着，幸福地扭过脸去。

那一天，两个相爱的年轻人，第一次相互拥抱着。他们感觉，此生此世，谁也离不开谁了。这时，罗田的山格外青，罗田的风格外柔。一对年轻人，沉浸在这美好的风景和真挚的感情中。

周镐回到家里，父亲也是很自然地谈到了周镐的婚事。父亲说：“垸里的刘婶给你提媒，你也老大不小了。你考虑一下，要是可以，我就替你答应刘婶了。”

周镐说：“我自己的事，还是等以后我自己考虑吧。我以后军校毕业了，估计飘忽不定地到处开拔，也没个准儿，不好确定。”

那时候的罗田乡村，与千千万万旧中国的乡村一样，婚姻多是媒妁之言、父母之命，有的人刚出生或者几岁就定了娃娃亲，有的人是十五六岁就结婚成家。这个时候的周镐已经十七八岁，父母为他的婚事操心，也是自然而然的事。

母亲说：“你在外面该做事做事，娶个媳妇放在家里带孩子和做家务，也不耽搁你。”

还是大哥继先为周镐解了围。继先说：“我继文弟弟是干大事的人，不能随便找个媳妇成家就算了，那要是影响我弟弟前程怎么办？我看这事还是继文自己决定好，我们不要强求，不要耽误了我弟弟。”

父母觉得继先的话有道理，就不再提这事了。

李华初与周镐来往密切的事，还是传到了李华初的父亲李先生耳朵里。

李先生虽是个开明的人，但受千百年的旧中国风俗和传统教育的影响，就是说到天上，他也不可能同意自己的女儿自由恋爱，何况周镐是个穷人家的孩子，成何体统！

李先生吃不准李华初与周镐到底有没有那层意思，只好找女儿谈话，敲敲警钟。

李先生坐在太师椅上，深深吸一口烟斗，看着闺女问：“你和周家垸那个学生兵周镐常常书信联系，有这事吧？”

李华初脸一红，说：“有，他经常把外面的书寄来给我读。”

李先生说：“学习新知识不是坏事。但是你要记住了，男女有别，自古以来男女授受不亲，女孩子一定要和男孩子保持距离，明白吗？”

李华初恭敬地说：“明白了。”

李先生又教导说："我们毕竟不是普通的小户人家，你又是个接受过教育的女孩，无论什么时候、什么人家，说媒、成婚，都讲究个门当户对。你懂得其中的道理吗？"

李华初的脸更红了，感到父亲这是有所指，只是连连点头说："懂得，懂得。"便逃一般地跑离了父亲身边。

尽管周镐和李华初都预感到了相爱将遇到的阻力，但是他们的心是紧紧连在一起的。每每周镐回到罗田，两人都会悄悄见面；每每见面，又都是两人感到最幸福的时刻。

李华初写信给周镐说："治平，又是多日不见了，我真想去武汉看望你。"

周镐说："华初姐，局势动荡，万万不可随意过来。我会经常回罗田看你的。"

即使李华初真去武汉，也是不可能成行的，在传统观念根深蒂固的李先生那里，根本不会同意一个女孩独自外出的。

李华初已经二十来岁，这在旧时已经是老大不小的年龄了，但因为李华初是个非常优秀的知识女性，对一般人家来说是可望不可即的，这才一直拖到了这个年龄，弄得"名花无主"。所以李先生也是很着急地为李华初寻找门当户对的人家。

既传统又开明的李先生没有强行为李华初的婚姻做主，而是征求她的意见。

李先生说："私塾里的郭先生两口子前日来我家，要给你做媒。对方家庭和我们家庭差不多，男方在县府里做事，以前也是读过中学堂的，弄不好你还认识呢。"

李华初一时有些张口结舌："勃勃（爸爸）……这……我没考虑呢。"

李先生以为她是害臊："我看这个亲事不错。你考虑一下，能定，我就把亲事定下来。"

李华初一着急，说："我不同意。"

父亲生气了：“你情况都不问，凭什么就不同意？”

李华初说：“不同意就是不同意！”

李华初说完，跑出了院子。

其实李先生从上次李华初脸红的表情中就明白过来了：女儿心中有人了。那个人，不会是别人，一定就是三里桥七里冲周家垸的学生兵周治平！

李先生的气一时无法发泄，只是使劲地将烟斗往太师椅的把手上磕，磕下的烟灰把太师椅烫了一个深深的黑斑。

李华初跑到那个经常和周镐见面的地方，一时百感交集。李华初趴在旁边的树干上，不知为什么，特别想哭：治平，你现在在干什么？如果父亲硬是给我定亲，我该怎么办？你快回来吧！

李先生为李华初的婚事大伤脑筋。为了断绝李华初对周镐的那份念头，他决定：一是抓紧给李华初定亲；二是看护好李华初，谨防她跑去武汉找周镐。

自此，李华初发现自己已经不自由了。李华初去找同学，家里的长工不远不近地跟着她；李华初要去看看山看看树，家里用人竟然在途中冒出来拦住她，说那里不安全。李华初明白，自己的行踪被父亲严格控制了。

李华初给周镐写信：“治平，我这是犯了哪条错误？都民国了，难道还要让我们回到‘君君臣臣父父子子’‘三从四德’的时代？我好想哭，我心里太憋屈了！你什么时候回罗田来？”

周镐接到李华初的信，就从学校请假回来了。

两人一见面，李华初的眼泪就下来了。周镐伸手想为她擦泪，却又放下了手——在李华初目光的暗示下，他发现附近有李家的家丁和用人盯着他们。

两人紧张地商量着办法。任由李华初的父亲安排亲事，那是万万不行的；请媒人去李家说合，这条路看来又显然走不通，因为李先生很固执。

李华初期待地望着周镐：“怎么办？ 要不你把我带去武汉吧，我也想去那里读书，那样我们还能天天在一起。”

周镐说：“你父亲是决然不会同意你去读书的。”

李华初急得直掉泪。

周镐说：“我当面去见你父亲，我要和他面对面谈谈。”

周镐的想法很大胆，李华初有些犹豫：“他能听你的？”

周镐说：“他不了解我，也没接触过我。 他如果了解了我们的感情，或许能动恻隐之心。”

两人想来想去，也只能这样试试了。

周镐回到家中，把父母亲和大哥继先召集过来，将事情摊开。

父亲周玉庭吃了一惊：“继文，那李华初小姐，哪里是我们穷人家和小户人家能娶的？ 这门不当户不对，李家怎么都不会同意的，我看你死了这条心吧。”

母亲说：“继文哪，你还是老老实实娶个种地的穷人家女儿，好好过日子吧，不要弄出事来。 你能让我好好抱上孙子就行，其他的我们可不敢想。”

大哥继先却说：“我看还是争取一下李家，这是继文一辈子的大事，如果能成，我们周家在三里桥七里冲也能抬起头走路了！”

父母最后觉得继先说得有道理，只是怎么争取还是个问题。

继先说：“找周家最有威望的族长去李家，他李家总要给点面子，不至于将人赶出来吧？”

周玉庭连连摆手说：“穷人家的族长，人家哪里能看得起！ 我看就继文的办法还行，就继文自己去李先生家谈谈吧，死马当活马医。”

二

周镐果然“独闯”李家大院了。 李家的门对周镐敞开着。

用人把周镐引进客厅，沏上茶，就去请李先生来。

李先生进了客厅，先打量了一下周镐，然后自己坐到太师椅上，直言道：“看你不请自来，应该就是周家垸的学生兵周治平了。”

周镐说：“蒙先辈知道小辈，治平先谢谢您了！”

李先生自顾自地点起烟斗抽起来，不看周镐。

周镐则规规矩矩立在旁边，恭恭敬敬地垂着手。

李先生说：“你先说说你的打算——不是如何过日子的打算，是你今后前程方面的打算！”

周镐说：“这个我说不好。我就知道我军校毕业后，会到军队里去，会带兵走南闯北地打仗。至于以后会怎样，我真不知道。我知道的，就是以后多做事，把各方面的事情都做好。”

李先生说：“你走南闯北地打仗，别说没个固定的地点，就是‘这个’能不能保住，还很难说。”李先生指指自己的脑袋。

周镐说：“先辈说得对，打仗随时都会有意外。但是没有军人，世道就平静不了，治平不能退缩。”

李先生说：“可是有了军人，世道也许会更乱！”

周镐说：“世道再乱，平乱终究是我们军人的责任。我们军人也是七尺男儿，也有父母和兄弟姐妹的，也需要家庭需要过日子。先辈您放心，我会对华初好的！”

李先生磕掉烟斗里的烟灰，说：“年轻人，我提醒你，一个种地人家的孩子没有背景和靠山，想在军队里混出名堂也是不容易的。其他不说了，我就问你两个问题：一、如果华初嫁给你，她吃什么？二、如果华初嫁给你，她住哪里？”

周镐哑口无言。是的，周镐家太穷，几乎没有吃的，饥一顿饱一顿，还都是吞糠咽菜；周家也没有房子，仅有的两间土坯草房，一家十来口人都挤在里面，哪里有华初住的地方？

李先生站起来说：“年轻人，你前景未卜，又没吃的没住的，还想娶我家华初？你就不要痴人说梦了！”

李先生说完，再也不理睬周镐，转身走出客厅。

周镐沮丧地离开了李家大院。李华初跟在后面，一时不知道说什么。没走几步，李华初被长工和用人拦回去了。

李家加强了防范，周镐和李华初见面很难。

李先生强烈反对的，自然是周家的贫困家境和社会地位，这种门户观念在旧时的中国是最正常不过了。但有文化、有感情的青年男女自然不会屈服于这种世俗而顽固的压力。

周镐回校后，仍和李华初书信联系。只不过他们的书信开始由李华初的闺中好友代为转交、寄发。

李华初和周镐商量办法，经过多次讨论，两人决定采用最原始的办法——“抢亲”！

于是，1928 年，湖北罗田乡间上演了一出“抢亲”大戏。

那一天，周镐从好友处借得一匹高大的白马。

周镐骑着白马直奔李家大院而去。到门前，周镐并不下马，而是向院内喊：“华初，我来了！”

李华初立即从院子里跑出来。

长工和用人一看，连忙上来拦周镐。李华初到周镐的马前，伸出双臂，周镐弯腰将她抱上马背。长工和用人想拦住大白马，哪里还拦得住？周镐策马便跑。

长工只好大喊：“不好了！周治平把华初小姐抢跑了——”

那李家也是做好了几层防范的。附近几个游动的家丁听到喊声，立即把守好路口，但周镐的大白马一跃而过；田里干活的李姓本家们听到喊声，立即远远地拦在山路上，但见大白马奔驰而来，早吓得躲到路边。

院子里的李先生听到喊声后，迅速奔出来。

李先生对长工和用人吼：“还愣什么？给我追！”

一时，家中的长工、用人、家丁，以及本村的李氏家族几十口人，向三里桥七里冲周家垸追过去。

周镐和李华初骑着白马回到周家垸。周家垸的人们高兴得欢呼起来：“新娘子来了！新娘子来了！”

“抢亲”是这里古老的风俗，一般用于给不起彩礼的穷人家，大家也就是用“抢亲”作为一种形式，让新人顺利结婚。没想到周镐会“巧妙”地利用这种方式来迎娶自己的新娘子。

大哥继先跑前跑后地忙乎着，收拾屋子。继先说：“今天谁都不许住房子里，把房子收拾成新房，给继文和华初大小姐住！”

大家正高兴呢，外面有人喊：“不好了，李家几十口人追过来了——”

继先出去一看，李家的几十口人正带着怒气往周家垸奔来，而且是来势凶猛。继先立即奔到门前的高地上，用手放在嘴边当成喇叭，高喊：“周家垸的老少爷们、兄弟姐妹们！我周家娶新娘，现在李家人追过来要抢人啦！”

这一喊，周姓家族的人立即行动起来。有人喊：“抄家伙啊！”

就有人拿上木棍、木叉、铁锹等工具，几十口人拥向村头，“迎击”前来问罪讨人的李家族人。

周、李两姓家族的人在村头相遇，对峙起来。

李先生气得手都发抖，指着周姓的人斥责：“光天化日下抢人，成何体统！快把人交给我带回去！”

继先说：“李先生，他们两个人是天生一对，您又何苦非得拆散他们？”

李姓的人说：“不跟他们啰唆，去屋里抢人！”

周姓的人说：“华初小姐到了周家，就是周家的人，看谁敢抢她！”

对峙中的李家人抄起农具，要动起武来。周家人步步后退，毕竟以后是儿女亲家，不宜把关系弄僵。一时情势危急。

周玉庭匆匆赶来，弯腰给李先生作揖说：“李先生息怒，请不要生气。”

李先生说：“你就是周治平的父亲？你把华初给我叫出来！”

周玉庭说：“我们大家也都劝过华初小姐了，可是华初小姐知道您不同意这门亲事，所以她怎么都不愿意出来见您。”

继先说：“李先生您看这样好不好，这事大家都不要闹了，用他们读书人的话说，还是顺其自然吧。您看这一闹，不单周家垸的人知道了，全罗田的人都会知道。您是罗田有头有脸的人物，这事怎么着都不好看。”

周玉庭说：“我家小子不懂事，让您生气了。要不您到我屋里喝茶，有话好好说，华初是个好闺女，她毕竟是您的孩子，不要伤着她。”

李先生哀痛地说：“这真是辱没先人，辱没先人啊！你让我们李家进去一个人问问，华初可愿意跟我回去？”

周玉庭说：“请李先生吩咐。”

李先生立即派一个李姓人随周玉庭进周家垸村子里。不一会儿，那个李姓人回到村口，告诉李先生：“华初小姐死活不愿意回去。”

李先生顿足道：“罢，罢，罢！我李家没有这个女儿了！从此李华初不得与我李家有任何往来！如果硬是路过我家门，定然打死不饶！”

李先生说罢，一挥手，带着李姓几十口人离开周家垸村口，回去了。

周玉庭看着李先生生气而去的背影，不觉羞愧地摇头叹息。

直到李家人离开两三里开外，李华初才从周家屋子里出来，跑到门前那块高地上，对着李先生的背影磕头，哭道：“父亲，是我不好，我对不起您了！我知道您疼我，可是我不能离开治平啊！”

这场轰动罗田的“抢亲”事件之后，李华初和周镐成了家。尽管李华初后来想方设法托付别人，试图与李先生取得联系回家看望，但李先生态度决绝，甚至将被托付的人赶出家门。

自此，李先生与李华初之间的父女关系彻底断绝，这成了李华初心中一辈子的痛。

三

罗田满山的树木依然那么郁郁葱葱。

老塔山满坡的山泉依然那么清甜。

李华初的心沉浸在与周镐结合的甜蜜中。直到这时，李华初才切身体会到了周家的贫困。

新婚夫妇，总不能没有地方住。周家在山顶上原有一间茅草房，主要是看护庄稼用的，已经破败不堪。周镐的父亲周玉庭做主，带大儿子周继先和一家人将茅草房重新修整了一遍，把它分给了周镐和李华初。

这茅草房里面也就十来平方米，砌上一口锅灶，放一张农家自己制作的简易小木床，再放一张吃饭的小桌子，屋子里也就剩下转身的空间了。李华初还捡来两个别人家废弃的树根，拿到屋里当凳子用。

婚后的周镐继续回武汉上军官学校，隔三岔五地赶回家来陪伴李华初，然后再匆匆赶回学校。

虽然生活简单，但是李华初很幸福。

周镐拍拍几乎一脚就能踹倒的土墙，笑着问李华初："这样的房子，住着舒服吗？"

李华初甜甜地笑道："有你，我住在哪里都舒服。"

周镐指指饭桌上几个粗糙的野菜疙瘩问："这个吃得惯吗？"

李华初又笑道："慢慢就习惯了。"

周镐在武汉上学，李华初一个人的日子过得很艰苦。她本是大户人家的女儿，从小娇生惯养，从来没有干过农活和家务，更不会种田。但能吃苦的李华初一样一样地学着干活。

周家把这间茅草房分给他们时，连茅草房周围的一亩多薄田和旁边的竹林也分给了他们。平日，李华初就用一把铁叉翻地种庄稼。因为还不会干活，她常常把手脚磨破。没有吃的，李华初就像周家垸的那些人一样，满山找野菜。

就在这艰辛的日子中，李华初有了身孕，这可把周家高兴坏了。

周镐的父母就经常过来帮助李华初，不让她干活，替她做饭。

十月怀胎，李华初为周家生下一个男孩，全家更是高兴得不得了。周镐从武汉赶回，还用自己的津贴买回来武汉的一些特产，给华初补养身体，也给家里人尝尝新鲜。全家人为孩子办了满月酒，大家欢聚在一起，希望以后的日子会变好。

周镐抱着襁褓中的儿子，满心欢喜地引逗他说："快快长大，将来去读书、做大事！"

李华初笑道："他才一个月大，哪里能听懂你的话？"

周镐回武汉去，李华初的日子仍然艰难，加上一个人带孩子，常常累得腰酸腿疼。

破败的小茅屋虽然修葺过，但是它又哪里能够挡住暴风骤雨？

那一夜，外面下起了大雨。李华初病了，昏昏沉沉烧得厉害，孩子也不停地哭。华初一试孩子的额头，也是高烧得不行。可是三更半夜哪里去寻医找药？好不容易将孩子哄睡，李华初自己也昏昏睡去。雨越下越大，雨水早已从屋顶漏下来，而且越漏越大，但是李华初沉睡着，一点也不知道。

早晨，抱着孩子的李华初醒来，才发现自己和儿子浸泡在水中。再看看儿子，儿子呼吸急促，根本不理会她的呼唤了。

李华初吓坏了，赶忙穿上鞋抱着孩子往山下跑。李华初一边跑，一边不停地呼唤孩子："儿子，儿子！你不要吓妈妈，你一定要好好的！"

李华初急急忙忙敲开乡村郎中家的门。郎中把她让进屋，就立即查看孩子。这一看，郎中便摇头对李华初叹息道："唉，这孩子已经咽气了。"

李华初怎么也不相信，不停地晃着孩子，呼唤着孩子，但是，孩子确实已经没有呼吸了。

李华初木头一样呆愣了半天，然后撕心裂肺地坐在地上号啕大哭，悲痛欲绝地昏死过去。围在一旁的人无不动容流泪。

郎中急忙给李华初掐人中、喂草药，好半天才把她救醒过来。李华初悲伤地大哭："治平，我把你儿子弄没了，我怎么向你交代啊——"

得到消息的周镐从武汉急急赶回来，没来得及向任何人打探情况，便一头闯进了茅屋。李华初坐在床边，眼神愣愣地盯着墙壁，仿佛没看到周镐回来。

周镐揽着李华初轻声喊："华初。"

李华初一动不动。

周镐又喊："华初姐。"

李华初仍是一动不动。

周镐一下抱紧李华初，眼泪下来了："华初姐！你这是怎么了，怎么了！"

李华初"哇"的一下哭出声来："治平，我没有带好你的儿子，我对不住你啊！"

周镐说："华初姐，不是你的错，是我不该让你一个人住在这山顶茅屋里，是我家太穷了，是我没照顾好你们娘俩啊！"

两个人抱头痛哭。

两人商议后决定，周镐必须带李华初到武汉去生活。

周镐征求父亲周玉庭的意见。周玉庭叹了一口气说："你们去吧。这周家垸养不活你们，养不活我的孙子。七里冲和周家垸太穷啦，不能让后辈人总在这里受罪、病死饿死。"

周镐说："家里分给我的茅屋、薄田和竹林，由我支配吧。"

父亲说："分给你的就是你的。是你自己种，还是我替你种，还是我找人给你种，都由你自己做主。"

周镐说："那我找别人种，这事您不要干涉了。"

周玉庭点点头说："你是成家立业的人了，我自然不会干涉。"

周镐让李华初回到茅草屋里收拾行李，自己去村口找一位一直在七里冲周家垸一带乞讨的老人。那老人正坐在树下打盹，平时大家都叫他老乞丐。

周镐拉着老乞丐的手往山顶上走，来到自己的茅屋前。

周镐说："您老人家上无片瓦遮身，下无寸土立足。今天起，这间茅屋、这块薄田，还有这屋边的竹林，都交给你了！这些都是你的了！"

老乞丐根本不相信自己的耳朵："治平你这孩子，你说什么我怎么听不懂？"

周镐又把刚才的话重新说了一遍。

老乞丐惊喜道："那就是说，以后我有地方住了，也有地种了，不需要天天去要饭当乞丐了？"

周镐说："正是这样！"

周镐将房契和地契一并交给了老乞丐。

附近地里干活的人听到周镐和老乞丐的对话，早跑下山去向周玉庭通报情况了。

周玉庭急急赶来，生气地对周镐说："你是不是疯了？这些分给你就是你的，可是你是我儿子，儿子是我养大的，儿子的东西不要了，自然就应该全部归我，不能给别人！"

周镐说："刚刚在您屋里说好的，您不会干涉的。您另外还有几亩地，比起这位一无所有的讨饭大爷来说，那些地已经够您生活的了，家里穷是穷，我们又怎么忍心看着没房没地的人饿死冻死？我的孩子被雨水淋死病死了，已经让我难过得不行了，我不想看着别人也被冻死饿死。"

这样一说，周玉庭虽然生气，但也不敢多说什么了。

周镐说："我给您说过三民主义。三民主义的民生要求就是平均地权，耕者有其田。"

周玉庭说："我看你是书读多了，把脑子读坏了！"

处理好茅屋、薄田和竹林的事，当天，周镐带着李华初启程去了武汉。

离汉赴沪

一

武汉的大树在街道两边有一下没一下地晃动着枝条。

武汉的小商贩在一声一声吆喝着生意：“鸭脖子嘞，鸭脖子嘞！”

武汉的流浪狗在旮旯里慵懒地寻找着食物。

周镐拉着李华初的手，走遍军校旁边的几条街道，终于在长街找到一间合适的小房子。他们把小房子租住下来，算是在武汉安了家。

将李华初接来武汉，是周镐早有的想法。民国时期的国民党军校学生，是有生活津贴的。周镐把这些津贴积攒和节省下来，这样租房子的费用基本就够了。但依靠一个人的津贴养活两个人，那肯定是不行的。李华初在周家垸时，就开始自食其力地学习干活；到了武汉，她当然更要努力干活养家。

平时周镐上学，李华初就到处找活帮工。

李华初到一个大户人家门口，向正要外出买菜的用人打听：“请问您这里需要干零活的人吗？”

这一问，还真找到了活计。那用人把她带进院子里，见了管家。管家打量一下她，很满意。

管家问她：“您看着也不像是干活的人啊，倒像是个学生。”

李华初说：“我读过中学，是乡下人，随丈夫来武汉城里住的。”

管家说：“读过书的人更好，明事理！”

这样，李华初在这户人家找了个洗衣服的活。这就是个零活，每天上午来一次，把衣服洗了便回家，三天结一次工钱。李华初第一次领到工钱时，感觉那钱虽然不多，但是心里很激动，这毕竟是自己的劳动所得。她从工钱中拿出一点，给周镐买了两个菜。

晚上，李华初把菜做好，两个人坐在桌前，你夹一块给我，我夹一块给你，感觉日子是那么美好。

李华初又同时找了两家缝纫铺，每天下午去帮人家缝衣扣赚点零钱。

日子虽然艰难，但两个人很满意，很甜蜜、幸福。

二

此时的黄埔军校武汉分校，已全然没有了以往的那种活泼气氛。

学校被改编后，蒋介石决定统一在校学生的思想，进行“蒋化”教育，清除中共、国民党左派和桂系的观念渗透。一时，蒋介石的指示和讲话，成为学校教学的重要内容。这样一来，那些受到进步观念和桂系思想影响的学生，自然对教员和教学内容产生了不满。

周镐和同学小孙私下议论。

周镐说：“说到天上，独裁也是不对的。”

小孙说：“中国人杀中国人，归根到底是错误的！”

他们说的，当然是指蒋介石的独裁和对共产党人的血腥屠杀。他们说话的声音很低——这是不能让别人听到的，如果被当成共产党，可能要被杀头的。

课余时间，周镐就常常想起小孙提醒自己的话：“我们两人所交流的观点，都是可以私下说的。但是以后的形势如何变化，目前很难判断，要担心‘隔墙有耳’。所以，这些敏感的话题，你不要轻易与人谈起。”

周镐隐隐觉得，他们的这些话，可能会给自己带来麻烦。

学校对学生思想的管控，常常让学生困惑和苦恼。小孙有空便请周镐去小吃店吃饭。

小吃店里的包间，很僻静，这样两人便可以压低声音，畅所欲言。

一次小孙把同样在黄埔军校武汉分校学习的一位同学带来，大家一起吃饭。小孙给他们介绍时，告诉他们：“这位是周治平，这位是陶子。”

从此周镐就把这位朋友叫作“陶子”。大家是军校同学，陶子是黄埔八期，比周镐晚一期。其实陶子并不姓陶，不知为什么，小孙总是喜欢戏称他为“陶子”，于是周镐便也叫他“陶子”。三个人在一起，感觉有很多话题可说。但是有关政治方面的敏感话题，大家尽量避免谈起。

学校为了用“蒋化”教育来给学生洗脑，除了教学手段之外，还进行政治测试，通过考试卷、问话、密查等形式，甄别谁的身上有反蒋言行。

周镐在试卷中写了类似“几千年的中国之所以落后，与奴隶制、封建制下的帝王独裁制度有很大关系”之类的话。

学校这一甄别，就发现了周镐的试卷中含有反蒋言论，就进一步调查了。但查来查去，没有再发现其他可疑之处，同学们也都否认周镐平时有反蒋言论和行为；更重要的是，周镐与共产党没有任何关系。所以，周镐的行为还不足以让他坐牢、杀头，但处理是必须的。

校方找到周镐谈话。

校方问：“你试卷中的言论从何而来？”

周镐说：“都是学校里教的、书上写的啊。”

校方说：“都是之前那些书吧？有的言论很‘反动’你知道吗？”

周镐说：“书是学校从前发的，我们能不听学校的吗？书上讲得对与错，反动不反动，都是学校安排的啊。”

校方无言以答，只是严厉地警告：“周镐，你这种情绪可不对，就目前的要求而言，你这就是思想不纯！我们正在考虑是否开除你的问题！你知道吗？有好些学生因为‘思想不纯’被学校开除了学籍，他们不再是中央陆军军官学校武汉分校的学生了！”

周镐说：“我哪里知道学校里教给了我们‘不纯”的思想？”

校方的人气得无言以对。

三

武汉大街上的风，似乎静止了；武汉中山公园里的水，似乎也没了涟漪，静止不动了。

李华初和周镐的日子，看上去似乎很平静。

但是周镐的内心不平静，武汉的形势也不平静。

利用休息的机会，周镐带李华初到汉口中山公园游览。周镐划着小船，李华初不时地用手轻划水面。

如果日子一直这样平静下去，可能李华初也不会感受到周镐内心的动荡。

周镐划着船，给李华初讲这公园的来历——既然叫中山公园，那就是以孙中山的名字命名的，自然代表着革命，代表着三民主义。

这公园，本是私家园林，原名叫“西园”。1928年，著名建筑师吴国柄从英国留学回来，建议扩建公园。于是，在吴国柄的设计和主持下，在西园的基础上扩建了汉口第一公园，于1929年建成，为纪念孙中山，公园特意命名为中山公园。公园建成后，成为武汉人休闲娱乐的重要场所。

周镐介绍完后，就不太说话了。

其实李华初已经发现，周镐这些天比较沉默。她知道他心中可能有事，应该是学校里的事，只是她觉得既然他没说，她就不太好问。

此时见周镐看着水面出神，她还是忍不住问道：“治平，学校里是不是发生了什么事？”

周镐说：“没有什么。”

李华初说：“你面临毕业了，是不是对以后的去向有所考虑，或者有所犹豫？”

周镐将目光从水面上收回，看着李华初，叹口气说：“华初，我可能会被学校除名了。”

李华初吃了一惊：“为什么？”

周镐将学校里的情况一件件告诉了李华初。

周镐说：“我认为我并没有犯错误，我只是觉得不能强迫别人去接受一种不应该接受的观点，现在的政府不能像过去奴隶社会、封建社会帝王那样搞独裁统治。我这观点符合三民主义。”

李华初问：“你是说，因为观点不同，学校就要开除人？”

周镐说：“是的，已经开除一批人了。”

李华初说：“已经开除一批，那就说明和你有一样观点的人很多。我们既然没有错，这样的学校就是不上也罢。孙中山创立三民主义，就是为了打破几千年的独裁体制。我们不赞同独裁，有什么错？大清被推翻快二十年了，难道让封建社会那一套再死灰复燃？”

周镐四处看一下，示意李华初小声。

李华初说：“治平，无论发生了什么，我都支持你。”

此时的周镐，内心很感激李华初的理解，不觉由衷地叫了声：“华初姐。”

李华初说：“治平，我们做我们的事，形势总会往好的方面发展。我们开心些，如果你没事，你随我去看看我给人家做的手工吧。”

周镐高兴地答应她：“好！我要看看你这个富家小姐，怎么变成体力劳动者的。”

周镐随李华初去缝纫店，看李华初给顾客的衣服钉纽扣。李华初一针一线钉得很认真、很仔细，而且速度比别的女性要快得多。

李华初做完了手工，让裁缝师给周镐量上衣尺寸。

周镐连连后退，摆手不要。

李华初说：“你一直穿学校里发的衣服，一年四季没个变化。今天我们自己做一件新衣服，也算是奢侈一回。”

周镐说：“我们还有许多事要做，生活又不富裕，再说我这有学校衣服穿就行。”

李华初说：“做新衣是我的心意，这是我帮人洗衣服、缝衣扣攒下的。我们的零用钱够花的，你不要担心。”

这样，周镐穿上了李华初为他做的第一件衣服，扣眼是李华初亲手缝的，扣子是李华初亲手钉上的。衣服穿在身上，周镐觉得特别温暖。

那段日子里，周镐基本上都是埋头于书报中，特别喜欢看每天的报纸。

可以说，那时候的武汉是“报纸大市”。早在晚清时期，武汉的各类报纸已达到一百三十多种；辛亥革命之后，少部分旧报纸停业，而宣传新思想、新文化、新观念的新报纸如雨后春笋般地涌现出来。因此，阅读三份以上的武汉报纸，基本上就可以总览天下大事了。

从这些报纸中，周镐得以了解到国内的斗争形势——中国共产党和红军的壮大、革命根据地的建立，国民党对共产党人的血腥镇压、对红军和根据地的残酷“围剿”，日本对我国东北、华北的野心……

这一天，周镐在回家的路上，迎面碰到一位街边的报童。那顽皮的报童把报纸卖得很快，只剩下最后一份报纸了，正歪着头坐在街边，专心地要把那报纸折叠起来，准备裁剪开来做成纸船玩耍。周镐看到那报纸上的标题，赶忙叫起报童，将这最后一份报纸买了。

回到家，周镐将报纸上的新闻指给李华初看：第十九路军调防上海。

其实这段时间以来，李华初一直帮周镐谋划着如何施展手脚，做些有用的事。

对报上说的十九路军，他们一直印象很深。十九路军由粤系改编而来，粤系的前任军长李济深、师长陈铭枢都给周镐留下了深刻的印象，而周镐身为黄埔军校武汉分校的学生时，李济深正是黄埔军校的副校长。到 1930 年 7 月，粤系发展而成的第六十一师和第六十师被合编为国民政府军第十九路军，由蒋光鼐任总指挥，蔡廷锴任军长。十九路军及其前身打了很多胜仗，一直名声在外。

李华初看了报纸上的消息后，问周镐：“你是想去上海？”

周镐点点头说：“这事越快越好。”

周镐想的是：正是年轻朝气的时候，必须出去做些有意义的大事；而自己作为黄埔学生，越是加入强劲之师，才越能锻炼自己的能力。

李华初将一杯热茶端到周镐手上，建议说：“去上海之前，我们回一趟罗田老家看看父母兄弟吧。时局动荡，以后再回罗田，说不准那是什么时候了。”

周镐也正是这个心思。

十九路军有周镐在武汉分校的同学，比如罗子廉等人，其中还有罗田籍的几个人，大家既是同学，又是老乡。周镐如果过去，估计会有好多熟人。

四

罗田的乡路总是让人感到亲切，老塔山的一草一木总是让人思念。

七里冲的树高高的，周家垸的草绿绿的。

周镐带着李华初回到罗田三里桥七里冲的周家垸。正在坝子上担水的继先看到他们，高兴得远远就喊道：“我弟弟继文回来啦！华初小姐回来啦！”

这一喊，周家垸的人都出来看周镐和李华初，都高兴地和他们打招呼。

回到屋里，父亲和母亲忙着问他们的身体情况和生活状况。

父亲周玉庭说：“你们这一走，就是很长时间没回来。你们以后要真是去了外地，还不把我们老两口想死了？”

李华初说：“您放心，不管走到哪里，我们一定经常回来看你们两位老人家。”

周镐问起山顶上的薄地、茅屋、竹林。

周玉庭说：“我还不是听你的三民主义了？那些东西你给人家了，我就没有办法再问了。茅屋一直是那个老乞丐住着，薄地也一直是老乞丐种着，我不管这事。”

周镐问：“您没向人家要田租吧？”

周玉庭一瞪眼说：“我还能干那事？那已经不是我的地了，我没资格向人家要田租。”

周镐带李华初去山顶看看。

老乞丐正在刨地，一看到周镐他们过来，很是高兴，丢了镐头急忙招呼："治平！ 恩人啊！ 你们回来了！"

周镐说："我们就是回来看望一下家人和乡亲。"

老乞丐指着茅屋和竹林说："你们看，那茅屋我一直修着，还好好的；那竹林里的竹子我一棵都没舍得动。 我收的粮食够我吃的，从有这田地起，我再没讨过饭。"

周镐赞道："您真勤劳。"

老乞丐说："你们这地要是自己种，我就还给你们。 还有这茅屋、竹林，都还给你们。"

周镐告诉他，茅屋可以安心住、薄地可以安心种，这些都是他的，周家永远不会要回去的。 老乞丐又是一番千恩万谢。

走到茅屋前，李华初的脸色一下就黯淡下来了，她怎么也不愿意进屋里。 周镐明白，那是她想起了在这里夭折的儿子，她不愿意再看到屋里的锅灶、木床，不愿意再看到自己和儿子用过的所有东西，那些东西都会勾起她伤心的往事。

周镐说："华初，我们就不进屋去了，我们回山下吧。"

两个人牵着手往山下走，走着走着，李华初就停下脚步，回头看一眼茅屋，然后双手捂住脸抽泣起来。

李华初托人送信给李家大院，想回家看看。 父亲李先生态度依旧，把送信的人赶出大门，还声言："李华初如果敢路过李家大院，一定要把她乱棍打死！ 李家从来就没有过李华初这个人！"

李华初站在周家垸的坝子上，对着李家的方向默默垂泪。 她太想父亲、太想母亲了，心中忍不住一阵一阵地疼痛。 可是，那李家大院她永远也回不去了，她知道父亲那说一不二的性格和脾气。

周镐走到李华初身边，抚着她。 李华初把头靠在周镐的肩上，闭上眼睛流泪。

周镐听大哥继先说县城有罗田自卫队，大哥的朋友就在自卫队任个小官，便让大哥带自己和华初去看看——因为周镐不熟悉军队生活，自卫队是地方武装，多少有些军队的特征，所以想去见识一下，为以后进入军队思想上先准备一下。

那个时候，许多地方都成立了自卫队，比如罗田附近的蕲水等县都有自卫队。

大哥带着周镐和李华初到了罗田自卫队，见到了大哥的朋友。朋友听说周镐是武汉军校来的，很热情。朋友立即把自己的人马召集起来，要让周镐见识一番。

朋友对周镐说："我来带大家操练一下。你周治平是读军校的，是大地方来的，正好请你指教一下。"

周镐客气道："我还没操练过部队呢，哪里谈上指教？平时都是教官操练我们的。"

朋友说："那你们的操练更正规，你正可以好好教我们。"

朋友一吹哨子，自卫队员们便很快集合，站在周镐和朋友面前，整齐严肃。

朋友命令道："刘三狗，出列！"

队列里的刘三狗立即小跑到朋友面前，敬礼道："报告，刘三狗到！请下命令！"

朋友说："我命令你指挥操练！"

刘三狗又是一个标准的敬礼道："是！"然后一个向后转。

刘三狗开始指挥操练。应该说，这个自卫队的操练看上去跟自己在黄埔的操练基本没有多大区别，比较标准、严格。这样一支地方部队，几乎达到了正规军的操练要求，只是有些动作不规范。

朋友得意地说："怎么样？"

周镐一边夸奖，一边站到队伍前，对大家说："我来指挥和示范一下。"

周镐自己喊口令自己完成动作，引得自卫队员们一片掌声，然后他再给队员们下口令，让他们照着自己的样子去做。朋友不禁对周镐竖大拇指。

周镐对朋友说："你把一支地方队伍操练成这样，真不容易。"

朋友说："我们土队伍与你们军队不同，但我们操练时还有所创造，比如你们军校里没有的拳术、擒拿、气功，我们也请武术师来教。"

周镐说："你这个刘三狗也很不错，指挥起来很像我们的教官一样。"

朋友哈哈大笑道："刘三狗哪里是指挥官？他就是个队员！我这里任意一个队员上来，都能熟练地指挥操练！"

周镐对朋友真是佩服不已。他在想，自己以后进入军队，一定要像朋友这样带兵！

中午，朋友在罗田县城最好的饭店设宴招待了周镐和李华初。

席间，朋友举着酒杯嘱咐周镐："以后无论走到哪里，都不要忘记家乡罗田啊。"

周镐说："一定！"

几人将杯中的酒一饮而尽。

李华初开周镐玩笑："你还没进入军队，就过了指挥的'瘾'了！"

回到武汉，陶子来看望周镐。因为陶子也是黄埔军校武汉分校的学生，又是周镐军校里好朋友小孙的中学同学，所以周镐和他认识以后，两个人也就成了朋友。

小孙学业期满后，已被分配到军中。小孙随军调防到什么地方，周镐无法知道，也无法联系。陶子则经常在周末来看望周镐，周镐有空时也会去找他下下棋，聊聊天，或者说一些阅读新书感受之类的话题。

陶子听说周镐要去上海，很是支持。陶子说："那是个大地方，有能力的人到那里发展空间大。"

要分别了，陶子特意请周镐到茶楼去喝茶。

陶子品尝一口茶说："治平，以后发达了可不能忘记我陶子。"

周镐为陶子续上一杯茶，笑道："我们都是朋友，怎么会忘记啊？再说了，我们两人以后谁会发达、谁会忘记谁还不好说呢。"

说完，两个人就一起笑。

陶子说："还是你发达好，我与世无争，只要不贫困就好，有饭吃、有衣穿、有屋住就行。"

周镐说："那也是土豪劣绅生活了，要打倒的！"

两个人又笑。当时，谁都不知道两人的命运在以后又会有交叉。

夜晚，李华初为周镐整理行囊。之后，两人躺在床上说话，到后半夜，几乎没有一点困意。

李华初说："我们都不说话，早点睡。你明天就启程了，路途要保持清醒头脑，一定要休息好。"

第二天早饭后，李华初将周镐送到武汉码头。二人依依惜别。

周镐说："华初姐，待我安定下来，一定早点接你过去。"

李华初说："你放心去吧。在你来接我之前，我会照顾好自己的。"

周镐乘坐的轮船离开了码头好久，李华初还站在岸上目送着轮船。直到远远地看不到轮船了，李华初还站在那里，眼角不觉落下泪水——这一分别，不知道何时才能相见。

第二章
从上海到福建

亲历淞沪抗战

一

黄浦江的水，浊浪滔天。

外滩的路面，车马骈阗。

也有看似宁静的地方，比如闸北路，有时宁静得出奇。

这宁静，其实是在酝酿一场战事。 这宁静，掩饰不了暗藏的战争来临前的喧嚣。

那时，周镐顺利地加入了十九路军。

训练场上，周镐勤学苦练，摸爬滚打，弄得一身泥土、一身伤痕。

周镐明白，要想打好仗，就必须练好本领，上了战场，如果没点功夫，就只能成为刀枪之下的鬼魂了。

进入军队，周镐感觉就是进入了一片新天地。可以说，他是冲着十九路军的声名而来，也是冲着那些熟悉的同学而来。刚到上海，见到了在十九路军中服役的罗子廉等同学，大家都很高兴。黄埔军校武汉分校出来的都是优秀人才，十九路军当然欢迎周镐的加入。

武汉军校的同学罗子廉握着他的手说："周治平，我们又可以并肩战斗了！"

周镐说："罗子廉，我们一起努力，等待三民主义在中国实现的那一天吧！"

两个人就拍打着对方的肩膀笑，相互鼓励。

周镐在训练间隙里，给李华初写了一封信，告诉她目前的状况，要她放心。

周镐在信中说："华初姐，我觉得在这里能够施展我的抱负。我已给父亲去信说明情况，你若有空再代我回乡告诉我父母，叫他们不必担心和牵挂我……"

周镐握笔的手不觉停下来，感觉有千言万语，一下不知道怎么说了——他已感到战争可能要来临。这样的事，最好还是不告诉李华初为好，谁都知道战场上子弹是不长眼睛的。

十九路军之所以调防上海，自然是有其原因的。十九路军作为一支劲旅，守卫上海最合适不过了。上海平安，国民政府所在地南京的平安才能有保障。

周镐亲历了"一·二八"事变和淞沪抗战。

1931 年九一八事变之后，日本人为了转移中国民众和外国媒体的视线，掩盖其炮制伪满洲国的阴谋，野心继续膨胀，最终在上海挑起了"一·二八"事变。

1932 年 1 月 5 日，日本陆军大将板垣征四郎在东京与裕仁天皇见面后，从东京给日本驻上海公使馆陆军辅助武官田中隆吉少佐发来电报："满洲事变按预计发展……请利用当前中日间紧张局面进行拟策划之事变，使列强目光转向上海。"

1 月 18 日下午，阴冷的寒风吹拂在人的脸上，仿佛刀割一般疼。而杨树浦一家工厂内却很热闹——工人义勇军们正在操练，大家情绪高昂。

两名日本僧人和三名日本信徒来到这里的三友实业总厂，在厂外观看工人义勇军操练。一名日本人忽然捡起一块石子，向操练的工人投掷过去。

被砸中的工人愤怒地盯着日本人问："你们要干什么？"

双方立即发生了冲突。这时，一群不明身份、工人模样的人混入进来，开始发动攻击，人群立即混战起来。冲突中，日本五人中一人死亡、一人重伤。因场面混乱等，警察未能成功逮捕伤人者。因此，日本指责攻击事件是中国工厂纠察队所为。

直到战后，事件的真相才得已大白于天下，史料记载得很清楚：二战结束后，田中隆吉在军事法庭上接受审判时，承认并如实供述了以下情况——田中隆吉接到板垣征四郎的电报后，将两万日元经费交给了日本女间谍川岛芳子（金碧辉），委托她具体策划实施。川岛芳子唆使了五名日本人去工厂生事；那群不明身份的工人模样的人，是她雇用的打手。他们由此挑起事端，找到了侵占上海的借口。

之后，1 月 20 日凌晨 2 时左右，几十名日侨青年同志会的成员，趁黑夜来到三友实业总厂，放火焚烧了工厂。工部局的华人巡捕立即组织救火，结果一名华人巡捕被他们砍死，两名华人巡捕被他们砍伤。

1 月 20 日下午，在田中隆吉的煽动下，一千二百名日本侨民在文监师路集会，又沿北四川路游行，前往该路北端的日本海军陆战队司令部请愿，要求日本海军陆战队出面干涉。他们走到靠近虬江路时，开始发生骚乱，华人商店被砸，店主被袭击。

1 月 21 日，日本总领事村井苍松向上海市长吴铁城提出无理要求，事件又一次升级。

1月23日上午，淞沪警备司令戴戟、十九路军军长蔡廷锴在龙华举行了军事会议，十九路军总指挥蒋光鼐带病匆匆赶来参会。大家根据日本大量增兵、日侨不断寻衅的情况，判断日本人必有企图，决定如日军进犯，全军要坚决抵抗，并着手构筑了闸北地区的防御工事。

周镐和大家一道，投入了紧张的战斗准备中。

二

1月28日夜，周镐等十九路军的将士们守卫在闸门路的防御工事内。因为形势危急，大家被要求轮换休息。

晚上9时30分，十九路军得到报告，日本海军陆战队在虹口公园紧急集合，同时又有舰上陆战队在黄浦江沿岸登陆。

12时20分，有日军分批乘铁甲车，冲向我闸北前沿阵地。

“咣咣咣——”日本人把铁栅栏敲得很响，并用日本话夹杂着中国话喊：“开门！快打开栅栏门！”

大家按上级要求，对日本人的叫喊不予理睬。日本人随即退去。但是稍后，日本人的铁甲车又开过来了，后面跟着日军陆战队。

一阵枪声，打破了黑夜的沉寂。

周镐他们先是在后线，对前方情况不明。旁边的士兵问：“怎么回事？”

周镐判断说：“肯定是打起来了！”

立即传来了上级命令：“跑步冲入第一线！”

周镐他们立即往前冲。

之前中方因为尽量避免发生冲突，把警察部队配备在第一线，做被动防卫，陆军部队则掩蔽在后面进行警戒。现在日本人发动了进攻，十九路军随即进入第一线，对日军奋起还击。

日本海军陆战队分三路突袭闸北，向中国驻军发起进攻。十九路军顽强反击，日军被迫败退租界。

这次战斗异常激烈，分为好几个阶段。

据资料记载——

2 月 2 日，日军从本土增调航母和军舰十四艘、陆战队七千人增援上海；14 日又调陆军一个师团参战；18 日向我方发出最后通牒，遭到蔡廷锴严词拒绝；20 日，日军全线进攻，遭到蒋光鼐、蔡廷锴的第十九路军、张治中的第五军顽强抗击，激战六个昼夜，日军受重创被迫停止攻击。

27 日起，日本内阁组建上海派遣军，增调两个师团，总兵力增至九万多人、军舰八十艘、飞机三百架。

日军要求我方向租界外撤退二十公里，蔡廷锴请示蒋光鼐："如何回答？"

蒋光鼐说："用大炮回答他！"

日军总兵力九万多，使用的是飞机、装甲车等现代化武器装备；中国守军不到五万人，靠的是枪支和大炮。经过一个月的苦战，我方伤亡很大。

前方将士盼望能够增加援兵，但蒋介石却积极谋求妥协和停战，拒绝向上海增兵。3 月 1 日，日军发动全线总攻，中国军队腹背受敌，退守嘉定、太仓一线。2 日，上海完全陷落。

5 月 5 日，在英、美、法、意等国调停下，中国政府与日本签订了丧权辱国的《淞沪停战协定》。

淞沪抗战，中国军队毙伤日军逾万人，迫使日军数次增加兵力，沉重打击了日寇的嚣张气焰，增强了全国人民的抗敌决心。

以后的周镐，每每想起自己参加过的淞沪抗战，心底都会涌起一股豪情。

三

闸北路的街道很凌乱。闸北路的军心、民心不凌乱，大家的心愿是一致抗敌。

闸北路的墙壁上还留有火药的味道，久久不肯散去。

退守到嘉定一带的将士们很无奈。

在这枪声停止的间隙里，周镐对着战场的方向，默默地垂下头——他在凭吊着为国捐躯的英烈。他的同学罗子廉等人，在这场战斗中牺牲了。

周镐想起刚来上海投奔十九路军时，他和罗子廉见面的情景——

罗子廉握着他的手说："周治平，我们又可以并肩战斗了！"

周镐说："罗子廉，我们一起努力，等待三民主义在中国实现的那天吧！"

两个人互拍肩膀，相互鼓励……

可是现在，罗子廉永远不在了，他的遗体会被掩埋在哪里，周镐都无法知道了。

那些记忆深刻的日子里，周镐忘不了上海的民众——

淞沪抗战中，上海人民做出了巨大贡献。上海民众自发组织了"市民义勇军"，王屏南成为义勇军第一大队大队长。王屏南作战英勇，2 月 27 日，他和义勇军二百一十四人开赴宝山前沿阵地抗敌，配合十九路军的半个步兵排十八人，守卫东门外海滩。他们靠步枪六十四支、子弹一万两千发、手榴弹四百颗、地雷九颗、一些大刀和梭镖，对付敌人七艘军舰、二十余架飞机、百余艘小火轮和木船，3 月 1 日与敌人激战一个多小时，日军始终不能前进一步。

那些记忆深刻的日子里，周镐忘不了日军的疯狂——

上海四川北路日军势力范围内，有一家五洲药房第二支店，店里的职工向顾客们揭露日寇侵略我国东北的罪行，宣传提倡国货、抵制日货。1 月 28 日上午 10 点，日军竟在光天化日下闯入店内，搜查出义勇军服装和抗日宣传资料后，强行捆绑留守的十一位店员，将他们押上军车开到刑场，全部屠杀，被杀的店员中年龄最小的只有十六岁。五洲药房总经理项松茂得知情况，立即到日军司令部交涉，也被日军当场杀害。

淞沪抗战，更增加了周镐心中的抗日爱国情怀。

“一·二八”事变之后，十九路军调防，受命从上海调往南方去“剿共”。

从上海到福建，周镐随着十九路军一路风雨兼程。

历经福建事变

一

淞沪抗战之后的上海，天气开始转暖。

可是周镐似乎没有感到气候的温暖，只是感觉那风吹在身上，凉凉的；那阳光照在身上，也是凉凉的——因为周镐的心是凉的，十九路军将士们的心也是凉的。

蒋介石和日本人签订的《淞沪停战协定》，在十九路军将士的心底泼了一盆凉水。《淞沪停战协定》规定上海至苏州、昆山一带地区，中国无驻兵权，而日军可在上述地区驻军；除正文外，双方还有三项谅解，其中就是国民政府必须将十九路军调离上海。

在《淞沪停战协定》签订的第二天，蒋介石下令：对“违令”抗日的十九路军进行“整肃”，令将该军三个师分别派到皖、鄂、赣三省“剿共”前线参加反共内战。

部队调防，当命令传达下来时，周镐真的难以理解了：中国的上海，日本人能驻军，中国人反而不能驻军，这是什么逻辑？ 不打日本人去打中国人，这是什么道理？

大家议论纷纷。

这个说：“丧权辱国！ 这不是把上海卖了吗？ 卖了也没给钱啊！”

那个说：“是不是有人脑子被驴踢坏了，竟然签订这样的协议！”

周镐沉默了许久，在心中难过地自语：“牺牲的兄弟们，你们白白牺牲了！”

有人去军部办事，亲眼看到蒋光鼐、蔡廷锴在发脾气，蒋光鼐把桌子捶得咚咚响，蔡廷锴则差点把那份刊载协议消息的报纸撕了。

蒋光鼐喘着粗气骂：“成何体统！”

蔡廷锴悲愤交加地吼：“这是和日本人一起欺负我们十九路军啊！”

蒋介石的行为，在十九路军将士们的心底埋下了阴影。

周镐随部队一路向南进发。1932年6月，十九路军陆续进入福建。

周镐是第一次到福建来，他为福建的美丽风光所迷恋，忍不住在心底想：如果没有对外战争，没有国共内战，老百姓的日子该多好！

此时，蒋介石又整肃、收编了陈国辉、张贞等杂牌部队，开始举兵进占中共的闽西苏区和闽南游击区，大肆进行反共活动。

1932年，正是蒋介石组织各路大军，对革命根据地和中国工农红军进行疯狂“围剿”的时期。蒋光鼐和蔡廷锴为了解将士们的思想情况，特意组织了一场特定人员参加的会议，请大家畅所欲言。

会议在一片树林前的空场上举行，参加会议的大多是周镐这样黄埔系的军人，用蔡廷锴的话说，大家都是“有文化、有军事知识的青年才俊”。大家很轻松地谈论着自己对时局的看法，自然对《淞沪停战协定》不能释怀。

蔡廷锴问周镐：“你是黄埔几期的？”

周镐立正回答：“报告军长，我是黄埔军校武汉分校七期的。”

蔡廷锴说：“好！好！武汉先后两所分校的学员很多与我们十九路军亲近，你们受李济深校长、邓演达校长和郓代英他们的影响最大。特别是你们学校曾经集体‘叛逃’过，后来又被蒋总司令追了回去。”

周镐说：“确实如此。”

蒋光鼐对众人说：“我很想问一问大家的意见，现在这个内战要不要打下去？”

大家一时不敢乱说。

蒋光鼐说：“这是在我十九路军，我们不是蒋某人的嫡系，说错了也没人把你们怎么样。”

周镐说：“日本人占领着我们东北、上海，欺压着我们百姓，我们为什么不去打日本人，反倒要在这里专门打共产党的军队？”

参加会议的人员，几乎都与周镐有共同看法，一时大家争着发言。

这个会议之后，一种反蒋情绪在部队里暗暗弥漫着。

当然，蒋介石不可能对十九路军的情绪一无所知。

也许是为了安抚十九路军吧，1932 年年底，蒋介石忽然改组福建省政府，任命十九路军总指挥蒋光鼐为省主席、军长蔡廷锴为驻闽绥靖公署主任兼十九路军总指挥。但这并不能消除十九路军的反蒋情绪。

二

周镐喜欢福建的风景，常常喜欢靠着大树看书。从幼时进入学堂起，他就养成了爱看书的习惯，一直坚持下来。那天他正在看书，见四五个人簇拥着一个戴着眼镜、跛着腿的人从他面前走过。而那些迎面遇到的老兵，都对这人立正敬礼。

周镐不觉好奇地问身旁的阿李：“这人是谁？”

阿李告诉他：“这是陈司令，大名鼎鼎的十九路军陈铭枢司令，就是他一手创办了十九路军！”

阿李年龄没有周镐大，但进入十九路军早，是个“老兵”了，也算是见多识广了。

周镐不禁肃然起敬。陈铭枢创办了十九路军，后来任京沪卫戍总司令官兼代理淞沪警备司令、国民革命军右翼集团军总司令。

陈铭枢这次是从欧洲游历回国，刚到十九路军，就开始积极筹划反蒋行动。

周镐有所不知的是，十九路军高层经过反复研究、商讨，决定不再参加对红军的“围剿”，并试图与红军建立联系。

军内高层做出决定之后，陈铭枢、蒋光鼐等人任命陈公培担任十九路军代表，前去苏区与红军联系。陈铭枢曾经加入中国共产党，参加过南昌起义，在大革命后脱党，但仍与共产党有着千丝万缕的联系。

陈公培携带着蒋光鼐的亲笔信，一路辗转奔波，于 1933 年 9 月 22 日抵达红军东方军指挥部所在地王台，找到了红军将领彭德怀，彭德怀随即致电中央进行汇报。周恩来接到汇报之后，立即提议派袁国平同陈公培会谈。

1933 年 10 月 26 日，十九路军和中共双方签订了《中华苏维埃共和国临时中央政府及工农红军与福建政府及十九路军反日反蒋的初步协定》。

双方的协议内容包括：十九路军停止进攻苏区、释放政治犯、取消经济封锁；红军退出洋口，双方划定双方疆界，若蒋介石进扰十九路军的游击区域，红军会全力援助十九路军作战。

11 月 27 日，双方又签订了《闽西边界及交通条约》。这样，苏区急需的药品、食盐、布匹、军械等物资，都从福建运输了进去，实际上一定程度地解除了蒋介石对中央苏区的经济封锁，为中央苏区的反“围剿”斗争提供了有力支援。

得知十九路军与红军达成协议的消息，周镐很是高兴，觉得自己投奔十九路军，真是找对了地方。

周镐不知道的是，十九路军正酝酿着一场更大的行动。

三

福建是个多台风的地方。

福建的台风，猛烈、强劲。

那时的福建，也是政治台风较多的地方。福建的政治台风，同样猛烈、强劲。

面对形势的变化，周镐豪迈地在日记中写道：“让台风来得更猛烈些吧！”

十九路军内部，早已明确地传达了军部的反蒋命令。

早在几个月前的1933年6月1日，即蒋介石与日本人签订《塘沽协定》的第二天，蒋光鼐、蔡廷锴就在福州发表通电，反对蒋介石对日妥协、出卖华北。蒋光鼐、蔡廷锴的通电，在国际国内都产生了巨大的反响。

周镐正为十九路军的做法高兴之时，李济深等人已在筹备成立新政府，并召开代表大会。命令传达下来，周镐所在的部队担任会议警戒工作。

11月20日，李济深等在福州城南公共体育场（今五一广场），召开“中国全国人民临时代表大会”，公开宣告抗日反蒋。大会通过了十二个决议及建立人民革命政府的提议，并发表了《人民权利宣言》。

会场很庄严，参加会议的人既严肃，又兴奋。李济深以洪亮的声音宣读宣言。他宣读完毕时，会场上爆发出经久不息的掌声。

负责担任会议警卫的周镐、阿李他们，也鼓起掌来。

这个会议，标志着福建事变的爆发。

在十九路军的精心筹备下，国民党内的李济深、陈友仁和第三党领袖黄琪翔等反蒋势力联合起来，李济深、蔡廷锴等人通电脱离国民党，随后成立生产人民党，陈铭枢担任生产人民党的总书记。

形势的变化几乎让周镐应接不暇。

1933年11月22日，中华共和国人民革命政府在福州正式宣布成立。

李济深、陈铭枢、陈友仁、戴戟、蒋光鼐、蔡廷锴等十一人组成人民革命政府委员，李济深担任主席。

中华共和国人民革命政府宣告：废除南京政府年号，改民国二十二年（1933年）为“中华共和国元年”，福州为中华共和国首都；废除原来的青天白日满地红国旗，以上红下蓝中嵌五角星旗为国旗，把福建划分为闽海、延建、兴泉、龙汀四省；同时推行“计口授田”、保护工商业、司法改革、关税自主等政策措施。

革命政府的中心任务是：外求民族解放，排除帝国主义在华势力；内求打倒军阀，推翻国民党统治，实现人民民主自由，发展国民经济，解放工农劳苦群众。

中华共和国人民革命政府成立的消息，立即传遍了福州的大街小巷。进步人士都在欢呼雀跃，有人在街上拉起了条幅进行庆贺。

周镐和阿李走在街上，他们被人们的情绪感染着。

阿李说："我们也得表示一下，买一挂鞭炮庆祝一下吧。"

周镐赞道："好，我来买！"

周镐立即从街边的店铺里买了鞭炮。周镐用竹竿将鞭炮挑起，阿李负责点火。阿李刚点上火，怕鞭炮炸着自己，撒腿便跑，没想摔了一个大跟头。围观的人哈哈大笑。笑声中，鞭炮声响起，将大家欢乐的心情传向四方。

阿李说："周治平，你平时不是总讲三民主义吗？趁现在人多，你是不是给大家说一说？"

阿李这一说，周镐忽然就有了演讲的兴致。

他站上店铺门前的板凳，宣讲起了《人民权利宣言》涉及三民主义方面的内容，周镐通俗的解说和演讲，赢得了听众一阵阵掌声。

阿李后来告诉周镐，周镐演讲时，路过这里的戴戟、蔡廷锴下了敞篷车，也过来驻足倾听。

戴戟对蔡廷锴说："这个年轻人有想法、有观点，是个人才。"

蔡廷锴告诉他："这个年轻人我知道，他叫周治平，黄埔军校武汉分校七期的。"

戴戟连连点头："难得，不错！"

应该说，周镐在十九路军中的表现，是引起了不少人注意的。

这也是后来十九路军解散之后，周镐回乡途中遭遇磨难的重要原因——

淞沪抗战前后，蒋介石对蒋光鼐、蔡廷锴的反蒋情绪早已察觉，令戴笠派人前往福建，对十九路军的将士进行监视、收买和分化。其中著名的军统特务毛森就来到福建南平的浦城县，进入当地驻军张殿基旅，还与张殿基结拜为异姓兄弟，获得了大量情报，所以福建事变中，浦城驻军张殿基旅始终未卷入其中。

另外，戴笠还组织特工进行卧底，打入十九路军。例如戴笠手下一个女特工就曾打入十九路军六十一师师部，还通过自己独有的优势，制服了十九路军高层人物安插在六十一师的亲信、内线。至于其他特工进入十九路军的，自然也是大有人在。

毫无疑问，周镐在十九路军的表现，已经吸引了特务的注意。而这些情况，周镐在当时是一无所知的。

四

福州大街上的树在风中摇曳着。

中华共和国的崭新国旗在高高的旗杆上摇曳着。

周镐在福建事变中激动着。

十九路军的将士们也都在福建事变中激动着。

但是，复杂的形势注定不会让刚刚成立的这个政府顺利存在下去。

中华共和国人民革命政府成立后，受到全国各地民众和海外华侨的拥护。

而蒋介石得到这一消息后，第一时间便是怒不可遏，气得骂娘。

蒋介石正在对红军和革命根据地发动第五次“围剿”。福建事变的发生，让蒋介石被迫改变了原定计划。

蒋介石命令：从江西“剿共”前线和沪宁杭一线抽调十一个师进入福建，对十九路军和中华共和国人民革命政府进行讨伐。12月下旬，蒋介石共抽调进攻江西苏区的嫡系部队十余万人，任命卫立煌、张治中、蒋鼎文为三路前敌总指挥，向福建推进。

形势严峻，蒋光鼐、蔡廷锴集合部队进行战前动员。

蔡廷锴挥着胳膊高呼：“我们一定要推翻蒋介石政权，实现人民民主自由！我们一定要御敌于国门之外！革命一定要成功！”

将士们振臂高呼：“御敌于国门之外！革命一定要成功！”

周镐紧紧握着手中的枪，深感身上责任重大。

蒋介石的人马在海军、空军的配合下，由赣东和浙江分路进攻延平、古田等地。卫立煌行动迅速，很快就抵达福建北部，三路人马对十九路军形成夹击之势。

战斗打响了。

在连天炮火中，周镐和十九路军的将士们英勇抵抗蒋介石军队对福州的进攻。

阿李担心地问周镐：“他们又是飞机又是大炮地袭击我们，我们能对付住吗？”

周镐说：“只要我们不后退，就一定能守住阵地！”

然而不好的消息陆续传来——

“东面一道防御工事被突破！”

“北面部队抵抗不住后撤了！”

此时，人民革命政府内部对如何应对当前形势发生了争执。大敌当前，团结最重要，可是纷乱的形势下，却无法统一意见。

1934 年 1 月上旬至中旬，延平、古田被张治中部占领。

情况紧急，中华共和国人民革命政府主要领导进行研究讨论，仓皇中很快达成共同意见：为保存力量，人民革命政府迁往漳州，十九路军总部迁往泉州。

1 月中旬，福州被张治中占领。

周镐随部队坚守在泉州涂岭一带。蒋军对涂岭发动了大规模的进攻，战斗惨烈。一时，十九路军已无法抵御住蒋军的进攻。而更严重的是，卫立煌行军迅速，隐蔽地绕到闽江以南进行阻击，截断了十九路军经泉州退入广东的道路！

蒋介石利用优势兵力进攻，同时运用人员关系和安插在十九路军中的特工，对十九路军进行分化和瓦解。蒋介石大撒金钱，以此收买十九路军的高级将领，声称既往不咎，这样，军长、师长们几乎全部向蒋介石投诚。1月21日，泉州、漳州相继失守，十九路军主要将领毛维寿、区寿年等人联名通电，投降南京政府，福建事变宣告失败。

李济深、陈铭枢、蒋光鼐、蔡廷锴被迫逃往香港。十九路军在缴械后被解散、收编，十九路军番号被取消，只保留六十、六十一、七十八师三个主力师番号，军官大多调整为黄埔系。

周镐和阿李在部队四散溃败中，隐藏到密林中。

阿李忧愁地问周镐："怎么办？"

周镐说："部队是不能回啦，回去肯定是做俘虏。你老家在哪里？"

阿李说："我老家在江苏。"

周镐说："我看你先回老家再说吧。"

阿李说："唉，我不识字，不像你是文化人到哪里都行，我只能回去种地了。也好，在家守着父母，免得他们担心。估计这些年他们都以为我死在外面了。"

两个人在山林中找到一户山民人家，用身上积攒的一点钱，各向山民买了一身旧衣服，换下身上的军服，扮成老百姓，摸索着走出山林。

两人在一条小路上分手。阿李有点依依不舍。

阿李说："周治平，我觉得你回湖北当个老师最合适，不要出来当兵了，小心子弹是不认人的。"

周镐笑笑："走一步是一步吧，湖北和江苏有一些路程，相信我们还有见面机会的。"

两人挥手，踏上不同的小道。

五

进入了山区，高低起伏的山岭挡住了视线。

踏入了平原，茫茫原野又使眼前一片开阔。

周镐不停地走着，日夜兼程。

周镐没有回湖北，而是先赶往上海。他计算过，从福建直接回武汉交通不便；而从上海绕道回武汉，水路是最合适的选择，交通方便。

越往北走，寒风就越是凛冽；越往北走，心中就越是五味杂陈。今后的路，到底怎么走？

步行，搭车，住小旅馆，借宿百姓家……一路辛苦辗转，周镐从福建泉州，经浙江、江苏，奔赴上海。

他要回到闸北路，看一看那曾经战斗过的地方，看看那同伴们倒下的地方。那场战斗，对他的人生影响太大了。这世上的人，不是每个都有幸参加“一·二八”淞沪抗战的，而他周镐有幸参加了，痛打日本人，那是他心中的光荣。

进入上海，他看到上海表面上的“繁荣”依旧。似乎上海的公共租界比从前又扩大了，大街上除了能看到英国人、美国人、法国人、印度人，他更注意到三三两两的日本人，他们在街上闲逛、说笑，或者买东西。“一·二八”事变，蒋介石和日本人合着伙把中国军队赶出了上海，把日本人客气而霸道地留在了上海。

周镐来到闸北路，看到这里有日本兵驻扎，心中的憋闷一时散不开。这里，已丝毫看不出一年前曾经是战场，而周镐的同伴们有许多就牺牲在了这里，他的武汉军校同学罗子廉等人就倒在这个地方。

周镐在闸北路默默地伫立着，轻轻闭上眼睛，脑海中回想着过去的战斗场面，心中越发充满了对牺牲将士的哀思。

周镐在上海逗留的这段时间，算是对铁蹄下的上海做了一个全面的考察。

看着日本人耀武扬威的样子，周镐不觉想起清末诗人黄遵宪的诗，晚上回到旅馆，便在随身携带的日记本上写了下来：

一自珠崖弃，纷纷各效尤。瓜分唯客听，薪尽向予求。

秦楚纵横日，幽燕十六州。未闻南北海，处处扼咽喉。

离家在外多时，周镐想念亲人，想念妻子李华初了，恨不得一下就能飞到李华初身边。

周镐立即购买了赴武汉的轮船票。

周镐所乘坐的轮船，是中国人自己的轮船，这让周镐心中很是骄傲。

清末民初时，长江航运一直被外国轮船公司控制着，不多的几家中国轮船公司都濒临破产。1930年，中国实业家卢作孚创立了民生公司，先后收购了大批中外轮船，控制了长江航运，将不可一世的外国轮船公司挤出了长江上游，并扩展到了整个长江航运。周镐想，如果哪一天能把上海租界里的英国人、美国人、法国人和日本驻军都赶出中国去，那该是多么自豪的事！

上海的码头似乎很拥挤。周镐提着简单的行李，随着人流登上了赴武汉的轮船。大家似乎都是行色匆匆、急于回家，上船后都是松了一口气的样子。可是也有人很悠闲，比如一个瘦高个子男人，好像连行李都没带，只提着一个简单的帆布包，就那么随意地靠在栏杆边，有一下无一下地看看江面，再看看船上的人，一副置身事外的样子。

周镐想：这样的人，一定是无所事事的富家子弟、公子哥儿。

从上海到武汉，是逆水行船，需要好几日才能到达武汉。周镐常常凭栏远眺，每每看到两岸如画的山水，一腔豪情便从心中油然而生：从军未能实现抱负，但人生的路是宽敞的，也许阿李说得对，回到武汉做个教书先生也挺好的，可以用书本和文字教给学生们爱国知识，教育他们将来赶走侵略者，保卫这大好河山。

那个瘦高个子的富家子弟，看来也是读过一些书的人。他常常会从帆布包里拿出一份报纸，随意地看一小会儿，再用懒散的目光扫视一下人群，也看一眼周镐。

周镐想上前向他借一份报纸看，但离他还有十几米远的时候，那人已经将报纸装进帆布包，进舱里去了——这人似乎无视任何人的存在。

轮船行至南京江面，长江南岸的青山葱郁挺拔，异常俊秀。看着脚下和眼前这大好江山，不知为什么，一股愤懑又涌上周镐的心头：政府只顾“剿共”、打内战，这看似繁荣的首都南京，谁能保证不被日军侵占?

船在南京下关中山码头靠岸，一部分旅客在这里下船，另一部分旅客则在这里登船。

周镐无意中看到，那个瘦高个子男人也从这里下了船。瘦高个子男人登岸时，与一个从这里登船的高胖男人迎面相遇，两人嘀嘀咕咕说了一些什么，又同时向船上的人群中扫视着，周镐与他们的目光无意中相遇，他们立即把目光移开了。周镐想：这两人一定是非常熟识的人吧。

轮船离开南京，继续航行。

那个从南京登船的高胖男人，竟与已经下船的瘦高个子男人有共同特点：也喜欢看报，也似乎无视别人的存在。所不同的是，高胖男人随身带着个行李箱，还另外夹着一个公文包，一看就像执行公务的人。

船离武汉越近，周镐就越是想念妻子李华初。离家之后，随着部队辗转颠簸，书信联络都很艰难，也不知道李华初现在的状况如何。

他根本想不到的是，到武汉后，迎接他的会是一场牢狱之灾。

第三章 进入军统

第一次被捕

一

长江里的水一浪一浪向前翻滚着。

长江上的风一阵一阵在耳边吹拂着。

“呜——”轮船的鸣笛声回响在江面和长江两岸。

轮船终于到了武汉，想着马上能见到妻子李华初，周镐一时很激动。

轮船停靠在汉口码头。周镐急急地收拾行李，匆匆地离船。周镐无意中看到，那个高胖男人已在他前面下了船，还回头向他看了一眼。

周镐出了码头，提着行李，正在考虑如何赶往李华初租住的地方。这时恰好来了一辆黄包车，周镐招招手。

车夫问："先生要到哪里去？"

周镐说："把我送到前面的渡口，我要往武昌方向长街那里。"

车夫边帮周镐把行李拿上车边说："住那里的学问人挺多的，以前那里有军校呢。"

周镐刚坐上黄包车，出乎意料的事发生了：忽然间冲过来一群人，将黄包车团团围起来，用枪顶着周镐和车夫，硬把周镐从车上拉下来。

一瞬间，周镐不明白发生了什么。黄包车夫吓坏了，忙问："长官，你们这是干什么？这是干什么？"

为首的人一挥短枪，说："我们是宪兵四团的，你们两个跟我们走！"

车夫紧张地说："长官，我可没干坏事，我可没干坏事啊！"

为首的人说："废什么话！快走！"

周镐说："你们肯定误会了。我是从上海回武汉的，我什么事也没做。"

为首的人说："别多问了，正因为你是从上海来的，形迹可疑，我们才带你去宪兵团！"

周镐虽然不知道发生了什么，但是猜想自己可能摊上事了。

两个人乖乖被押着去了宪兵四团，周镐一路思考着到底发生了什么事。

到了宪兵团，车夫因为根本不认识周镐，他只是为了拉客赚生意，所以被盘问了一会儿，就释放了。

而周镐则被塞进宪兵队的简易囚室里，铁门一关，便不再有人理他了。周镐的行李也被翻得乱七八糟。

周镐百思不得其解，到底是哪里出了问题？ 好在自己没有把对时局的看法和不满写在日记本上，抓他的人应该找不出他思想上的什么把柄，行动上更不会有把柄。 那自己究竟犯了哪一条法？

周镐一直被关押到晚上，才有院子里的流动岗哨过来，从门缝里塞进一个硬得像铁疙瘩一样的粗面馒头。 周镐把那馒头吃了，口里感觉干得冒火，想喝水，就是没人搭理他。

周镐只好用拳头狠狠敲着铁门喊："放我出去！ 你们抓错人了！ 我没有犯法！"

晚上 9 点，有人来开门，命令他："老老实实跟我走！"

那人嘴角上长着一撮毛。 这"一撮毛"叫两个宪兵团的士兵押着周镐，跟着他进了审讯室。 然后，"一撮毛"对周镐开始了审讯。

"一撮毛"问："知道不知道为什么抓你？"

周镐生气地说："不知道。 你们是无缘无故地抓人。"

"一撮毛"嘲笑道："装，装！ 你就装吧！ 你以为我们不知道？"

周镐说："那你们知道什么，请你赶快告诉我，让我也知道知道！"

"一撮毛"一拍桌子，说："你到现在还耍滑头！"

周镐说："我耍什么滑头了？ 莫名其妙！"

"一撮毛"又一拍桌子，怒道："你是共产党！"

这下轮到周镐吃惊了："我是共产党？ 从何说起？ 可笑！"

"一撮毛"嘲笑道："你还挺能伪装，装出这么个无辜的表情来。"

周镐怒斥道："我要是能装就好了！ 可惜，我连一个共产党的面都没见过。 真不知道他们是不是真长得龇牙咧嘴的，还是红毛妖怪一样的。"

"一撮毛"说："你就给我编吧。 即使你说你不是共产党，但你有共党嫌疑，这个是肯定的！"

周镐说："你为什么这么说？ 我怎么无缘无故就与共党挂上钩了？"

"一撮毛"忽然喝道："要不要我点化你一下？"

周镐说："我身正不怕影子斜，你说吧。"

"一撮毛"说："我知道你叫周治平，又叫周道隆！"

周镐说："这不奇怪吧，我日记本上写着我的名字呢，你们搜查我的行李了。"

"一撮毛"用手指叩击着桌面说："你在上海加入了十九路军，参加了'一·二八'淞沪抗战，又随十九路军开拔到福建，然后参加了福建事变！"

周镐的表情一下僵住了。

"一撮毛"冷笑着问："怎么不说话了？ 这下你还有什么好说的？"

沉默半天，周镐问："你们怎么知道我这些事？"

"一撮毛"说："我们当然知道，你在十九路军还是个活跃分子！"

周镐说："我确实是在十九路军当兵的，难道因为我在十九路军当兵，我就有共党嫌疑了？ 十九路军里也没听说有谁是共产党啊。"

"一撮毛"说："你以为我们都是傻子？ 你们成立什么'中华共和国人民政府'，没有共产党的策动，凭蒋光鼐、蔡廷锴，他们能有本事发动这么大的事情？"

周镐针锋相对地说："那你问蒋光鼐、蔡廷锴他们去，我就是个当兵的，他们要搞什么，我不可能知道，我也抗拒不了。 军人的天职是服从，何况我只是普通士兵。"

最后实在问不出什么，"一撮毛"只好给周镐倒了一杯水让他喝了，告诉他："你这案子是我顶头上司负责的，他出差了，过几天由他来审你。 你最好准备竹筒倒豆子，免得皮肉受苦。"

周镐回到囚室，心境一时难以平静。

囚室不大，里面什么都没有，只剩下几平方米的地面。

这一夜，周镐失眠了。 他躺在地面上，想睡，可是怎么也睡不着；他站起来靠着墙壁，想稳定一下思绪，又怎么也稳定不住，脑子里乱糟糟的。

武汉宪兵四团怎么就知道了我周镐的经历？我刚到武汉，他们怎么一点时间都没耽误，立即就抓捕了我？

二十四岁的周镐，此时好像脑子里满满的都是糨糊，都是乱麻，怎么也理不出一个头绪来。

被认为有共产党嫌疑，这可不是好玩的。福建事变之后，李济深、陈铭枢、蒋光鼐、蔡廷锴如果不是及时逃往香港，如果是落在蒋介石的手里，那多数是性命难保。从前给自己上过课的恽代英，都传说他是共产党，蒋介石后来毫不犹豫地把他杀害了；邓演达只是国民党左派而已，也被蒋介石杀害了。如果自己硬被扣上共产党嫌疑的帽子，毫无疑问会有性命之忧。

怎么办？自己还年轻，生活的路才刚开始，就这样走到头了？

周镐又想起了妻子李华初。华初，你在哪里？你知道我现在的情况吗？

这一夜，周镐是在失眠、忧虑中度过的。

二

接下来的几天，根本没有人提审周镐，这让周镐很忐忑，毕竟没有经历过这些事。

直到一天晚上，"一撮毛"来到囚室前，让人开了门，对周镐说："我的上司出差回来了，今天长官要亲自审讯你。你是说实话还是说假话，何去何从你要考虑好。"

周镐被带到审讯室，等候审讯。

"一撮毛"和一个宪兵领进来一个人。"一撮毛"说："我们长官来了。"

那个"长官"看一眼周镐，笑了。

周镐惊喜道："陶子！"

陶子对"一撮毛"和宪兵挥挥手说："你们出去吧，这是我老朋友。”

“一撮毛”识趣地领着士兵退出去，关好门。

陶子给周镐递上一杯水说：“治平，我出差回来，一看案卷，就知道是你。怎么会是你？”

周镐说：“我也不知道，我怎么一下轮船就被你们抓捕了？”

陶子笑道：“呵呵，你在上海就被我们的人盯上了。”

周镐说：“你们的人？”

陶子告诉他，盯他的人是复兴社的。

原来周镐离开武汉不久，陶子就做了宪兵警察。因为工作关系，陶子与复兴社的人很熟。他们复兴社现在发展很快，几乎在各个地方和军中都有耳目和特工。周镐在福建的一举一动，早已被复兴社的特务们所掌握。他从福建逃到上海，没想到在上海被复兴社的人认出来了，一路尾随他到武汉。

周镐这才明白，开始的那个瘦高个子男人、后来的高胖男人，都是复兴社的，他们一路盯梢到武汉，然后让宪兵队警察抓了周镐。

周镐感叹道：“没想到复兴社这么厉害，连我一个普通人的行踪也掌握得那么清楚。”

陶子说：“这是我的上司——汉口警察署长周伟龙周长官厉害。”

周镐疑惑地问：“周长官又是谁？他能把手掌伸到上海、南京去监视我一个普通当兵的，他仅仅是汉口的局长吗？”

陶子说：“算你猜测对了，他不单是局长，还是武汉复兴社的负责人。”

陶子知道周镐不抽烟，自己点了一支香烟抽着说：“我也佩服复兴社的厉害，不然你们十九路军怎么能被分化的？十九路军毛维寿、区寿年等等那些将领为什么通电投降？都是复兴社策反的结果。再说，你那么活跃，怎么能算是普通人？”

周镐之前根本没有想到复兴社的人能够进入十九路军，这时才有些如梦初醒的感觉。

陶子问："治平，你看你在十九路军的表现，说你没有共党嫌疑，谁能相信？"

周镐不禁苦笑："我是不是共产党，你应该最清楚了。"

陶子说："你当然不是共产党，这个我还是相信的。你从武汉到上海就进入了十九路军，根本没有加入共党、接触共党的机会。可是十九路军发动福建事变后，凡是逃跑和没有投降过来，而且被盯上的，都是要审查处理的，有的直接就按'反国民革命'或者'共党嫌疑'法办了，原因和罪名就是'参加叛乱'，很简单。"

周镐有些担心地说："你们……打算怎么处理我？不会枪毙我吧？"

陶子开玩笑地笑道："治平啊，你现在'栽'到我手里，也算是你的造化了。要是栽在别人手里，那就真不好说了。你我是老朋友，你说我能怎么处理你？"

周镐心里松了一口气，也笑："那就随便你了。"

陶子说："我现在给你个机会，你是黄埔出身，何不趁机加入复兴社？如果你加入进去，与福建事变后回归党国的那些人可以一视同仁，你从前在十九路军的事，就可以一笔勾销了。"

周镐问："如果我加入了，过去的事真能一笔勾销吗？"

陶子说："你不是看到了，李济深、蒋光鼐、蔡廷锴那些人的部下只要回归过来，他们没人被处理吧？你们在那里最多就是被迫执行命令，上当受骗而已。复兴社这里，我负责介绍你加入就是。"

周镐沉思了一下，说："我可以试试。"

陶子着急地说："什么试试？是必须，只有这样才能救你自己！你还不知道你现在的危险处境？不能犹豫了！"

周镐说："行，我听你的！"

陶子在审讯完周镐之后，就去了警察署。至于他是去见了署长周伟龙，还是见了别的什么人，周镐就不知道了。总之，一个被称为潘先生的人随着陶子来了宪兵队，把陶子和周镐一起接走了。

陶子介绍潘先生说："老潘是我好朋友，非常值得信任。以后你就叫他潘先生吧。"

潘先生话不多，但对周镐很热情。

实际上那天潘先生是把他们带到了复兴社汉口支社，也叫复兴社湖北站。

复兴社湖北站的前身是驻武汉的豫鄂皖三省"剿匪"总司令部第三科。后来机构完善起来，又有了武汉支社，支社下设几个分社，1934 年 8 月改为南昌行营特务处湖北站。当时全站外勤人员共四十多名。

在潘先生这里，周镐填写了履历，提交了相关材料，表明了参加复兴社报效党国的决心。

潘先生对周镐的经历很欣赏，告诉他，这两天要对他的经历和材料进行严格审查。不过，他估计问题不大，叫周镐做好上班的准备。潘先生又告诉周镐，他可以先回家，而且可以告诉家里人他在武汉已经谋到了一份小职员的工作。

几天之后周镐就得到了回音：经复兴社审查批准，周镐入了该组织，也就是后来的军统。

这个复兴社，是三民主义革命同志力行社的外围组织，由国民党的特工大王康泽创办。复兴社又叫蓝衣社，因复兴社干部模仿意大利黑衫军和德国褐衫军，穿着蓝色上衣、黄色裤子，所以被称为"蓝衣社"。到后来的 1938 年，复兴社特务处扩大为国民政府军事委员会调查统计局，从此就被简称为军统局了。

军统在思想上和组织上强调"一个主义、一个政党、一个领袖"，推行对蒋介石的个人崇拜，加强蒋介石嫡系对军队军官的思想控制。军统的核心人物多为黄埔系的精英军人，这是一个带有情报性质的军事性质团体，大名鼎鼎的戴笠那时便是复兴社特务处处长。

陶子的朋友潘先生话不多，给人稳健的感觉。他究竟叫什么名字，周镐一直都不知道。老潘后来出现得很少，这让周镐觉得他很神秘。

从此，周镐的生活翻开了一个新的篇章，他开始了十几年的特务生涯。

年轻的特务

一

武汉的李华初想念着周镐。

李华初路过两人曾一同走过的街道，站在路边想：治平，淞沪抗战结束了，你还在上海吗？

李华初来到两人一同逛过的中山公园，坐在亭子里想：治平，十九路军开拔了，你在福建吗？

李华初坐在报摊前，一张一张翻着报纸想：治平，十九路军解散了，你在哪里？

她不知道，她想念的治平现在已经回到了武汉，还遭遇了牢狱之灾。

那天潘先生叫周镐可以先回家，周镐就迫不及待地来到武昌长街，找到了李华初租住的地方。

李华初正在屋子里做手工。她现在的手工活很多，有的就直接领回家来做了。

周镐推门进来，李华初几乎不敢相信自己的眼睛。周镐什么话也不说，上前拥住了妻子。

李华初说："真的是你吗？你回来了？"

周镐说："是我，我回来啦！"

李华初说："我从报上看到十九路军在上海打仗，又到福建去打仗，可是我一直没有你的消息，我以为一辈子见不到你了！"

李华初说着，眼睛潮湿了。

周镐的神情凝重起来，不禁叹了口气。

李华初说："怎么了？回来就好！"

周镐说：“有些兄弟永远回不来了，他们死在了日本人的枪炮下。”

周镐便向李华初讲述了“一·二八”淞沪抗战的情况和福建事变的情况，把从上海返回武汉这一路的经历也说了。

李华初心疼地说：“真没想到你受了那么多罪。你今后打算怎么办？”

周镐告诉她，现在已经有了新工作，目前可以在武汉与她安定地过日子了。

李华初问：“究竟是什么工作？”

周镐告诉她，这个工作是对外保密的，她不需要知道太多，对外面人更不能说。如果有人问起，只说他在武汉找了个小职员的工作。

李华初理解地点点头。

安定下来之后，周镐开始想念老家的父母和兄弟姐妹。因是刚从外地回武汉，上司很理解周镐的心情，所以批准他用几天时间回罗田看望家人。

这样，周镐又带着李华初匆匆踏上回家的旅程。三百来里的路并不算远，他们第二天就到了老家罗田三里桥的周家垸。

父亲见他回来，很是吃惊，问他：“你不是在外面打仗吗？怎么回来了？”

母亲则拉着他的手说：“回来好，回来好。打什么仗呢，弄不好小命就丢外面了！不要再出去打仗了！”

周镐说：“这回不出去了。我在武汉找了一份工作，就在武汉做事了。”

父母很高兴，再三嘱咐他千万不要再去当兵打仗，好好过日子就行。

父母亲这样的思想完全可以理解，谁不希望自己的儿女平平安安地生活着？谁愿自己的儿女在战场上挨子弹？

在罗田的几日，周镐带着李华初，看望了同学、友人。

上次回来，大哥继先带他和李华初来看罗田自卫大队练兵，那时的情景历历在目。这次周镐来到上次自卫队练兵的地方，仅仅几年时间，这里已经物是人非了。操练的场地上已经长满了荒草，而大哥的朋友也不知下落了。罗田自卫队奉调打过几次仗，后来渐渐败落，队员有人回家种地，有人出去当兵，还有人不知所终了。

离开老家的时候，父亲周玉庭和大哥周继先都嘱咐他："现在在武汉工作，离家不算远，要经常回来看看。"

周镐充满歉意地对父兄说："只要有空，我和华初一定回来看你们。只是现在找到一份工作不容易，平时都是很忙的，请假也很难得到批准。所以以后可能会回来得少，你们也不要怪我和华初。"

父亲说："你们有这份心就行啦。"

大家告别时，周镐心中莫名地感到失落。他知道自己加入了军统，行动上会有不少限制，不可能随心所欲地想去哪儿就去哪儿，所以今后想回一趟老家，恐怕真的没有那么容易了。

二

日子向前走着。

太阳把脚步弄得很繁忙，它会阴着脸从早晨不知不觉就跨越到晚上。

月亮把心境弄得很紧张，它会闭着眼从晚上不知不觉就睡到天亮。

军统人的工作总是很繁忙。

军统人的心境总是很紧张。

作为情报机构的军统，多以其他机构和名称进行掩护，如豫鄂皖三省"剿匪"总司令部第三科、湖北省保安处谍报股、南昌行营调查科湖北站等等，这些先后不同的名称，外人当然不知道，其实这就是军统在湖北武汉的特务机构。

周镐加入军统后，进行了短期的培训。凭借着自己的聪明才智，周镐很快掌握了一些做特工的基本知识和技能，得到了上司的赏识。

军统成员的主要工作内容有很多，比如针对地方军阀割据势力的消藩情报工作，对各军事集团进行团结或瓦解工作，对军队和地方的缉私、督察工作，等等，其中反共工作也是重要内容之一。

抗战前的武汉，与其他大城市一样，自然也有中共地下党人的活动。比如中共人员潘文郁，便是潜伏于武汉的地下组织特工。1934年2月，张学良被国民政府特派为豫鄂皖三省“剿匪”总司令部副司令。张学良随后在汉口就职，并在武昌设立行营。3月起，张学良令东北军南下参加“剿共”。东北军先后南下参加“剿共”部队共九个师。

为阻止和劝说张学良“剿共”，1934年2月，中共地下党组织精心策划设计，派遣潘文郁到武汉国民党豫鄂皖三省“剿匪”司令部，担任张学良的机要秘书和教师。潘文郁经常给张学良讲解《资本论》，并秘密为我党收集情报，他曾经把国民党“围剿”苏区的军事计划秘密交给北平地下党组织，期待他们交给中央。但因北平的地下党组织机关已遭到破坏，情报被国民党北平宪兵三团查获，宪兵三团电告了蒋介石，潘文郁于是暴露。蒋介石电令张学良将潘文郁逮捕处决，张学良则多方推延和庇护潘文郁。蒋介石非常生气，亲自派人到武昌监督和逮捕潘文郁。1935年春，潘文郁被蒋介石派人暗杀在武昌徐家棚。

除了潘文郁，活动在武汉的共产党人还大有人在，但都是隐蔽的。几年前汪精卫在武汉发动“七一五”反革命政变，大肆屠杀共产党，但他岂能将共产党人斩尽杀绝?

这段时期，武汉的中共地下党人的活动基本上趋于平静。在一般人看来，此时的武汉似乎没有共产党了。但为了破坏我党的地下组织，军统湖北站仍然是想尽办法进行秘密调查。

周镐和他的那些特务同事们，不停地忙于这些“公务”，以防止中共地下党人策动学运、工运或搞其他“破坏”活动。

应该说，初时的武汉复兴社组织，多少有些鱼目混珠，比如周镐所在的行动小组组长，周镐就认为他能力很差，甚至做事荒唐。周镐是个直性子，从来不隐瞒自己的观点，所以在同事面前就会流露出对组长的看法，他认为组长很愚蠢，这当然会引起组长的反感。

周镐所在的行动小组从线人那里获得情报，明日，中共地下党人将在中山公园的湖心亭中接头。

第二日，周镐所在的行动小组早早到中山公园湖心亭外围守候，从早上到中午，没有看到疑似共产党的接头人，到亭子里的，都是本地的老头、老太太，也有几个孩子。大家都很失望。大家在不远不近的地方下棋的下棋，闲聊的闲聊，继续观察着。

大约到午饭的时候，大家都空着肚子，正准备换班去吃饭，只见来了一个中年男人。那人工人模样，前后左右四顾张望，看着就让人生疑。

周镐向组长和同伴们努努嘴，大家立即警觉起来。

那个中年男人到亭子里坐下，仍是不停地东张西望，一副期待和不安的样子，很显然，这是在等人。

组长用眼神和大家交流：有戏!

可是大约一个时辰过去了，除了这个男人，根本就没有人来亭子里。

那男人显然不耐烦了，起身要走。

下棋的组长小声对周镐说："准备抓人。"

周镐说："他目前就是一个人，是不是共产党不确定，再说打草惊蛇也不好。"

组长说："他形迹如此可疑，还有什么不一定的？也许另外一个接头人发现有什么不对，不敢过来或者离开了。再观察一下，我们抓一个是一个！"

那男人似乎心有不甘，又坐回到亭子里。大家只好重新坐下等待。

那男人最终是不耐烦了，往地下吐了一口唾沫，起身走出亭子，好像根本没有留意公园里的其他人，径直向公园大门方向走去。

组长给周镐他们使眼色，大家呼啦一下围上去，扭住了那人的胳膊。

那人一惊，反抗着大声问："你们什么人？ 你们要干什么？"

组长说："我们是宪兵团的，你老实一点！"

那人说："你们宪兵团的抓我干什么？ 我表哥也在宪兵团！"

组长说："你少废话！ 带走！"

大家把那人押到宪兵团，仍是像当初关押周镐一样，借用宪兵团的囚室和审讯室。

周镐和组长一起审讯那人。

组长问："叫什么名字？"

那人说："李栓四。"

组长问："你公开的身份是什么？"

李栓四说："什么叫公开的身份？ 难道我还有隐藏的身份？ 我就是汉口火力发电厂的工人，我又不瞒谁。"

组长问："你知道为什么抓你来这个地方？"

李栓四说："不知道啊！"

组长说："你还是老实交代吧，免得受苦。"

李栓四说："我没有什么交代的，你要我交代什么？"

周镐问："你去公园里干什么？"

李栓四说："没干什么。"

组长说："你明显是在等人，怎么说没干什么？"

李栓四有点紧张地说："没……没有，没有，我自己一个人去公园玩的。"

周镐问："你到底在等谁？"

李栓四说："没有，真没有。"

组长说："你连等谁都不敢说，看来问题大了。"

李栓四说："你们既然是宪兵团的，一定认识我表哥，快把我表哥叫来，他能证明我清白。”

接下来，任周镐他们怎么问，李栓四都不再说什么了，只一个劲地叫：“你们把我表哥叫来！让我表哥跟你们说！”

周镐和组长肚子饿得难受，只好把李栓四先关押起来，两人去街边小吃店吃饭。

第二天，继续审讯李栓四。审讯前，周镐问组长：“他如果还不交代，怎么办？”

组长嘿嘿冷笑道：“只要方法用到位，他不交代才怪！”

这次，换了一个审讯室。这个审讯室房间比较大，里面有长凳、砖头、绳子、木柱、辣椒水。

组长单刀直入地问李栓四：“你是不是共产党？是不是去公园接头的？”

李栓四说：“冤枉啊！我哪里有本事做共产党？我就是想当共产党，也找不到地方啊！”

组长说：“看来你是死活不肯交代了！”

李栓四说：“死了、活了我都交代不了，因为我实在没有什么交代的！你们快放了我，我还要去发电厂上班，不然人家会扣我薪水的！”

组长不说话了，向外面招招手。

一下子就进来了五六个大汉。这是小组临时雇用来的打手，平时只要有事，组长就会雇用这几个人，完事了给几个钱就行。

那几个人把李栓四按倒，让他靠着木柱子坐下，腿伸直，上身绑在木柱子上。几个人开始在李栓四的脚脖子下加砖头。这叫“坐老虎凳子”。

才加到三块砖头，李栓四就“哎哟哎哟”大叫起来。

组长问：“你是不是共产党？”

李栓四疼得龇牙咧嘴地说：“你是要我说是，还是不是？我本来就不是啊！”

组长命令:“再加砖头!”

李栓四的脚下又加了一块砖头。

李栓四疼得头上直冒汗地哭喊道:“是,我是,我是共产党,我是共产党!”

组长让人抽出他脚下的两块砖头,这样李栓四舒服多了。

组长又问:“你和谁接头?”

李栓四说:“和谁接头,我不知道啊。”

组长说:“再加砖头!”

李栓四求饶道:“别加了别加了! 长官你是要我说和谁接头?”

组长一拍桌子:“不老实! 这个是我能叫的吗? 你和谁接头就和谁接头,不能乱说! 再加砖头!”

砖头又加上了。

李栓四哭喊道:“我说我说,我是和刘寡妇接头!”

砖头又抽出来。

刘寡妇是谁,家住哪里,他们想搞什么破坏活动,组长问什么,李栓四就说什么。

组长高兴至极——这回破获了一个共党大案!

组长命令周镐:“你立即带人去把刘寡妇抓来!”

周镐说:“这李栓四都抓进来两天了,刘寡妇不会已经跑了吧?”

李栓四连忙说:“不会跑的,你们一定能抓到她的。 长官抓到她,就能把我放了吧?”

组长说:“只要你老实交代清楚,我们就放了你。”

周镐带了两个人,在一条小巷子里找到刘寡妇的家,把刘寡妇带到宪兵团。

组长和周镐换了一个审讯室,对刘寡妇单独审讯。

周镐问:“李栓四在公园里等你,你为什么不去?”

刘寡妇沉默半天,说:“我觉得好像有什么不对劲,所以我就没去。”

组长问："李栓四既然知道你家住在哪里，为什么不去你家直接找你，还非要到公园里去不可？ 你们是因为什么事情需要接头的？"

刘寡妇脸忽然红了，干脆说："接什么头？ 就是见个面罢了。"

组长厉声问："为什么要见面？"

刘寡妇说："没有为什么，我是他的姘头，就是我想他、他想我了，家里不好见，就去公园见。"

周镐几乎要哑然失笑。 一开始周镐就不相信李栓四会是共产党。

组长也有些不好意思了，对周镐挥一下手说："你赶紧去查查，查刘寡妇的邻居，还有李栓四的那个发电厂，统统查仔细了！"

周镐立即出发。

忙乎了差不多一个时辰，周镐回来了，向组长汇报：他们说的都是实话，李栓四确实是汉口火力发电厂的工人，刘寡妇确实是李栓四的姘头。

组长脸上一阵红一阵白，面子上有些下不来。

周镐说："我看到刘寡妇家里有个三岁大的孩子，是邻居帮忙临时照看的。 小孩又哭又闹的，也不知现在怎么样了。 我看把他们放了吧？"

组长气恼地一挥手说："放了放了放了！"又小声对周镐说，"这事先不要声张啊。"

组长是怕别人知道了，会笑话他。

李栓四和刘寡妇被释放了。

这一释放，就出了问题——两人放出去的第二天，就一起失踪了，连同刘寡妇的孩子也一起失踪了！

再一查，李栓四的哥哥是共产党！ 这个共产党在"七一五"反革命政变的时候逃出了武汉，不知所终。 有人说，他现在是在共产党的红军队伍里！

这还了得！ 组长一下惊得浑身直冒冷汗。

三

组长再次接到线人的举报，说有一伙共产党和工人将在晚上开会，地点是江边的一家茶楼。他们具体商讨什么问题，线人说不知道。

这是个抓捕共产党的绝好机会。

组长因为另有任务，便把抓捕共产党的任务交给周镐带队去完成。

周镐第一次执行这样的任务，一次要抓一伙人，实在没有把握，便让陶子托宪兵团的人帮忙，带几个士兵过去。

晚上，周镐带着一伙人直奔茶楼。

周镐一伙人到茶楼下面，悄声向人打听，结果得知，果然有一伙人在茶楼二楼喝茶聚会。

周镐让宪兵团的士兵留在楼下，防止有人跑掉，然后行动组的人蹑手蹑脚地沿楼梯上去，到二楼门前悄悄听里面动静。但里面的人在说什么，根本听不清楚。

周镐悄声命令："扑进去！能抓几个抓几个！"

大家一下踹开门冲进去。

周镐大喊："都不许动！我们是宪兵团的！"

这是用老办法，冒充宪兵团的人，能在气势上压倒对方。

里面的人警惕性很高，有人抄起凳子，一把将头顶上的电灯砸坏，一时屋里一片漆黑。此时大家已分不清敌我，搅在一起混战起来。混乱中，周镐的胳膊被打伤了。

因为混战在一起，双方谁也不敢开枪。这伙人看来很顽固，似乎并不打算逃跑，激烈地和他们厮打，甚至有几个人拼命扭住周镐这边个头比较矮小的两个人，要把他们制服。周镐一时不明白：这怎么回事？难道是他们策划好的行动，有目的要抓几个军统的人带回去，打击一下军统的"气焰"？之前军统人员神秘失踪或遭到袭击的事，不是没有。如果是这样，他们说不定在外围也布置了人员。

在国民党统治严密的武汉，出现这样的事，简直让人难以相信。

双方都发觉很难制服对方。对方有人喊："他们楼下也有埋伏，快撤了！"

一群人便一边交战一边向楼下跑。周镐也分不清跑下去的有没有自己人，只是喊："抓住他们，抓住他们！"

楼下宪兵团的士兵此时却很㞞，因看不清跑下楼的是哪一方人，就没有动手抓捕，任由他们跑掉。最后，茶楼下面剩下的都是周镐的人了。

周镐很是沮丧，只好带着大家回去复命。

组长弄清情况，很是生气。

组长气恼地拍着桌子发火："周治平！你说你还能干什么？那么多共产党，你竟然连一个都没抓到！你说我们怎么向上面交代！"

周镐承认说："是我的责任，我没有安排好。"

组长说："说这个有什么用？赶紧考虑一下怎么向上面解释。否则，我真是有通共嫌疑了，你也有！"

周镐是个直性子，反驳组长说："我肯定与共党没有任何瓜葛。要我说，现在武汉这里抓捕共产党不应该是头等大事。共产党也是反对帝国主义列强的。日本人占领东北，又驻军上海，已经对我们形成很大威胁。我们把精力放在对付日本人身上，才应该是任务重点。"

组长瞪大眼睛："周治平！你怎么敢说这样的话？你的激进言行太多了，真可怕！"

第二次被捕

一

周镐正在办公室整理文件和书籍，有三个人根本没有敲门就进来了。

其中一个问："你是周治平吗？"

周镐说："是。"

来人说："你被捕了！"

不由分说，另外两个人上前，给周镐上了手铐。

看来是比较严重的事，手铐不是一般人能"享受"到的待遇。周镐觉得，那手铐冰凉冰凉的。也难怪，民国年间的手铐，铐身、钥匙，大多是纯铜做的，很重、很结实，当然会很凉。

周镐疑惑地说："能问一下是怎么回事吗？"

来人回答说："到审讯时你慢慢问吧。"

周镐说："能不能让我找人通知一下家里？"

来人说："不要啰唆了！赶紧走吧！"

三个人就将周镐推出屋。

这是周镐第二次被捕。这次被捕发生在周镐进入军统半年之后。

这回，周镐不是被关在宪兵团的囚室，而是被关进了武昌监狱。显然，周镐是作为"重刑犯"被关押了。

在监狱里的前几天很无聊，也很着急，周镐就注意观察这所监狱。他发现这所监狱很特殊，特殊就特殊在它是楼房，当时可能是全国唯一的一家楼房监狱。

后来周镐弄清楚，这监狱有好多年头了。这是清末张之洞亲自选址、亲自勘察、亲自设计的监狱。监狱共有十栋两层楼的牢房，其排列带有一点鹰爪形。每栋牢房大体相似，但各有各的艺术讲究，带着一些日本风格，据说是一位留学过日本的人监工建造的。

周镐的再次被捕，仍是因为他的"共党嫌疑"，这次是军统内部的"汉口调查室"有人指控他有"共党嫌疑"，似乎证据确凿。看来这次共党嫌疑，比上次的要严重得多。相比较上次被捕，明显是事态升级了。但周镐显得很坦然，因为自己确实与共产党没有任何关系，也根本谈不上什么"共党嫌疑"，就是查到天上，他这方面也不会有问题，所以他很平静。

但是事情远远没有他想象中简单。这次是反复审讯，问得非常仔细，细枝末节一点都不放过。

开始几天，仍是审讯他在十九路军的事，一件一件落实。

审讯者问：“你知道十九路军中有谁是共产党员，或者你觉得谁像共产党员?”

周镐说：“这个问题很荒唐，我怎么可能知道十九路军谁是共产党员? 连我们复兴社都没查出十九路军有哪些共产党，我就更没法知道了。”

审讯者说：“我们潜伏在十九路军中的同事举报，你在福州街头演讲时，所讲的内容有赤色宣传。”

这显然是讹诈周镐。

周镐说：“当时听我演讲的人很多，如果真有我们复兴社的人在场，那他完全知道我是在讲三民主义，没有涉及其他内容。”

审讯者严厉地责问：“周治平，你身在复兴社，为什么还要经常说一些激进的话? 说你有共产党嫌疑，难道还冤枉你了?”

周镐一时无言以对。

审讯者告诉他，上峰有命令，他将被带离武汉，押送到南京继续审讯。

二

被捕几天之后，周镐被押送到南京洪公祠1号——可见事态相当严重了。

洪公祠1号是军统总部，位于新街口以南，这里原是清初总督江南军务洪承畴的大府宅，他死后，清政府为纪念他的功绩，建造了南京最大的祠堂，故这里的街道后来叫洪公祠，祠堂所在叫洪公祠1号。

民国时期，洪公祠1号曾经是张学良的公馆，张学良每到南京，都在这里暂住和休息。

1934年军统组织扩大，人员也随之增多，军统总部便迁址到洪公祠1号办公。

洪公祠1号四面有高高的围墙，俨然是一座与世隔绝的特务机关。

随后，对周镐关键性的审讯开始了。

这次审讯，为了核对事实，把周镐所在的行动组组长也从武汉调过来了。

主审者问："那天你们在中山公园湖心亭抓捕共党，你有没有对你们组长说过，那个人是不是共产党、是不是来接头的还不一定？"

周镐说："说过，组长可以证明。"

主审者说："你明明不认识那个李栓四，你为什么这样为他开脱？"

周镐说："我凭直觉，认为他不是共党，所以我才会对组长这样说，我不是为他开脱。"

主审者说："李栓四和刘寡妇被抓捕后，是你提出要放掉他们的，对不对？"

周镐承认说："是的。可是决定权在组长手里，放人最终是组长决定的。"

组长指指周镐说："周治平啊，这个事，你让我犯错误了！"

主审者说："现在调查证明，李栓四的哥哥是共党分子，李栓四就明显有共党嫌疑。而在你的建议下，你们把李栓四和刘寡妇都释放了，释放之后他们就立即失踪了。这个问题你怎么解释？"

周镐无法回答。

组长说："我们到处搜捕李栓四和刘寡妇，整个武汉三镇都没有他们的影子了。我们又分别到李栓四的老家黄冈、刘寡妇的老家英山去找了，仍然没有找到。你说他们是不是因为身份暴露，直接投奔共产党去了？"

周镐反驳说："连你都不知道，我怎么可能知道？"

主审者说："周治平，这个问题如果搞不清楚，你身上的共党嫌疑就没法洗清。这就等于是你放跑了共产党。"

周镐生气道："你们不要诬赖人好不好！ 清者自清。"

主审者说："你清得了吗？ 你平时的言论都是怎么来的？ 简直就是赤色言论！ 还有抓捕共党的事，你的表现，让人觉得你身上的共党嫌疑很大。"

周镐盯着主审者问："难道我没有完成任务，就是有共党嫌疑？"

组长说："周治平啊我问你，我让你带人去共党聚会的茶楼抓捕他们，你竟然一个共产党都没有抓住，全让他们跑了。 你还带着宪兵团的宪兵警察，难道你和他们都是吃干饭的吗？"

周镐说："我承认我指挥不力。 我之前没有去观察地形和环境，因为怕惊动他们。 但是他们跑了并不是我的本意。"

组长说："可能不是你指挥问题。 现在我们行动组的人，都怀疑是你有意放跑了那些共党。"

周镐说："我现在想想，那些人可能就不是共产党，当时他们面临危险，竟然不去逃命，还想抓我们的人。 共产党会这样蛮干吗？"

组长说："看看，你又为共产党开脱了！"

主审者说："听说你还在混战中受了伤。 胳膊上的伤不重吧？ 据说没到一周就好了。 我们完全有理由怀疑你在用苦肉计。"

周镐愤怒了："你们要硬是这样说，就要找出证据来。"

主审者说："你把人都放跑了，一个舌头都没抓住，这本身就是证据！"

周镐说："我要见汉口的上级！"

主审者说："你都被押解到总部了，见什么上级？ 在这里我们都是你的上级！"

周镐说："我现在非常想见到汉口宪兵团长官、我的黄埔同学，他了解我！ 我跟你们没有什么好说的，我说什么你们也不信！ 他安排我进复兴社的，你们叫他来！"

周镐非常想见的人，当然是指陶子。

但主审者一口否定了："那不可能，你见他没任何作用。"

这时候有人推门进来。周镐一看，是潘先生。

周镐惊喜地脱口而出：“潘先生……潘长官！”

潘先生抬起右掌示意他坐下。

周镐好久没见到过潘先生了，一下觉得很亲切。

潘先生是周镐加入军统的直接操作者，神秘的潘先生在军统中究竟是什么职位，具体负责什么工作，周镐一概不知。

现在，潘先生亲自参与了对周镐的审讯。

潘先生说：“周治平，你不要紧张，放松些。你现在有共党嫌疑，你最需要洗清嫌疑，你有什么说什么，不要有顾虑，更不要怕得罪人。”

听得出来，潘先生的话，可能是在暗讽行动组组长的无能、甩包和他对周镐的激进言论暗中打小报告。

周镐说：“他们认为李栓四和刘寡妇身上有共党嫌疑。但是，这个嫌疑没有弄清楚之前，凭什么就说我有共党嫌疑？”

潘先生显然是给周镐机会：“依你看，怎么才能弄清李栓四他们到底是不是共党？”

周镐说：“只要不怕麻烦，容易得很。李栓四和刘寡妇，他们除了老家，别的地方可能还有亲戚、朋友、熟人，他们有可能在别处落脚。这个不查清楚，不找到他们，哪里能妄下结论？”

潘先生点头说：“这个有道理。”又征求主审者意见，“您说呢？”

主审者说：“确实有道理。”

潘先生问组长：“你看呢？”

组长只好支支吾吾地点头：“周治平的想法……可以试试。”

潘先生命令道：“不是试试，是一定要找到李栓四和刘寡妇的下落！”

组长答道：“是！我一定查清！”

周镐又说：“还有，那些在茶楼里聚会的，其实究竟是些什么人，说到底也不能肯定就是共产党。那个提供情报的线人，他究竟是从什么渠道获得的情报？可靠不可靠？”

组长说：“线人的任务就是搜集情报。他是从他熟识的人口中获得的情报，那些人不知道他是我们的线人，是在议论时，被线人掌握到了信息。”

周镐说：“那么线人熟识的那些人，又都是些什么人？也要弄清楚吧？”

组长说：“就是些三教九流，有什么弄的？很清楚了。”

周镐说：“我还是觉得这事不太靠谱，应该对线人的身份进行调查。”

组长不高兴了：“你现在是嫌疑人，没权力这样安排我们！我告诉你周治平，你说这事不靠谱是你自己荒唐！线人为我们工作这么久，他好不容易获得了这两个情报，你一口就把他否定了？”

潘先生说：“周治平说得有道理。你们负责调查李栓四和刘寡妇到底在哪里，我来派人调查这个线人。”

周镐心中松了一口气。幸亏有潘先生这样的上级，否则真会很麻烦。

三

组长被命令回武汉去，查清周镐提出的问题。

组长只好派人四处寻找李栓四和刘寡妇的下落。

潘先生则电报安排武汉那边的亲信老高，亲自找到了那个线人。

老高问线人：“你手中有多少关于共党的情报和线索？”

线人说：“不多。凡是我知道的，我都汇报了。”

老高问：“你具体是怎么知道共党地下人员要在湖心亭接头的？”

线人似乎在表功，眉飞色舞地说：“我自己也发展了线人啊，是我的线人提供给我的。我的线人和‘七一五’之后留在武汉的几个共党家属不是熟人就是亲戚呢。”

老高说：“那你把你的线人找来，我们需要向他问清楚。”

线人摊开手摇头说：“这个就没办法了。他整天南来北往跑小生意，有时在武汉，有时不在武汉。前些天他又外出了，弄不好大半年不能回来也不一定。”

几番问话和交流之后，潘先生的亲信老高心中已经明白了什么。

老高对线人说：“你的功劳确实不小。跟我去喝两杯酒吧，算是犒劳犒劳你。”

线人很高兴，爽快地跟随老高去了。老高把线人带到了宪兵队，对宪兵下了命令：“把他关押起来！”

线人被关进宪兵团囚室，大喊冤枉。

不几天，组长那里也传来消息：李栓四和刘寡妇找到了，原来他们到了黄冈后，找到住在乡下的刘寡妇姨妈家，他们就在那个不起眼的小村子里落了脚，他们想躲避世间所有人鄙夷他们的目光，在那里苟且偷生下去。行动组能找到他们，真是不容易了。在武汉，刘寡妇的事已被邻里很多人知道，李栓四那天被抓后，发电厂的同行们也知道了他和刘寡妇的事，这样一来，他们觉得再也没有脸面在武汉待下去了。于是，李栓四索性抛弃自己的妻儿，和刘寡妇一起私奔，干脆一起在乡下生活了。

而李栓四的哥哥，在“七一五”之后逃出武汉，也是走投无路，竟然背叛自己的组织投奔到国军部队里，没想到在一次混战中被枪炮打死了。

这样一来，李栓四的共党嫌疑完全站不住脚了，而周镐“有意”放跑他们的行为，也就不存在了。

而周镐被组长派去茶楼抓捕共产党，事情的起因也在这个线人身上，其中到底有什么名堂?

老高按潘先生命令，拉着组长一起提审线人。

老高再次询问线人的情报来源，线人说得头头是道，但是处处矛盾。询问间，组长脸上青一阵白一阵，早已是火冒三丈了。

组长一拍桌子说：“不问了，给我上刑！”

三个五大三粗的壮汉进来，按住线人，给他灌了两口辣椒水。线人呛得直流泪，跪下告饶。组长根本不让他说话，又给他上了老虎凳。

线人哭叫着说："我说，我全说，长官饶命！"

原来，线人根本没有任何共产党的消息，他只是为了骗行动组几个钱花，才伪造了那些所谓的情报。

这下大家彻底明白了，两起所谓的"共党事件"，完全是乌龙。而周镐身上的"共党嫌疑"，也就不攻自破了。

组长愤恨地踢了线人一脚说："我上你的当了！"

四

在南京，潘先生亲自找到军统的核心人物周伟龙，把周镐的事具体向他做了汇报。周伟龙是军统的元老，又是军统武汉负责人，出了这样一件事，他脸上也挂不住。恰巧，周伟龙奉命来南京办事，到洪公祠1号来了。

在周伟龙面前，潘先生毫不隐瞒自己的观点，他怀疑周镐是因为才干突出而遭受行动组组长的嫉妒，才被举报有共党嫌疑。

潘先生又把周镐带人抓捕共产党未果的事说了。

周伟龙一听，哈哈大笑，而且是一笑就止不住了，直笑得捂住肚子，笑得咳嗽起来。这让潘先生很奇怪。

好不容易，周伟龙止住了笑，边咳边说："他们哪里是共产党？鬼哦！那是我们的另一个行动小组！"

原来，那个行动小组也接到了线人的报告，说有共产党地下人员要在茶楼一楼开会，这个行动小组就预先在外围放了岗哨又到二楼进行了埋伏。

军统毕竟是个秘密组织，所以有很多严格规定，各部门之间是不容许有横向关系的，特别是行动小组之间，相互不能串联，不同小组的人员，基本上都是不认识的。这种方式有利有弊，有利的是，如果一个小组被发现，对其他小组不会产生危害；不利的是，每个小组相互间不沟通，各自为政，行动单位往往会撞车或产生误会。特别是后来抗战胜利后，行动小组之间因为把对方当作共产党而发生冲突的事，时有发生，甚至打死、打伤的事都有。

也就是说，周镐带人去抓的不是共产党，而是军统的另一个行动组。这情况，只有周伟龙这样的上司或者核心人物才知道真相。

此时，武汉那边的调查真相也出来了，情况被电告过来。

周伟龙带上潘先生，亲自审讯周镐。

周伟龙先是盯着周镐看，看得很仔细。

周镐被周伟龙盯得有些不自在。

周伟龙说："周治平，你在军校时和邓演达、恽代英熟悉吗？"

周镐说："报告周长官，我读的是中央陆军军官学校，邓演达、恽代英他们是中央军事政治学校的教官，我读陆军学校时，他们那个学校已经停办了。我们不是师生。"

周伟龙问："你们有过联系吗？"

周镐说："没有，他们不可能认识我。"

周伟龙自然心中有数，邓演达和恽代英早在 1931 年就被杀害了，即使是师生他们也不可能有联系。单是这一点，很大程度上就能排除周镐所谓"共党嫌疑"了，因为除了个别激进的教员，他没有任何机会接触共产党。

周伟龙说着，又盯着周镐看，不觉目光里便开始有了赞赏和喜爱。

周镐说："报告周长官、潘长官，我上次提出的几个问题，不知道武汉那边有没有进行调查？"

潘先生笑道："你提得有道理，我们哪里敢忽视？"

这样说着话，一场"审讯"就变成了谈话和交流。

周伟龙征求周镐对时局的看法。周镐毫不隐瞒自己的观点，他认为日本人很快会出兵华北，不可能等得太久，不能对日本人抱有任何幻想；周镐自己是“一·二八”的亲历者，他认为日本人占据上海的目的是得寸进尺，很快将会沿长江向内地扩张、进攻，眼下已经是时不我待……

周镐说得很明白。而那个时候，能够真正看到“时不我待”的人，确实不是很多。即便是蒋介石本人，也是对日本人竭力“忍让”和“避免冲突”，甚至还存在期待和幻想之心。

周镐此时能够看到这一点，确实让周伟龙敬佩。后来的事实也证明了这一点——其后不久的华北事变中的一系列事件，不得不令国民政府和蒋介石放弃了幻想，改变了态度，蒋介石在后来的 1936 年 7 月终于有了不同于以往的表态：“假如有人强迫我们签订承认伪国等损害领土、主权的时候，就是我们不能容忍的时候，就是我们最后牺牲的时候。”

周镐还结合日本的发展史和历史上多次入侵邻国的事实，提出了对日本人的看法。

此时的周伟龙，从心底里对周镐赞赏有加。

周伟龙用手指点点周镐的脑袋说：“周治平啊周治平，你真是个人才，看问题有见识！是你的缜密思维救了你！这几天如果不是你把问题具体提出来，我们就不会去有针对性地进行调查，真相也就不会出来，你的共党嫌疑也就摆脱不了。你看大家哪有闲工夫管你这事？枪毙了算了！现在，你没有嫌疑了！”

潘先生说：“还不快感谢周长官！”

周镐一个立正，敬礼道：“谢谢周长官！”

周伟龙笑着摆摆手，对潘先生说：“我的意思是，放人。我马上出面担保，立即释放周治平！这样的人才不用，可惜了。”

周伟龙说完就离开了审讯室。

潘先生告诉周镐：“你这个案子，你觉不觉得荒唐可笑？我都觉得可笑。周治平你要清楚，找了这么多理由抓你，其实都是幌子，根本原因就是你经常有激进言论，你的组长一举报你，加上十九路军的老问题，上面就真的以为你有共党嫌疑了。你这直性子的嘴，以后要注意了。你要知道，你现在是身在复兴社，要注意自己的身份，要少说话多做事！”

周镐点头说：“感谢潘先生告诉我真相，我以后一定注意。”

潘先生拍拍周镐的肩膀，高兴地说：“周治平，你走运了！你知道周长官是谁？”

周镐说：“他就是汉口警察署署长、我们复兴社的社长（站长）啊。”

潘先生告诉他，周伟龙是军统核心成员“十人团”之一，不单是元老，还是戴笠的结拜兄弟，在整个军统中握有实权，说话算话的。

潘先生说：“我估计，周长官是亲自去找戴老板给你担保了。”又开玩笑道，“你就等着平步青云吧！”

只半天工夫，周镐就被周伟龙担保释放了。

自此，周镐获得了军统高层核心人物周伟龙的重用，并引起了戴笠的重视。

转战黔粤渝

一

都说，大江大河中，顺风的船好掌舵；都说，崎岖的山路中，顺风的坡好走路。

顺风顺水，是谁都盼望的好事。

那段时间，周镐的人生开始进入了一个顺利期。

令周镐高兴的是，周镐的大女儿周慧冰出生了。周镐欢喜地捧着襁褓中的女儿，感激地对李华初说：“有女儿真好！感谢华初姐给我生了女儿，给我这样幸福的家！”

李华初点一下周镐的额头笑道：“看你傻子一样！因为有了你的呵护，我和女儿才幸福。我们一家要永远幸福！”

周镐被释放不久，在周伟龙的举荐下，得到了戴笠的重用。

戴笠为什么会对周伟龙的话言听计从，周镐很快就清楚了——

周伟龙在军统中的地位，有来历。周伟龙考入黄埔四期，戴笠考入黄埔六期，两人算是同学。1927年宁汉分裂的时候，周伟龙在唐生智部，任宪兵营长，驻扎在汉口。戴笠在汉口搜集情报时，被宪兵部队抓获。戴笠情急之下，以黄埔同学的身份要求见周伟龙。两人见面后，倍感亲切。周伟龙和戴笠一番交谈后，周伟龙感受到了戴笠那远大的人生抱负和对一些问题的精准把握，这样，周伟龙十分敬佩戴笠，不但释放了戴笠，还追随起了戴笠。由此，周伟龙竟然脱离了唐生智部，跟着戴笠直奔南京，投靠了蒋介石。可以说，周伟龙在关键时刻释放、救下了戴笠，由此两人才结成了生死之交，这也奠定了周伟龙后来在军统中的地位，使周伟龙成为“十人团”成员之一。

很快，周镐接到了赴贵州省贵阳任职的命令，周镐被委任为军统贵阳邮电检查所所长。

赴贵阳之前，戴笠吩咐周伟龙：“把那个周镐叫过来，我们见个面。”

周伟龙立即传令周镐，与自己一同去南京面见戴笠。

见面之后，戴笠也与当初周伟龙见到周镐一样，仔细打量了周镐一番。

戴笠笑道：“果真是个有为青年！”

三人交谈甚欢，周镐毕恭毕敬。

戴笠说：“你那么严肃干什么？随意点随意点！你知道此次为什么叫你到贵阳任职？”

周镐说：“请长官赐教。”

戴笠说：“贵阳这个职位特别重要，它不是一般的重要。它直接关系到党国在西南地区的大业。这些年来，我们在贵州的工作还是不错的，也发生了一些事，但是这半年多来，似乎没有什么起色了。所以，我要换将，把你换到贵阳去担任所长，把贵阳的工作重新组织好，主要是防止那些共产党重新抬头，弄出什么乱子来。”

周伟龙说："治平，这是戴长官对你的信任。"

周镐说："我一定不辜负戴长官、周长官的厚望，把贵阳的事情做好！"

1936 年，周镐携妻子李华初和幼小的女儿，一路坐车、乘船、徒步，从武汉经重庆前往贵阳。

贵州的山路很崎岖，崎岖得让周镐和李华初脚板生疼，但他们看着起伏的大山，很兴奋。

贵州的山路很狭窄，狭窄得让周镐和李华初相互搀扶着才能走稳，但他们看着绵延的森林，很幸福。

初到贵阳任职的周镐，将妻子安顿好之后，立即投入了这里的邮政检查工作。

外界不熟悉军统的人，对军统的工作了解可能不多。军统工作可谓无孔不入，它会涉及各个行业、各个领域。周镐现在的工作职责，就是从事邮政检查，以及涉及邮政的一切情报工作。

民国时期，国民党政府几乎在所有的统治区域都实行了严格的邮政检查，目的主要有：防止内部情报泄密，窃取各方面特别是政敌的情报，查禁各种危害其政权的宣传品印刷品，对敌人进行物资和经济情报的封锁。这些检查，实质就是实行愚民政策和思想舆论统治，禁止反政府思想和言论，维护国民党的政治经济利益。

周镐之所以被委派到贵阳来，自然有原因。其中最重要的原因，就是 1935 年贵阳发生的"七一九"事件。这是一次血腥屠杀共产党的事件。

所以，周镐一到任，就命令部下："把你们能找到的关于'七一九'事件的材料，都给我找来。"

部下找来的材料很多，它还原了事件的整个过程——

1935 年，已经加入中统的中共叛徒陈惕庐，被派到贵阳任贵州省党部设计委员兼肃反委员，并组建了贵州特务室，专门策划破坏中共地下组织。这个陈惕庐原名叫陈资平，是江苏淮安人。他 1926 年加入共产党，历任中共淮安县委书记、上海闸北区委书记、江苏省军委书记、河南省委书记、红十五军军长，1932 年被捕后叛变，参加了中统。

在中统，陈惕庐特别重视对邮件的检查，其手下的特务在贵阳检查邮政电讯中，截获了一份可疑的信件，这是中共贵州省工委第一任书记林青以“矛戈”为化名，从遵义寄到贵阳的信件，“矛戈”二字引起了陈惕庐的注意。陈惕庐通过各种手段，又发现从上海到贵阳的一名叫作刘茂隆的可疑青年，住在公园西路开设裁缝铺子的李中量家中。7 月 19 日 11 时许，贵州省党部特务室行动股股长李少白，带着一些特务突袭李中量家，当场逮捕了刘茂隆等四人，又蹲点守候，逮捕了不知情而来的其他中共地下党人。林青也是不知情者，当晚从城外回到李中量家时，自然遭到了逮捕。这一天，特务共抓捕了十九名中共地下党员。特务于 9 月 11 日将林青等一批共产党人残忍地杀害，使初建的贵州地下党组织遭到了严重的破坏。

这样一来，中统在贵阳的工作成绩“突出”，军统反而显得无能了。为了加强军统在贵阳的力量，挽回面子，周镐便被戴笠派到了贵阳。

在贵阳，周镐的工作难度很大，应该说几乎没有什么“收获”——因为中共叛徒陈惕庐和中统的行动，导致了贵阳中共地下组织遭受严重破坏，中共地下党人更加警觉、隐蔽了。

但是白色恐怖并没有把共产党人吓倒。11 月，省工委委员秦天真、邓止戈等人在宅吉坝的省工委军事负责人李光庭家中召开秘密会议，重新制定斗争策略，决定改变党内工作方法，变集体活动为单线联系，暂停发展党员，部分同志转移出贵阳，秦天真到香港、上海寻找党中央联络点汇报贵州工作，邓止戈到毕节继续执行中央指示，面向遵义等地组织武装活动。这样，在后来将近两年的时间里，中共贵阳地下党都处于隐蔽的“半休眠”状态。

这种情况下，想从邮政检查渠道再抓捕共产党，当然是难上加难了。更何况，中共地下党是因为邮件而出的问题，岂能再犯同样的错误？

周镐的手下倒是查出了一些带有激进思想的信件。

作为特工，军统特务也罢，中统特务也罢，都是经过特别训练的。比如检查邮件，特务们会神不知鬼不觉地拆开信件，阅读之后，将信件重新封好复原，收信人是不会发觉的。但是，特工自身对这方面却很敏感，只要有谁动过信件，他们一眼就能看出来。

周镐的部下发现几封可疑信件，检查之后向周镐报告："周长官，这几封信是已经被人拆过又重新封上的。"

周镐立即明白，这是被中统特务抢先检查了。

这个截获的信件，是从外地寄给正谊中学几名学生的，信中的言论很是激进。

在贵阳，知识分子一般都集中在几所学堂。由清末达德学堂演变成的正谊中学，是贵阳一所非常有名的学校，这里的师生受新思想的影响比较大，自然就会有一些新观念。

类似这样内容可疑的信件，几乎就是学生们正常往来的信件而已，之前也曾经检查到好几封，但周镐绝不认为通信的学生会是共产党，所以都放过去了。周镐自己曾经被武汉军校做除名谈话，也曾经被捕过，都是因为自己的激进言论而引起的，自己的经历太惨痛，岂能再亲手加害这些无辜学生？又岂能让他们和自己当初一样蒙冤？

但信件已经被中统特务检查过，那就说明收件学生被中统特务盯上了。

部下问："周长官，我们怎么办？要不先抓了这几个学生，不给中统留下话柄？"

周镐以质疑的口吻问："你看他们像共产党吗？"

部下摇头说："不像。"

周镐说："还是给他们留一条路吧，他们毕竟是很有前程的学生。"

部下问："那怎么办？ 这样下去，即使我们不抓，中统也会抓他们。"

周镐说："你们去敲打敲打这些学生。"

部下奉命带人秘密找学生谈了话。 果然，从此再没有发生这样的信件往来。 学生把以往的信件也销毁了。

中统特务本准备抓几个学生拷问，但因为已搜查不到原始证据，也调查不出学生有什么其他实质性的问题，也就不了了之，只能保持继续监视了。

那段时间的贵阳，无论中统还是军统，对隐蔽的中共地下人员几乎都是束手无策。

对于这一点，军统高层看得很清。 毕竟，军统邮政检查所的工作达到了目的，阻止了中共地下党人在贵阳的行动，这就是工作成效。

李华初跟随着周镐一起在贵阳生活，操持着周镐的饮食起居，很是辛苦。

为了让周镐在繁忙的工作之余能够轻松一些，她为周镐做了一桌丰盛的家乡菜——罗田风味的板栗土鸡、天堂腊肉、晃子汤、鸭蛋酥、香蕈肉。

周镐吃着这些家乡菜，心中对妻子更加充满了爱意。

周镐夹起一块土鸡给李华初说："你太辛苦了，你得先尝尝。"

李华初笑着答应了。

周镐又将碗里的腊肉、鸭蛋酥夹给女儿。

大女儿高兴地说："真好吃！"

李华初已经为周镐生了两个女儿，大女儿周慧冰当初出生于湖北，二女儿周慧励就出生在贵阳，现在是在襁褓中。 两个女儿在父母的爱抚下生活着，此时她们都还很小，并不知道她们的父母正在经历着什么，以后又会经历些什么。

周镐尝了一口汤，放下勺子对李华初说："我们就要离开贵阳了。"

李华初说：“又有新的任命了？”

周镐说：“是的，我们要到广东去了。”

二

贵阳山间的风穿行得很快。

广东头顶上的白云也飘得很快。

那时周镐的军统生涯，就像穿行的风、天空的云，总是飘忽不定的。

周镐接到命令，调任广东税警总团查缉股组长。周镐就像一片树叶一般，从贵阳，飘向广东。

1937 年，周镐带着妻子李华初和两个孩子，来到广州赴任。

这“税警总团”原是宋子文为了加强税收管理，亲手创办的缉私武装，直属于财政部。随后，各个地方也相应成立了税警总团。1936 年为了对日作战需要，国民党完全接管了税警总团。淞沪会战后，税警总团损失惨重，被改编成陆军，正式脱离财政部。

在税警总团，周镐的缉私工作牵涉到方方面面，工作更复杂、更繁忙了。

周镐到广东任职期间，又曾在广东省曲江市保安司令部担任过高级参谋。

那几年，中国的形势复杂多变，中国面临着越来越多的磨难。1937 年七七卢沟桥事变爆发，日寇占领华北；1937 年八一三淞沪会战后，中国军队失利，日本人占领上海、苏州、南京，并继续向中国其他城市推进。

作为军统人员，周镐在缉私工作中常常会获得一些机密情报，他对涉及日寇的情报工作特别仔细。因为情报外泄导致战场失利，军统早已怀疑日军在国军内部安置了间谍，周镐他们要尽可能地对军内中、高层军官及其身边的人进行摸底。

当时主政广东的余汉谋是四路军总司令、广东绥靖公署主任，更是广东省最高军事长官，虽然需要对他身边的人进行排查，但必须十分谨慎，大家都不敢惊动余汉谋。

令军统特务没有想到的是，日本间谍已经深入余汉谋部的“心脏”。余汉谋总部的少将工兵指挥郭尔珍，还有一位姓李的少将高参，均是潜伏的汉奸、间谍，他们是由余汉谋的前任参谋长徐景棠以日本陆军士官同学这层关系，介绍给余汉谋的。此时，第四路军全部集训工兵、广州的防御工事设计和阵地组织图纸，都归这两个人掌握。

军统特务对这两个人做过常规性调查，但未过多留意，因为他们是余汉谋身边的人，类似亲信。直到广州沦陷前两天，这两个汉奸间谍突然潜逃，其中郭尔珍潜逃香港，他们的身份这才暴露。

余汉谋大为恼火，但损失已无法弥补。

周镐和另一位谍报人员立即找到军统局广东站站长，将情况做了汇报。大家痛心疾首，知道广州已是难保。

1938 年 10 月 11 日，日军进犯华南，从大亚湾登陆进攻惠州，受到中国军民奋勇抗击。日军疯狂报复，烧杀抢掠，其中在西枝江边就杀了三千多中国人，制造了震惊南粤的下沙惨案。1938 年 10 月 21 日凌晨，日军先头部队长驱直入广州城，广州沦陷。

国民党广东省政府搬迁到粤北韶关，各类相关机构也疏散、撤离到韶关。

由于广州沦陷，军统的工作也进行了调整。

广东军统站站长面见了周镐。

二人对目前的危急形势进行了分析和交流。站长询问周镐的工作和家庭情况，表示慰问，随后通知他：“恭喜你，接到戴老板那边电令，你升职了！”

周镐明白，这个节骨眼上升职，所面临的工作将更复杂、更艰巨。

站长说：“从现在起，你升任少校，职务为暂编第八师谍报队少校队长。委任状随后到。”

自此，周镐便成了暂编第八师的谍报队长。

这暂编第八师，就是由广东税警总团改编而来的陆军部队。

三

周镐的谍报工作以韶关为基地，紧张而有序地进行着。鉴于形势的发展，当前谍报工作的重点，就是对日斗争。

广州沦陷后，韶关成了广东省的临时省会。日本人的目的是首先占领广州，然后占领韶关，因为广州是广东的首府，而韶关市是当时仅次于广州的广东第二大城市。

但是，中国军民利用地理环境条件，对日本人进行了顽强抵抗。韶关是一座山城，城外四周都是山，日军想攻下韶关非常困难，所以韶关反而成为广东省的抗日中心，坚强地挺立在抗战的烽火硝烟中。

20 世纪 30 年代末到 40 年代初，在紧张的抗日形势中，军统的情况也开始复杂多变起来。

当初周镐进入军统后的第一站，是武汉。所以，周镐特别留意武汉的情况。

周镐与广东站站长再次见面时，聊起武汉的情况。

站长的脸色很凝重，语气也很沉重。

站长说："武汉那边出现了一点情况，不乐观啊！"

一看站长的样子，周镐就知道武汉可能发生了情况。

原来，1938 年武汉沦陷后，国民党各种机构撤退，军统便在武汉设立了一个潜伏组织——军统武汉区，首任区长叫李果谌，副区长叫唐新、宋岳。潜伏组下设了武昌组、武昌郊区组、汉口组、直属小组、法租界特别组和行动队，除了搜集情报，同时还开展"锄奸"暗杀活动。1939 年冬，经常给区长李果谌驾车的军统人员丁莱，与李果谌产生了矛盾。丁莱一气之下，向日寇汉口宪兵队告密，导致李果谌被捕，军统暗藏的电台、军火、其他物资也被查抄。幸亏副区长唐新、宋岳等事前已经听到风声而出逃，才避免了更多损失。李果谌被捕后，由于精通日语，获得日本人信任，立即被释放了。根据情报得知，李果谌答应日本人，愿意出任伪军司令官。远在重庆的戴笠获得情况后，未做细致调查，便派行动组将李果谌刺杀了。李果谌究竟有没有供出同行，是否想进入伪军内部进行瓦解工作，已永远成谜……

军统内讧和出现叛徒，这让周镐心中很不是滋味。周镐只想在对日情报工作中，不要出差错。

在戴笠、周伟龙的信任和重用下，1940 年，周镐又被任命为军统局广东省督察。

周镐的职位变高了，对日情报工作也更努力了。

武汉那边不断有好消息传来：1940 年下半年起，武汉军统开展了对日寇的刺杀和破坏行动，12 月 16 日，行动组袭击了驻莱甸的日军警备队，击毙日军十一名；晚上，袭击了八铺街日军宪兵队，击毙日军八名。1941 年 1 月 21 日，行动队在花街口用刀刺杀了日军少佐田梅次郎；2 月 18 日，行动组在德胜街袭击日军慰安所，杀死日军官三人……

广东这边的军统也在筹划着行动：1939 年 8 月，军统广州站策动驻守白云山的日寇军营厨师李昌德投毒，毒死日海军陆战队十九名士兵；1941 年 9 月，军统广州站第三组组长江志强精心准备，对日军军事机关进行爆破袭击，撤离途中遭遇日军，江志强引爆身上炸弹，与五名日军同归于尽。

而更难能可贵的是，有情报显示，另有人员有组织地开展地下抗日活动，他们张贴宣传标语、火烧日寇机构、突袭日军巡逻队。经查，他们不是军统、中统，也不是民间人士，他们是中国共产党的地下组织——势单力薄的中共广州地下组织竟能如此对抗日军，着实令周镐敬佩。

周镐对军统广东站站长说："我们为什么不能在广州多搞一些袭击？"

站长摇摇头："现在日军天天如临大敌，我们搞起袭击来很难，风险太大。"

周镐说：“做这事都是有风险的，只要不怕牺牲，又有什么难的？”

站长一口把周镐否定了，苦笑着说：“广州的形势不同于武汉和上海，我看这事你以后还是不要提了吧！”

每每遇到这种消极态度，周镐都很失望：抗日救国，匹夫有责，哪里能畏首畏尾？ 你看那些共产党，人家条件那么艰苦，不照样抗日？

在广东期间，周镐和李华初的三女儿周慧琳出生了。 三女儿的出生，让家里又增添了许多欢乐。

那时候，李华初带着三个女儿，住在广宁乡下，周镐总是很少回家，只能委托同在军统的好友郭旭一家经常照顾她们母女。

郭旭和周镐两个人在广东人生地不熟，都属于外省人，因而相互之间交往比较密切，两家人往来也特别亲密。

每次回到家中，周镐总是先抱抱大女儿慧冰，再搂着二女儿慧励亲一会儿，最后把三女儿慧琳抱在怀中，引逗着玩。

李华初心疼地说：“你回家就好好歇歇，孩子由我来。”

周镐笑着说：“我在外面再累，回来见到三个女儿，就一点都不累了。 有你们，我真幸福！”

1941 年，周镐在军统的工作又有变化，他被调到国民政府陪都重庆，任军统局督察室第一科上校科长。

第四章
潜入南京

受命潜伏

一

离开广东期间，周镐不停地奔波于广东、贵州、湖南等地。

到了重庆，工作相对安定下来。

周镐所在的军统督察室，是主管内部人员和对外公开单位特务人员的督察考核工作。

军统督察考核有着一系列的制度，督察人员权力很大，到各地督察时，直接对军统局本部负责，不听命于同级行政领导。工作上既有进行公开督察的，也有进行秘密督察的，还会使用轮值一周的“周督察”来开展临时性或应急性工作。督察室需要对军统内部人员所有言行进行监督考察，目的是要加强“一个主义、一个政党、一个领袖”的思想制度。所以，军统这个严密的组织里，说话做事都一定要小心，稍有不注意，就有可能被检举、受处分，违规者轻的挨训，重的关禁闭。

督察室还特设了防奸股，专门监视加入军统的中共叛徒，并防范中共派人打入军统内部。对有“共党嫌疑”的人，会进行关押审讯，没有问题的释放，有问题的则根据情况，坐牢和处决的都有。

1943 年，周镐的人生进入了一个新的阶段。这年年初，军统头目戴笠找他谈话。

戴笠依然是把周镐的工作表扬了一番，然后问他对工作有什么想法和要求。

周镐给戴笠倒了一杯水说：“治平没有要求，服从戴长官安排。”

戴笠拍一下周镐的肩说：“今天找你，是有一个重要任务要交给你。”

周稿说：“请戴长官吩咐。”

戴笠喝了一口水说：“这个任务很艰巨。这件事我考虑再三，才选定了你。这也是蒋委员长亲自批准同意的。”

周镐立即意识到，蒋介石亲自批准安排的工作，一定非同小可。

戴笠继续说：“军统局委派你到南京去，重建军统局南京站。从现在起，你是军统局南京站站长。”

周镐没有半点犹豫地说：“治平坚决服从命令！”

从心底里说，只要是抗日的事，周镐都心甘情愿。

戴笠说：“我们需要一个完备的南京站，这事就靠你了。”

戴笠说的意思，周镐十分清楚。1937 年日寇进攻南京，军统在撤离南京前，曾建立过南京站，但是南京沦陷后，这个组织却投靠了日本人，军统在南京的工作几乎全面瘫痪。军统曾再向南京派一些零散的特工，但一直未建立起完善的机构。

现在高层把这么重要的工作交给周镐，足见戴笠和蒋介石对周镐的信任。

戴笠拿出蒋介石手令和委任状，让周镐看了。

戴笠说："你的身份是保密的，只有蒋委员长、我和军统领导层中的两三个人知道，所以这个委任状只能放在军统保密室保险柜里了。为了你的安全，你的家人都是不允许知道半个字的。"

周镐说："这个我自然清楚。"

周镐以为，他的使命与其他军统站长一样，就是负责开展常规的情报工作，却不料戴笠说："你的任务很重要——你需要与汪伪政权的周佛海接头，然后开展工作。"

周镐大吃一惊："周佛海？ 汪伪政权的三号人物？"

戴笠点点头。

周佛海是汪伪政权的主要组织者，在汪伪政权中握有实权，担任财政部长、军事委员会副委员长、中央政治委员会秘书长、中央储备银行总裁等要职。 在汪伪政权中，大汉奸陈公博被称为二号人物，周佛海被称为三号人物，实际上周佛海与汪精卫结合得更紧。

从戴笠口中，周镐得知了事情的缘由……

二

从 20 世纪 30 年代的历史来看，如果没有周佛海和汪精卫的协作，汪伪政权不可能顺利、如期地建立起来。

周佛海算得上是 20 世纪上半叶的风云人物了。 他先是中国共产党的创始人、中共一大代表，后脱党投入国民党怀抱开始反共，成为国民党中央的重要人物，再后来又成为一名令人唾弃的大汉奸。

1937 年抗战爆发后，周佛海和汪精卫认为抗日必败，全国人民抗日情绪高涨，周佛海和汪精卫却继续鼓吹"战必败，和未必大乱"的投降主义言论，暗中与日本侵略者勾结、谈判。 1938 年 12 月，周佛海、汪精卫寻找借口先后离开重庆，由昆明潜逃到河内，后赴日本与日本政府和政界要人多次谈判，得到日本支持建立伪政权的保证。1939年七七卢沟桥事变纪念日期间，汪精卫公开发表声明与蒋介石集团彻底决裂。1940年3月30日，汪伪国民党中央政府在南京成立，成为日本的傀儡政权。

随着形势的发展，周佛海萌生了与重庆接触的念头，其中的原因，已很难说清了。

1940年夏天，周佛海领导下的汪伪特工部门向周佛海报告：破获了一架军统地下电台。

周佛海心中大喜，脸上却不动声色，交代报告者："此事不要声张，对他人一定要保密，我自有安排。"

周佛海精心安排，将电台放在扬州路，由专人沿用军统原有的呼叫密码，继续与重庆方面联络，接受重庆的"指示"，互通"情报"。

直到一个多月后，重庆方面发现了电报的异常——电报的编写跟写文章一样，每个人都有自己的表述方式，而对报务员来说，除此以外，每个人发报的手法、习惯，都有自己的特点，不同于其他人。

重庆方面发现这个破绽之后，向戴笠汇报。

戴笠斩钉截铁地命令："停止与这部电台的联络工作！"

但汇报者向戴笠建议："既然已经知道电台被汪伪特工控制，我们何不将计就计佯装不知，继续联络他们，或许会有一些用处。"

戴笠觉得有理，便同意了。

而南京的周佛海当然更不愿意放弃与重庆的联系，这是与重庆接上关系的绝好机会。

9月11日，周佛海亲自拟写电文，请戴笠将电文转呈给蒋介石。周佛海的电文措辞十分亲切、诚恳。蒋介石、戴笠都需要在汪伪政权中物色人物作为争取对象，何况周佛海是一个重要人物，这符合双方利益。电文拍发后不久，在重庆方面的默认下，周佛海将这架电台由扬州路迁往自己官邸西流湾8号的地下室。

之前军统曾派遣高级特工程克祥、彭寿、彭盛木打入汪伪政府，程克祥在伪边疆委员会内任藏事处处长，彭寿任该委员会的秘书。后来程克祥转任伪社会运动指导委员会的总务处处长，彭寿任伪财政委员会的常务委员，彭盛木则因精通日语在伪财政部任参事，兼任周佛海日语翻译。重庆方面称他们为程彭小组。1942 年 1 月初，程彭小组的身份被汪伪特工侦破。程克祥等三人在严刑拷打下被迫承认了自己的真实身份，周佛海出于自身利益考虑，让人保释了这三个人，并恢复了他们的原来职务。三人中的彭盛木因狱中受刑过度，出狱不久就去世了。

周佛海在与戴笠取得联系后，为表示自己态度，让这部电台继续由军统人员程克祥、彭寿掌握，由周佛海供给情报和工作人员的吃穿费用。

1942 年 10 月，程克祥按周佛海指示，带着周佛海给戴笠的亲笔信回重庆，希望建立秘密电讯通道。程克祥离开重庆，又带着戴笠的亲笔信回到南京，交给周佛海。这样，程克祥多次往来于南京和重庆之间。1943 年初，程克祥被重庆方面委派为军统京沪区上校区长。

1943 年初，军统决定派遣督察室上校科长周镐、报务员陈士达、译电员李连青，携带一架电台，一起前往南京，由周镐任军统南京站站长。

由此，戴笠向周镐布置任务时，可谓是千叮咛万嘱咐——周镐实际上成了联系重庆政府高层和南京汪伪政府高层的中间人，这个身份太重要、太敏感了。

三

太阳从东方出来，划过半个天际，又隐到西方地平线下去了。白天的时间似乎过得很快。

月亮藏在东边的云层中，又从西边的树枝里冒出头来。夜间的时光似乎流逝得更快。

周镐的脚步由西向东行进着，一步一步，走得匆忙。

周镐化装成商人，与报务员陈士达、译电员李连青一起，渐渐远离了重庆。

出了四川，绕道湖南，行走在乡间小路上。

这一路风尘，让周镐想起了淞沪抗战，想起了当年福建事变后自己辗转上海，又经水路回武汉的经历。当年参加十九路军，狠狠地打了日本人一次。如今，自己将以特工身份秘密插入日伪政权的心脏，再一次亲临抗日“前线”了。

周镐想着往事，不觉有些出神。

陈士达问他：“周长官，想起什么了？”

周镐笑着批评道：“小陈，你又粗心了，记住，这一路得叫周老板！”

陈士达不好意思地说：“我又说漏嘴啦。”

周镐说：“这一路，我想起了‘一・二八’的那场战斗。”

听说周镐参加过“一・二八”淞沪抗战，陈士达和李连青都很好奇，也很敬佩他。

李连青说：“周老板您给我们说说吧，你们当初是怎么打日本人的？”

周镐便说起了自己的那些同伴，说起了倒在日本人枪炮下的烈士，说起日本人大摇大摆地驻军上海，大家的心情一时便沉重下来。此刻，大家所想到的就是要把日本人赶回去，把汪伪政权消灭掉。周镐的心中有一丝隐隐的担忧：汪精卫、周佛海都是大汉奸，蒋介石怎么想起来跟大汉奸暗中联系？其中的“度”，我要怎么把握？当然，周镐心中想的，嘴上自然不能说出来。

在湖南的约定地点，周镐一行与程克祥会合，由程克祥陪同前往安徽，再赴南京。

一行人辗转到了安徽，程克祥将周镐他们一路带到南陵，在约定好的地点，与周佛海派来迎接他们的人会合。

程克祥将迎接者中为首的人拉到周镐面前，对那人介绍周镐说：“这位是从西面过来做茶叶生意的周老板。”

双方上前，心照不宣地握手。

对方自我介绍：“我姓杨，叫杨叔丹。”

程克祥说：“这是杨队长，财政部警士队的队长。”

杨叔丹说：“我是奉财政部总务司司长杨惺华长官之命，前来迎接周老板的。”

周镐有所不知的是，杨叔丹说的杨惺华，其实是周佛海的小舅子，这是周佛海为保密起见，特意让杨惺华安排杨叔丹来接应的。

周佛海给自己留了好多条后路。在周佛海与戴笠取得联系的时候，中共也在试图做周佛海的策反工作。新四军干部杨宇久奉命到南京进入周佛海的家中，做周佛海的工作。杨宇久是周佛海岳父的女弟子，与周佛海的妻子杨淑慧一直以姐妹相称。杨宇久在抗战前就经常出入周佛海家，相互之间很熟。

周佛海虽然没有答应杨宇久要回归共产党，但并没有把话说绝，还把杨宇久的弟弟杨叔丹安排到财政部做了警士队队长。周佛海的这一举动，让当时的中共组织对他抱有幻想，中共高层曾派遣高级特工冯少白去做他的策反工作，但终究没有成功。

眼前这位杨叔丹，早已被程克祥发展成为军统人员了。

其实杨叔丹与共产党有着千丝万缕的联系，这是周镐在以后的日子里摸清楚的。

一路远行，周镐又一次看到了南京的紫金山、南京的长江。紫金山不高，但令人仰视；长江水不平静，却令人心胸开阔。

周镐不禁感慨：当年就是在南京的码头，两个军统人员暗中交接着监视他，一路盯到武汉，然后将他逮捕了。

眼下到了南京之后，程克祥没有过多停留，就与周镐匆匆告别，转道上海执行任务去了。

杨叔丹把周镐他们领到南京评事街。

杨叔丹征求周镐意见：“您看住这里条件如何？ 适合不适合？”

周镐打量一下四周环境，表示很满意。

杨叔丹便把周镐、陈士达、李连青安顿在评事街一位商人家中，这位商人平时与重庆有生意上的往来。

杨叔丹又帮他们把电台隐蔽好，便回去了。 临走时告诉他们，他会随时来，随时听从周镐的吩咐。

周镐安顿下来之后，就在静心等待周佛海的接见。

但是，周佛海却迟迟没有动静，仿佛从来就没有周镐来南京的事。

周镐所不知道的是，周佛海那边发生了情况，才导致他不敢轻举妄动。

周佛海用隐藏在家中的电台与重庆联系，因为使用频率高，被日本特务系统监测到了。 为了查清电台，日本特务便天天派出侦察车，车上装着监测设备，在城西一带来来回回地巡察。 日本特务监测的范围越来越小，已经把范围定在周佛海的西流湾 8 号公馆附近了，而周佛海却毫无察觉。 此时，军统已经获得了日本特务对周公馆进行监测的情报，便让隐藏在汪伪政权内部的特工设法透露给了周佛海。 周佛海大吃一惊，没想到自以为万无一失的电台，竟也受到了日本特高科的监视。

周佛海停止了发报，不露声色地进出周公馆，像没有发生任何事一样，暗中布置军统电台人员从扬州路住处撤离，同时紧张地考虑对家中电台的处置办法，采取措施。

巧得很，那天风很大，周公馆忽然失火了，风助火力，火势非常凶猛。

周公馆的用人们着急地大喊“救火”，无奈风大、火大，根本无法靠近，又哪里能救得下来？

大家眼巴巴地看着大火把周公馆里的物品化为灰烬。 有的用人难过得抹起眼泪。

附近路过的人打听："怎么就失火了？"

周家的用人告诉他们："一个用人不小心，蜡烛点燃了蚊帐，才烧起来的。"

这一烧，当然把周佛海隐藏在家里的电台也一起烧了，这样，周佛海可以放心了。

关于这次大火，《古今》杂志 1943 年 2 月的第十六期中，刊出了周佛海写的《走火记》。周佛海在文章里说："一月十一日下午三点十分钟，屋顶上不晓得什么原因，忽然发起火来，当时风力又特别大，不到半小时，三楼和二楼，就烧得精光。以后虽然消防队赶到，救了最低的一层，但是已经不能再用了，所以可以说全部房屋，付之一炬！房屋这样的身外之物，要烧就烧，有什么留恋？更何用伤感？……我家里没有什么珍贵物品，除却日常用具之外，没有什么损失。不过名人字画，却烧了不少，实在是太可惜了。其中最可痛惜的有两件：一是史可法的遗书……寥寥数语，充分表现忠烈悲壮之气，我暇时常常拿出来鉴赏，每次鉴赏，都发生异常的感慨，今后不能再见了。"

在几十年之后的 1984 年 3 月，《参考消息》引用了外电刊出的报道称，"史可法绝命书"手稿在美国旧金山出现，现为一梁姓华侨收藏。经旅美的著名教授、古物鉴定家陈世枋博士考证确为真迹……

显然，周佛海当年用放火的方式毁灭证据，又故意在杂志上发表文章，目的是洗清自己有电台的嫌疑。

这件事之后，因为怕被日本人盯梢太紧，为安全起见，周佛海推迟了与周镐见面的时间。

这一推迟，就推迟了半年。

新朋旧友

一

扬子江的水在慢慢流淌着，不急不躁的样子。

紫金山的白云缓缓飘浮着，不愠不火的样子。

行走在南京城里的周镐，似乎很悠闲的样子。

一晃半年过去了，周佛海丝毫没有接见周镐的意思。

周镐内心虽然着急，但是外表却很沉得住气。作为一个特工，任何一丝的急躁，都可能把事情办坏。

周镐清闲地居住在评事街，却并不真的清闲着，他有空就到街上转悠，了解当地情况。

周镐需要把整个南京城都熟悉起来，等军统站建立的时候，好划分区域组织活动。

周镐来到下关的中山码头，仔细回想当年被特务盯梢的事。现在想想好笑，如果不是当年被特务盯梢，想来今天自己也不会成为一个肩负重任的特工吧。

在等待与周佛海见面的日子里，周镐对已经拥有的资源，也是尽可能地利用。

周镐通过军统人员、财政部警士队队长杨叔丹，结交了一些在汪伪政权内部做事的人。

周镐还以商人的身份，请那些已经熟识了的朋友吃饭。杨叔丹当然也有很多朋友，周镐也会请他们相聚一下。这样相识的人渐渐多起来。

身在南京，就应尽可能地多了解南京，作为一个特工，当然是了解的情况越多越好。周镐目睹着日伪统治下的南京，每看到那些进街出巷如入无人之境的日本人，就会想起自己在闸北路打仗的日子，这时候，就只能强制自己不去想那些事，努力使自己平静下来。周镐甚至会留意街道的格局、江岸的地形，不由自主地想，将来有一天军队向南京发起反击，从哪里进攻起来能有获胜的保障。

南京的风土人情，也让周镐很感兴趣。比如南京人喜欢把“南”叫作“蓝”，把“脑”叫“老”，周镐只用了很短时间，就能够听懂南京话了。南京的特产也很好，南京人喜欢吃盐水鸭，而这种鸭子也确实好吃，鲜而不腻，肥而不浓。周镐在街头品尝盐水鸭，想着哪天回重庆时，一定给妻子女儿带上一些。

周镐似乎已经融入了南京的环境，只是他一说话，大家从口音中才知道他不是南京人。

面对陌生的环境，周镐多么希望能有过去的同事、旧友在身边，和自己一起工作。但这几乎是不可能的事，假如在街上遇到从前的旧友，周镐肯定会回避——他的保密身份，不允许他身边有曾经相识的人。至于从前的同学小孙、陶子他们，还有重庆的同事和湖北的老乡旧友等等，就只能在梦里出现了。在这里为了开展工作，只能结识新朋友。

这样，熟悉了周边情况，又结识了一些朋友，对周镐以后开展工作自然是很有好处。

为了不引起敌人注意，周镐在长江路 174 号重新租了一处房子，搬离了评事街，与报务员、译电员分开来单独居住。

二

李华初没有了周镐的消息，这令她精神上很无助。

李华初风里雨里地照料着三个女儿。

都说，窗外的风声是对亲人的思念；

都说，门前的雨声是对亲人的牵挂。

李华初的心，一直牵挂在周镐的身上。

自从周镐领命赴南京后，妻子李华初就失去了他的消息。周镐身在何处？在做什么？她一概不知道。周镐从重庆出发前，就被告知执行任务期间不得与家中联系。

周镐从广东调回重庆的那段时间，曾带着李华初和孩子奔波于长宁、贵阳、长沙、衡阳等地，历尽艰辛。由于战乱，李华初和孩子们曾一度滞留贵阳。

军统派人把李华初和她的三个女儿从贵阳接到了重庆，安置在沙坪坝。

那时候，重庆的老百姓生活很困难，物资也紧张，但李华初与三个女儿被照顾得很好，所需要的日用品和生活开销，全由政府供给。

周镐的大女儿周慧冰和二女儿周慧励被送到沙坪坝磁器口，在一所私立小学读书。姐妹两人的学费、生活费、食宿费全免。

这所小学的兼职校长，正是周镐的顶头上司戴笠。戴笠会经常到这所学校来，看望学校的学生。想来这所学校的学生都是有来历的吧。

戴笠来到学校，到周慧冰和周慧励面前，总会摸着她们的头，说上一句："好好学习，将来长本事，给你们爸爸争气。"

蒋介石也会定期来学校。

每次蒋介石到学校，学校的老师都会把学生集中起来，请蒋介石给这些来自特殊家庭的孩子做报告或者训话。老师会告诉慧冰、慧励姐妹，这是委员长，是领袖。姐妹二人不知道委员长和领袖是什么，但是知道他是最大的官。

蒋介石所做的报告和训话，都是勉励性的。慧冰和慧励姐妹多次听过他的报告和训话。

李华初一个人带孩子不容易，就把老家周镐的妹妹也接过来一起住，妹妹把自己的两个孩子也带过来了，大家相互有个照应。周镐在重庆军统时，是有一些朋友的，这些朋友会到家里来看望李华初和她的三个女儿。来得最多的人，是军统骨干、少将处长沈醉。

沈醉每次来，都会给慧冰、慧励、慧琳姐妹三人带一些好吃的，有时还给她们带玩具。

慧冰忍不住问沈醉："沈叔叔，我想我爸爸了，我好久没见到我爸爸了。我爸爸到底去了哪里？"

沈醉说："你爸爸出差啦，他把你们托付给戴伯伯和我，有我们在，你就不用着急。"

慧励问："我爸爸什么时候能回来？"

沈醉说："快啦，等你爸爸完成了工作，他就会回来啦。他会给你们带来很多好吃的、好玩的。”

沈醉离开后，李华初会一个人悄悄垂泪。兵荒马乱的年月，就这样没有了丈夫的消息，她在为丈夫的安全担忧，不管怎么说，做丈夫的总得给妻子一个音讯吧？ 可是周镐的音讯呢？

接下来的几年里，李华初都得不到任何有关周镐的音讯。李华初甚至在担心：周镐是不是从此失踪了？

每每想到这个，李华初的眼泪就会流下来。

入职汪伪政权

一

梧桐树上的几只麻雀急急飞下来，落在路边，估计它们是在急着觅食了。

平房上的一群鸽子呼呼飞起来，盘旋在楼顶上，估计它们是在寻找回家的路了。

周镐看着麻雀、鸽子，思绪飞到了重庆，又飞回了南京。

周佛海没看到麻雀，也没看到鸽子，但他一刻不忘地揣摩着重庆，揣摩着南京。

1943 年 7 月的一个下午，南京的天气有些炎热。军统特工、财政部警士队队长杨叔丹来找周镐。

杨叔丹说：“周长官让我来送口信，他要接见你。”

周镐一听，很是兴奋——周佛海到底出动了。

周镐问：“在哪里？ 去周长官的官邸吗？”

杨叔丹说：“周长官特意嘱咐了，不去官邸，那里太引人注目。周长官要在迎宾馆接见你。”

迎宾馆是汪精卫和汪伪政府举办宴会、会议和接待活动的地方。那里曾经是孙科担任铁道部长时的官邸，看似公众场所，实则最安全。周镐不得不佩服周佛海对这次接见的细心考虑。

周镐即刻前往迎宾馆，去面见周佛海。此时的迎宾馆很安静，并无人来往走动。

周镐和周佛海见面后，二人寒暄一下，落座。

周佛海指指周镐面前的茶说：“这个是龙井，味道挺好的，你品尝品尝。需要说明一下，我之所以迟迟没有见你，就是因为家中电台的事。请你转告戴老板，我非常感谢他，也感谢你们军统人员在关键时刻对我的救命之恩。”

周镐说：“我一定转达给戴老板。不知周先生可想知道您母亲和其他家人的情况？戴先生要我转告您，她们都很好。”

周佛海说：“情况略知一二，非常感谢。”

周佛海成为大汉奸后，他身在贵州的母亲、妹妹、妹夫、岳父、岳母曾被蒋介石调查和软禁。为了策反周佛海，戴笠命令军统的人对周佛海的亲属们“多加关照”，“放松”了监视，让他们精神上感到宽松，并且对他们照顾得很周到。这一点，周佛海通过关系打听得一清二楚。周佛海因此而对戴笠心存感谢。

周佛海感谢之后，对周镐说：“我需要你们把电台尽快架设起来，我好与重庆联系。”

周镐答应他立即准备，希望周佛海能给电台找个特别隐蔽的地点。

周佛海考虑了一下，对周镐说：“你暂时先把电台安置在新街口中央储备银行内。那里是银行系统，商业电报频繁，日方不易发现。我会派人与你接洽，然后你立即把电台转移过去。”

周镐同意了。

周佛海摸着下巴说：“我得考虑一个长久的安放地点，必须安全、万无一失。这事容我先想一下，过几天和你商量。”

然后，二人交流下一步的行动。

周镐把他来南京的主要工作任务告诉了周佛海。

周佛海说：“请你放心，我一定协助你。”

周镐把玩着手中的茶杯说：“我在南京，需要一个公开身份。”

周佛海说："这个我已有考虑。你到军事委员会怎么样？"

周镐赞成道："这样最好，有军人的身份，更便于活动。"

周佛海说："电台和身份的事，我很快就会具体安排好，你先稍等几天。"

两人将相关事宜大致谈妥，周佛海说："你先把你这个不伦不类的商人服装换了吧。"

周佛海当即便令人打电话给南京有名的李顺昌呢绒服装商店，让他们立即派一个裁剪师傅来迎宾馆。

这个李顺昌呢绒服装商店，是一家老牌服装店，创立于清朝光绪年间的苏州，后来搬迁到南京。汪精卫、周佛海、褚民谊这些高层人物的服装，几乎都是在这家裁剪店定制的。

只一会儿，李顺昌呢绒服装商店裁剪师傅就来了。他为周镐量起了尺寸，什么身高，什么腰围，什么裤长，等等，一个个记在小本子上。

周佛海一次就给周镐定制了六套全毛高级中山装和大衣。

几天之后，周佛海又和周镐见面了。

周佛海决定，把电台运往上海，放在他小舅子杨惺华的一处秘密地点，由重庆方面另行派一个译电员过来，这样不致引人注意。新的译电员要携带新的密电码和呼号进行工作。

这部电台不放在南京，周佛海是有细致考虑的。周佛海认为，南京作为"首都"，日本人和南京政权的情报机关太多，稍有疏忽就会暴露。而上海是十里洋场，人员庞杂，五花八门的电台有很多，一部电台隐蔽起来比较容易，况且上海和南京之间交通方便，火车一天之内即可自如到达，情报递送是非常及时、方便的，如果遇到实在紧急的情报，还可以通过隐蔽的联络点，使用电话以特别暗语联络。

周镐觉得周佛海说的有道理，表示立即向重庆请示。

周镐电告重庆后，重庆那里很快有了回复，同意他们的安排，新的译电员会马上赶赴南京，然后转赴上海。

之后，周佛海派人过来，取走了周镐带来的电台，送往上海去了。

随周镐一同来南京的军统译电员李连青，被周佛海通过关系，安置在南京商会里做了一名小职员，借以掩护身份。

周镐接到汪伪政权军事委员会的任职通知，立即赶往军事委员会报到。

这天起，周镐担任中央军事委员会军事处第六科少将科长。

身份明确下来，周镐开始在军事委员会履职。

周镐利用下班时间和夜间，紧张地着手组建军统南京站。

重新建立起来的南京站，下设八个组，按照当时南京城市区域进行划分，每个组的活动又各有侧重。每组都设置了联络员即组长。按军统惯例，组与组之间不得有横向关系，他们只与周镐本人或周镐的联络员发生关系。

1943年底，军统南京站组建完成，周镐任站长，沈三北、刘振汉、张作安、杨叔丹、王捷三、洪侠等人分别为行动组的负责人。随之，南京站的工作全面开展起来。

周镐将南京站的组建完成情况电告重庆之后，戴笠给周镐回电予以褒奖。

周镐建站有功，且南京站为大站，经重庆军事委员会批准，周镐晋升为少将，职务为军统局南京站少将站长。

这样，周镐公开的身份是汪伪政权军事委员会军事处第六科少将科长，隐藏的身份是重庆国民党军统局南京站少将站长。周镐被重庆军统高层人物戏称为“双少将”。

军统南京站行动组中的洪侠，是由周镐暗中发展进入军统的。周镐在南京这段时间广交朋友，伪苏北绥靖公署主任，后任浙江省省长、第十二军军长的项致庄，对周镐的印象非常好，项致庄是国民党高层人物陈果夫的外甥，到南京做了汉奸。项致庄介绍他的十二军驻京办事处主任洪侠去找周镐办事，周镐与洪侠由此相识。多次接触中，二人话题很多，周镐发现他内心对日寇和汪伪政权不满，便经常请他到自己住处吃饭，有意无意地透露了一些重庆方面的信息。经过试探，周镐发现，洪侠果然有抗日的想法。

洪侠家住光华门，家中的阁楼就可以远眺光华门外的军用机场、驻军工事，他定期将观察动态报告给周镐。周镐心中有了底，遂将洪侠发展为军统特工。

洪侠的朋友也很多，一次请周镐吃饭，还请来了一位老家是湖北的朋友。

朋友一开口，周镐就惊喜道："原来是老乡啊！"

朋友笑着介绍自己说："我叫徐祖芳，湖北浠水人。"

周镐说："我罗田的。"

两人高兴地握手。

经过介绍，周镐知道徐祖芳也叫徐楚光，先后任过汪伪中央军官学校上校战术教官，伪陆军部第六科上校科长、参赞，现在是军事委员会政治部情报局上校秘书，兼伪中央政治感化院上校教官。

周镐所不知道的是，徐楚光的真实身份是中共地下党员、特工。这次吃饭，是徐楚光有意让洪侠安排的，目的是结识周镐。

交流中，周镐得知徐楚光也在武汉上过军校，只不过徐楚光上的是中央政治学校武汉分校，而周镐上的是中央陆军军官学校（黄埔）武汉分校。两个人虽然不是同一所学校，但此时都以"老乡""同学"来相互称呼，这样当然亲切一些——这个称呼，后来一直被他们沿用着。

徐楚光谈到自己离开军校后，曾经在周镐的老家罗田自卫队做过队副，周镐又是一阵惊喜："我大哥带我去看过罗田自卫队的操练，那时你在罗田吗？"

徐楚光也开心地笑道："那段时间我不在自卫队，否则我们可能早就认识了。"

自此，周镐与徐楚光相互结识。周镐会请徐楚光和杨叔丹、洪侠等人去住处吃饭，徐楚光也会请周镐和洪侠他们去家里吃饭。

有一次，徐楚光请周镐到家里吃饭，席间，叫了一个人过来陪酒。

徐楚光拉过那人对周镐说：“来来来，我介绍一下，这是我的随从副官，现在在南京市车辆管理委员会，叫姚紫云。”

周镐客气道：“幸会，幸会！”

两个人握手。

徐楚光把姚紫云一道请来，当然是有目的的，这是为他以后的工作做铺垫。那个时候，周镐并不知道，徐楚光和姚紫云他们都是中共地下党员、特工。

二

第六科的水很深，能让周镐工作起来游刃有余；

第六科的“鱼”很多，能让周镐随手抓到情报。

周佛海之所以把周镐安插到军事委员会军事处第六科，就是为周镐获取情报提供方便。那些军事委员会大大小小的“鱼”，谁的身上都有“料”。

周镐很快把汪伪集团军队布防情况摸得一清二楚，又掌握了军事委员会的一些绝密情报。

周镐一次次将情报交给自己的交通员，让他送往上海，嘱他一路小心。

交通员每次都是一点时间不耽搁，立即从南京乘坐火车赶往上海。

交通员到上海后，再赶往军统京沪区上校区长程克祥家中。

交通员第一次去找程克祥时，正巧程克祥在家中。

程克祥接过情报，很是吃惊，没想到周镐这么快就获得了一些绝密情报，不禁对周镐大加赞赏：“这个周镐，效率确实不错！”

第一次的情报很快发往重庆。

收到情报的戴笠很是高兴，也是竖起拇指：“周治平不负我望，不负委员长栽培，真是我军统的干才！”

戴笠把情报送给蒋介石。蒋介石自然高兴，对戴笠说：“军统就是出人才，这个周治平，可堪大用。”

戴笠说：“所以军事委员会才晋升他为少将。”

蒋介石说：“以后还会有重用周治平的地方。”

在南京，周镐每天在军委军事处按部就班地履职，把室内打扫得干干净净，把桌椅擦得光光亮亮，上下班都会跟“同事”们打招呼，与“同事”们相处得很是融洽。

当初周佛海第一次见到周镐后，是这样评价周镐的：人极稳练，且有见识，十分可靠。

周镐打入汪伪内部的主要任务有两个——

第一个是负责周佛海与重庆的情报联络工作，搜集汪伪首都军事、政治、经济情报。

这个任务的执行渠道安排很周密，程序是：除周镐自己搜集到的情报之外，周佛海将自己获得的汪伪集团情报交给周镐，周镐再派军统的交通员送往上海程克祥家中，然后由程克祥转交到周佛海的小舅子杨惺华家里，再由军统报务员发往重庆军统局。情报内容最终由戴笠亲自转给蒋介石。可以说，这是周佛海与重庆之间联系的重要渠道，也成了抗战胜利之后周佛海被判处死刑又被免去一死的“救命草”。

第二个是周镐利用自己在汪伪中央军事委员会里的少将身份，与汪伪中实力派高级将领孙良诚、吴化文等人建立关系，获取他们的情报，并适时策反他们。

三

绿色的蝴蝶潜伏在绿树丛中，谁也发现不了；

黄色的鸟雀蛰伏在枯草丛中，谁也辨别不出。

潜伏着的周镐，细心地隐藏着自己，默默完成着任务。

为了情报，周镐与周佛海建立起比较密切的私人关系。这样，他们就会经常见面交流。

一次在周佛海家里，两人交流过后，周佛海与周镐聊起天来。

周佛海靠在沙发上，忽然对周镐莫名其妙地笑。

周镐以为自己军服有什么不整齐的地方，忙低头查看，又问周佛海："周长官你笑什么？"

周佛海仍是笑着："周镐，我看你该找个老婆了。"

周镐摇头说："我有老婆，我三十多岁的人，哪能没有老婆孩子？"

周佛海放缓语气说："对，有老婆孩子，那才叫男人，那才叫过日子。没有老婆孩子，那就是不正常的。你看你周围的那些军官们，哪一个没有老婆陪在身边？"

周镐一下无话可说了。

周镐沉默一下，告诉周佛海，自己的妻子在重庆，带着三个女儿生活，只是不知道她们现在怎么样，生活得好不好。周镐说着这些，想到自己对李华初和孩子没有一点照顾，不觉眼睛有点潮湿了。这么长时间没有消息，周镐在心中自然十分挂念李华初和三个女儿。

周佛海却夸奖道："看得出，你是个重情重义的人。"

周镐说："等将来胜利了，我要回武汉或者老家去教书，我要带着她们母女好好过日子。"

周佛海提醒道："可是眼下的情况还是要考虑的——你这样光棍一条，难免会引起日本人注意和怀疑。现在在老家有老婆，而自己又回不了老家，在外面再找个老婆，也是很正常的事啊。"

周镐摇摇头说："这对我来说不可以。"

周佛海开玩笑道："你也太严肃啦。多一个老婆，也是多一份情缘啊，男人嘛，还不都是这样！"

恰在此时，周佛海的老婆杨淑慧回来了。听到这话，杨淑慧立即怒斥周佛海说："你是不想好了？你又想在外面找女人了？你要是再敢，你看我不一刀剁了你周佛海！"

周佛海忙讪笑道："我哪里敢？ 我就是和周科长说着玩呢。"

杨淑慧说："你这是教唆！ 以后不许对人家周科长说这样的话。"

周佛海在杨淑慧面前矢口否认说的是真话，但周镐相信周佛海说的就是心里话。 到南京后，周佛海的风流韵事周镐已耳闻了不少。其实周佛海在娶杨淑慧之前，在老家湖南沅陵已经有了夫人和一双儿女。

据说，周佛海曾经是上海会乐里长三堂子的常客。 相传有一家小报登过一段艳事：会乐里长三堂子有个非常漂亮迷人的名妓，艺名叫"真素心"，一次见到周佛海，死活求周佛海给她写一副对联。 周佛海想了想，挥笔写下了一句逗笑的话："妹妹真如味之素，哥哥就是你的心。"周佛海把真素心三字都嵌进去了，这事说不清是真是假，但一时被传为笑谈。 相传还有一次，"76 号"汪伪特工总部警卫总队副队长吴四宝，想巴结周佛海，便在家里开堂会唱戏，把京剧坤角"小伶红"请去唱戏，目的是给周佛海拉皮条。 结果周佛海和"小伶红"两人竟是真的一见倾心，当下在吴四海家中就成了好事。"小伶红"只有十七八岁，算起来还是个不谙世事的女孩，一切都听从周佛海的安排。 周佛海怕老婆杨淑慧知道，就把"小伶红"藏匿在亲信孙曜东的家中，常偷空去和"小伶红"幽会。 这事后来被杨淑慧探听到了，杨淑慧带着十几个人，个个手提马桶，到孙曜东家里大打出手，孙曜东被泼得满身是粪。"小伶红"吓得脸色刷白，跪下来向杨淑慧求饶。迫不得已，周佛海只好答应和"小伶红"分手。 可怜那"小伶红"已有身孕，后来给周佛海生下一个女儿，但杨淑慧死不认账，也不允许周佛海与这个女儿相认。

周佛海的话，周镐只当耳边吹过一阵风，吹过也就忘记了。 可是杨叔丹的话，让周镐警觉起来。

杨叔丹来办公室找他，告诉他，日本特高课的人无孔不入，他们把军委几个处包括军事处的人都登记了资料，已婚、未婚，甚至谁在南京有没有老婆也登记上去了。

杨叔丹说：“但愿你的身份不至于引起日本人的怀疑。”

去上海送情报的交通员回来，带来了军统京沪区上校区长程克祥给周镐的话：为安全起见，建议周镐在南京找个伴侣，哪怕是做假夫妻也行，这样便于掩护自己。程克祥特别强调：这是地下工作的需要。

此时，周镐更加思念远在重庆的妻子李华初和三个女儿了。

周镐根本不知道，以后的日子里，他会遇到一位美丽、优雅，并和他情投意合的青年女大学生，给他的工作带来许多方便和帮助。

第五章
隐秘的抗战

少将高参

一

周镐当然不甘于只获得南京的情报，他要放眼于汪伪政权的整个势力范围。

汪伪政权的领地，主要集中在江苏、浙江、安徽。政权名义上统有华北政务委员会和蒙疆联合自治政府，实际上直接管辖的只有江苏、淮海、浙江、安徽、江西、湖北、湖南、广东、福建等省份及南京、汉口、厦门等特别市。除了江苏、淮海、安徽三省较为完整外，其他省区往往仅占有少数县；另外汪伪政权还设置了浙东行政公署、苏北行政公署及苏淮特别行政区等三个省级特区。

汪伪实际占领的区域在军事上有相当的实力，伪军总数有六十多万，编成了七个集团军，还有一些绥靖部队。汪伪百分之六十二的部队，是国民党正规军投降以后改编过来的，所以战斗力很强。

七个集团军中，第一集团军司令任援道，辖七个师一个旅；第二集团军司令张岚峰，辖五个师；第三集团军司令孙良诚，辖五个师；第四集团军总司令吴化文，辖五个师；第五集团军总司令庞炳勋，辖两个师及一些直属部队；第六集团军总司令郝鹏举，号称五个师，实际有三个师；第七集团军总司令孙殿英，号称五个师，实际三个师；绥靖部队有伪十二军、十一军，广州绥靖五个师，武汉二个师，警卫部队三个师。海空力量薄弱，海军仅有三艘小炮舰，空军只有数架教练机。

周镐非常需要弄清这些部队的布防及各方面情报。

周镐找到周佛海说："我需要到下面的部队跑一跑。"

周佛海一口答应了："好，你需要跑哪里都可以。"

周镐说："我只是军事委员会军事处的一个科长，以这个身份跑，不大合适。这也是戴老板的意思。"

周佛海当然知道戴笠的意图。他按照戴笠的意思，考虑把周镐任命为苏北绥靖公署和第二方面军的总参议。

周佛海说："让我仔细考虑一下，安排你一个什么职务比较合适。"

几天之后，军事委员会就下达了命令，除了原有的职务，周镐又挂了一个虚职——军事委员会少将高级参议。这虽然是个虚职，但身价很高，周镐可以借这个职务，到各个地方、各个军队去视察、检查。

抗日战争时期投敌将领中，孙良诚是上将，也是军衔最高的一个，他率领的投降部队有三万人，成为汪伪的一支重要力量。孙良诚被任命为第三集团军司令。

周镐把目光放在了孙良诚身上。这样的部队，重要的军事情报一定很多，如果能够暗中策反过来，那将是对汪伪政权的重大打击。

周镐按照计划，以检查军需为名，再一次奔赴驻防在扬州的孙良诚部。

那个时期，共产党领导的新四军在敌后苏北地区坚持抗战，屡让日伪军遭受打击。南京汪伪政权害怕新四军的力量更加壮大，会对其形成更大威胁，便将战斗力比较强的孙良诚部调驻扬州、泰州、南通一带，孙良诚被升任为苏北绥靖主任。孙良诚手中握有实权，他的伪绥靖署下设政务厅，政务厅又设置了民、财、建、教四大处，管理苏北十三个县的行政事务。他的伪绥靖署驻扬州，直属部队分布在扬州、泰州一带。

闻得周镐到来，孙良诚远远迎出绥靖署大门。

孙良诚热情地说："又是哪阵风把我们的周高参吹来了？"

周镐和他握手说："是借少云先生的东风，乘兴而来啊！"

两个人一路说笑进入绥靖署。

孙良诚，又叫孙良臣，字少云，所以周镐会直呼他为"少云先生"。

孙良诚与周镐已经很熟。每次去南京，孙良诚都会去找周镐坐坐，套套近乎。周镐是军事处第六科科长，第六科是掌握军事物资运输的，运输哪些军事物资，以及汽车、火车车皮的配备，全由周镐说了算。别小看周镐只是个少将科长，但是每个集团军的司令到南京来，都对周镐恭敬有加。谁不希望自己能够有一些好的装备，不希望能够多配备一些新式装备运来？所以，高级将领中，孙良诚、张岚峰、吴化文、郝鹏举，还有刘夷、张海帆、洪侠、崔象山这些人，都和周镐很熟。而周镐每次对那些集团军司令提出的要求，也都尽量予以满足。

所以，孙良诚、吴化文这些人常说："周镐这人豪气，性子直，够朋友！"

周镐确实"够朋友"，尤其对孙良诚。孙良诚每次到南京开会或办事，周镐都会热情招待他，请他喝酒叙谈；临走，还会送他一些南京的土特产。一来二去，两人成了交流非常多的朋友。由此，周镐还认识了孙良诚部第四军副军长、驻南京办事处少将处长谢庆云。

这次来孙部，两人的交流是在孙的密室中。这是一次密谈，但一如既往地放松和诚挚。

孙良诚给周镐泡了一壶茶。

周镐接过茶杯说："少云兄，你以为日本人在中国还能支撑多久？"

孙良诚摇摇头说："这个我可不敢说。"

周镐把玩着孙良诚放在桌上的钢笔说："撇开中国的抗战形势不说，看看外面的总形势就能分析出来了——现在盟军已经在太平洋和亚洲战场取得了压倒性的优势，日本人的战败仅仅是时间问题。我们中国只要再撑一下，撑到美国击败日本的那一天，中国的抗战就必然能够胜利了。目前日本人的活跃只是一时的，重庆国民政府牢牢掌控着西北和西南，加上有美国的支援，撑到战争胜利绝对没有问题……"

孙良诚叹一口气说："治平，我又何尝没有考虑过这个问题？只是老蒋那里，我也实在看不惯，不然我也不会投到汪主席这里来。"

周镐说："以后呢？以后日本人离开中国了，汪主席创办的这个政权不存在了，你还投奔谁？"

孙良诚又叹息道："走一步是一步吧。"

周镐说："现在是我们辨清形势的时候了，不然子孙后代会骂死我们。"

孙良诚说："你说的我明白，我何尝又不是中国人？"

周镐将杯中的茶一饮而尽："看来你还是个开通人。"

孙良诚笑道："你可是从南京来的，是周长官的红人，你敢跟我说这个话，是否有周长官周佛海的意思？"孙良诚说着话，给周镐续上一杯茶。

周镐笑道："有没有这个意思，你自己分析分析吧，我可没这样说。"

孙良诚用手指点点周镐说:“你啊你啊,治平,这个话都跟我说了,还有什么好隐瞒的? 我知道你是为我好,关键时候,你要给我出出主意,我会多听你的。”

周镐记住了孙良诚的这句话。

周镐说:“重庆方面,家大势大,你一定要考虑将来……”

孙良诚明白了,这样的密谈,周镐代表的是重庆方面,同时也是周佛海的意思。

周镐所不知道的是,中共方面也对孙良诚做起了工作。 周镐走后不久,中共情报人员随后到达孙良诚部,动员他在时机成熟时起义。孙良诚一直处在摇摆不定中。

其后,周镐又到另外几个集团军的高级将领那里,分别视察军需。

这段时间,周镐与庞炳勋、孙殿英、张岚峰、吴化文、郝鹏举等将领也都做了不同程度的密谈和交流。 这些人和周镐的私交都很不错。

这些人其实对“汉奸”一词都很敏感,明明是当了汉奸,背地里却是以“曲线救国”作为一块蒙羞布来为自己找理由。 与周佛海一样,自从太平洋战争爆发,以及后来盟军在亚洲战场取得优势之后,很多高级将领时常会为自己的未来而忧心忡忡。

周镐从孙良诚那里回到南京,又去了孙良诚部驻南京办事处,把从扬州带来的特产送给孙良诚的第四军副军长、驻南京办事处少将处长谢庆云。

谢庆云说:“周高参怎么这么客气? 真叫我不好意思!”

周镐说:“我就是顺手带过来,让你尝尝味道好不好。 如果喜欢,下次去扬州我再给你带一些。”

谢庆云感激地说:“谢了,谢了! 周高参出差还想着我,真是感谢不尽!”

在周镐的感觉中,谢庆云是孙良诚的亲信,策反孙良诚,总会有用得着他的地方。

二

周镐利用少将高级参议的身份，来往于南京、上海、苏州、无锡、扬州、镇江等地，获取了日伪占领区的大量情报。

周镐赴上海，与军统京沪区上校区长程克祥见面。

程克祥把周镐带到一家咖啡厅，叫了一个包间，请周镐喝咖啡。

作为军统资深特务的程克祥有些兴奋。

程克祥说："现在形势越来越明朗了，盟军在欧洲战场上的优势，给东方战线带来了大好曙光。"

周镐表示赞同程克祥的观点。

两人商量着，如何在胜利前夕将情报工作进一步做好，如何让周佛海为重庆做更多的事，如何加强南京、上海间的工作。

之前这段时间，两人分别在上海和南京暗中又发展了一些军统人员，使情报工作更加全面。

周镐说："你在上海的工作已经得到巩固，人手也很完备了。我建议你还是多多往来于南京和上海之间，在南京军委会任个职，这样工作起来更方便。"

程克祥说："我也是这样想的。"

周镐回到南京后，把二人商量的意见，告诉了周佛海。

周佛海对周镐说："你电告戴老板，只要需要，我会做好的。"

之后不久，程克祥担任周佛海所管辖的伪军委会作战科长。程克祥暗中的任务，是负责部署伪军做好接应重庆中央政府军反攻的准备。

这期间，周镐利用自己"高参"的身份，暗中策动一些高级将领做好反攻的配合工作。

程克祥的部署到 1945 年初，便大体上完成了。3 月，程克祥被重庆军统局晋升为第五区少将区长。

初识共产党

一

周镐在担任汪伪军事委员会军事处第六科科长期间，负责军事物资的运输工作。这在别人看来，是个人人都羡慕的“肥缺”，大有“油水”可捞。

常有一些军官朋友找到周镐，要周镐利用运输物资的机会，帮他们捎带一些粮食或者紧俏商品，周镐都不会推托。

有时候，周镐会亲自到火车、汽车上检查。

第二集团军的王旅长找到周镐，又是敬礼又是作揖：“周科长，我老家父母叫我送点货物过去，麻烦老弟给我托运一下啊！”

周镐一口答应说：“行啊。什么货啊？”

王旅长说：“就是点吃的东西，都是家里需要的。”

周镐说：“那我检查一下吧。”

王旅长说：“其实查不查都一样，又不是什么特别的东西。”

这样一说，周镐便有所怀疑了，便亲自到车厢里，拆开“货物”查看——原来是几袋私盐。

王旅长很尴尬，怕车下的人听到，故意说：“见笑，见笑，也就一点粮食，家里灾荒，没有吃的才捎回去救命的。”

周镐装作不知地说：“没想到王旅长还这么孝顺，这么远地捎粮食回去孝敬父母，不容易。”

王旅长说：“那是，那是。”

这样，周镐在汪伪中下层军官中，也落得了好人缘。

后来的一次次检查中，他常常发现，汪伪政权的这些高层、中层人物，与蒋介石国民政府那些大大小小的官员一样，个个都腐败。周镐检查出的情况有：他们利用汽车、火车运输军用物资的机会，有的贩卖武器，有的贩卖食盐，有的甚至暗中贩卖烟土！

面对这样的场景，周镐只能叹息、摇头。这些人不好得罪，自己的军统特务身份又必须掩护好，那就需要拉拢他们。

周镐还亲自为杨叔丹的弟弟、姐姐安排过汽车、火车车皮。杨叔丹的暗中身份是军统南京站的行动组长。

周镐领导的军统南京站是蒋介石和戴笠十分重视的大站，八个行动组的组长，都是军统站的骨干人物，其中杨叔丹成为周镐的得力助手。

杨叔丹利用财政部警士队队长的身份进行掩护，做了大量情报工作。同时，他用这个公开身份出入周镐的军事处六科也很方便。

周镐早已知道杨叔丹的姐姐杨宇久、弟弟杨天都在新四军。周镐很想结识他们，所以对杨叔丹说过，只要他们到南京来，一定要引见一下。

杨叔丹记住了周镐的话。杨叔丹的弟弟来南京后，杨叔丹去了周镐的六科，告诉他，弟弟杨天来了。

周镐很兴奋，压低声音说："晚上我去你家见他，了解了解'那边'的情况。"

晚上，周镐穿着一身便服，去了杨叔丹家。

杨叔丹让自己老婆在门外放哨，防止有客来访，然后给大家做了介绍。

杨叔丹的弟弟杨天很是高兴，说："早就知道我哥有个军事处科长朋友，是个少将，真是敬佩！"

周镐笑着说："就是个差事，混口饭吃吧。"

杨天说："你们军人是做大事的，不像我们小老百姓。"

周镐说："你们才是做大事的，为老百姓做事就是做大事。"

杨天笑道："你已经知道我是干什么的了？"

周镐说："我知道你是共产党，你姐姐杨宇久也是。"

杨天说："没想到周科长你了解得这么清楚。"

周镐说："我还知道你姐姐经常出入周佛海家，就像在家里一样，一点危险都没有。"

杨天说："你这一说，我就知道你和我哥是好朋友了！"

周镐说："我一直非常羡慕你们共产党和新四军。你们打日本、打天下，都不是为了自己，而是为了别人，所以你们生活再艰苦，都不会去干那些贩烟土、坑人、敛财的事。"

周镐这几句心里话，说得淋漓痛快。一直以来，军统是抓共产党的，而现在这个共产党就站在周镐面前，周镐却觉得心里很敞亮。

杨天说："其实我来南京，是想让你帮忙的。"

周镐有些疑惑了："我能帮你们共产党什么忙？"

杨天说："当然能帮。"

杨天就说了江北新四军的情况。由于日本人的封锁，新四军获取物资非常困难，缺少粮食，缺少军服，缺少药品。特别是缺少药品，使一些受伤的战士处境艰难。杨天过来，就是想拜托周镐帮他们运送一些药品到泰州那里。

杨天说："这些药品，都是我们好不容易搞到的。但凭我们的力量，这一路检查，容易出意外，估计很难把药品送到。所以想请你帮忙。"

周镐说："我可以帮助你们护送药品。可是运到泰州那边，你们如何接应？"

杨天说："这个我们自有安排。"

周镐说："这个忙我帮定了。"

杨天握着他的手，感激地说："我们新四军不会忘记你的。"

周镐说："我是心甘情愿地帮忙，只要把抗日的事情做好就行。不管国民党还是共产党，抗日才是我们大家要做的大事。"

周镐很快为杨天安排好了汽车，又让杨叔丹派几个士兵，拿着军委会六科的证件，一路护送那些药品到目的地。

周镐并不十分清楚，与军统隐藏在汪伪政权和军队里一样，有许多共产党人也隐藏在汪伪政权和军队里，这些药品，也离不开这些共产党的特工。

通过杨叔丹，周镐初步接触了共产党。这些共产党给了他耳目一新的感觉。

杨叔丹是军统特务，是行动组组长，是周镐的好友。杨叔丹的家人有这么多人是共产党，那么杨叔丹是不是共产党，这也就成了疑问。但是，周镐不会去解开这个疑问的，眼前的杨叔丹，只是他领导下的一个军统特务……

二

南京城里最巍峨的是紫金山。

南京城外最雄壮的是扬子江。

南京城里城外最迷人的是玄武湖。

迷人的玄武湖边走着两个人，那是周镐和徐楚光。

此时已是傍晚，晚霞映在湖面，风景如画。两人边走，边说话。

两人每次相见，都很开心。这一次，两人却是做起了“交易”。

徐楚光开玩笑说：“你现在不是老百姓了，周佛海封给你那么多职务，倒显得我和你的身份不相配了。”

周镐说：“你这个上校秘书可不是一般的上校秘书，你是军事委员会的上校秘书！你说话我是不敢不听的。”

两人为相互“吹捧”而哈哈大笑。

徐楚光说：“言归正传，我还真得找你办点事，你可不要推托。”

周镐说：“只要不是干坏事，看在老乡和黄埔同学的分上，我也不可能推托，否则我是六亲不认啦。”

徐楚光说：“我想用你的车皮，贩卖一点粮食、枪支，好赚点零用钱。”

周镐沉默了。堂堂的正人君子徐楚光也干这倒买倒卖的勾当？也想用这种办法挣点“肮脏钱”？贩卖枪支这种事是大事，抓到了可能会被杀头。周镐判断，徐楚光一定是另有原因。

徐楚光见周镐不说话，警惕地环顾四围。还好，只有几个零星的人影在远处走动。

徐楚光说：“这样，我每次贩运之后，赚到的钱，你我对半分，我绝不让你吃亏。”

周镐打量着徐楚光，微笑着说：“你什么时候成商人了？你不是讨厌做生意吗？现在竟然和我谈起交易了。”

徐楚光笑道：“我在想，这是个赚钱的美事，我动心了，你也应该会动心吧？”

周镐说：“贩卖粮食倒不算什么，贩卖军火被抓到了可不是小事。容我考虑考虑再给你答复。”

徐楚光说：“行，我等你！”

这事周镐当然不敢擅自做主。周镐很快通过电台与戴笠联系，说自己可以利用运输军用物资的机会，为军统南京站赚取一些活动经费。

戴笠回电，表示同意。

戴笠这些年佩服和信任周镐的原因有很多，特别是在廉洁这一点上，周镐也是令戴笠很佩服的——周镐从来不会把用于公事开支的钱，往自己腰包里装，一分钱都不会。他当然更不会像那些贪得无厌的军界人物一样，想方设法为自己赚钱。

这样，周镐和徐楚光暗中贩运起了军火。

岂止是军火？

周镐特意登上火车那几节车皮进行检查。好家伙，除了枪支，还有粮食，还有药品！贩运药品，一旦被查到，那百分之百有“通共”嫌疑。周镐这样帮助徐楚光，是冒了很大风险的。当然，两个人也都想好了对策，一旦被查到，会用充足的理由进行开脱。

好在，这事从来没有被查到过。徐楚光做事很稳妥，他以军事委员会上校秘书的身份，安排了几名军人，当然是他自己的人，一路护送这些物资。

这些物资送往哪里，周镐自然也安排专人暗中进行了调查。

负责调查的行动组组长向周镐汇报：“徐楚光的那些物资，全部运往江北了。”

周镐吩咐道：“调查到此为止，对任何人都不要再提起一个字！”

组长答应后便离去了。

周镐自然明白，江北，那是新四军的根据地。那些东西，肯定是运送给新四军，他们把物资用于抗日了！

通过这样的物资贩运，周镐确实为军统南京站挣下了一笔不小的活动经费。

徐楚光和周镐两人都心知肚明，相互不点破：徐楚光也罢，周镐也罢，他们都不可能去发这样的财，他们赚钱都不是为了自己，而是为了别人，或者说是为了肩上的“任务”。

在负责军统南京站期间，周镐虽然掌握着军统大量的金条、伪币等活动经费，但他从来没有挪用过一丝一毫，专款专用。他管理得很严，别人也是无法私自使用。

周镐的工作作风十分严谨，时刻保持清醒头脑，平时烟酒不沾，从不乱说话，一个错字都不会说，这也是作为特工的起码要求。周镐常常对部下说：“我们是在沦陷区，又是汪伪统治中心，万事都要小心。个人生命事小，工作责任事大。”

人人都知道，在敌人的心脏里潜伏，随时会有生命危险，所以大家都牢记周镐的话。

三

天晴了，周镐奔走于城内、城外的军界。

天阴了，周镐奔走于自己办公的军事委员会。

刮风了，周镐奔走于新街口大道。

下雨了，周镐奔走于客居的长江路。

周镐的独来独往，早就引起了徐楚光的注意。

周镐去徐楚光的家里喝茶，徐楚光的爱人在厨房里忙碌，为他们做饭。

徐楚光认真地对周镐说："周镐，我早就想对你说，你这样打光棍不正常。我不管你究竟是做什么的，但你这样做光棍，很容易引起别人的注意。"

徐楚光的话中，含有暗示：如果你是为别人工作，那就不能引起不必要的怀疑。

这个话题，周佛海、程克祥都对周镐提起过。

周镐叹了一口气，敷衍说："也有人给我介绍女朋友，可惜不是人家看不上我，就是我看不上人家。"

徐楚光说："按说，我了解你和李华初的婚姻。从心底和感情上说，你一辈子都不可以抛弃李华初的。可是在这个环境中，你要想立足，你就得适应。"

徐楚光说着，眼睛潮湿了。

周镐有些诧异："你怎么忽然伤心了？"

徐楚光说："治平你知道吗？我之前的妻子叫时海峰，河南人。自从我到南京谋了这个军职之后，她就不理我了，说我是汉奸，她拼着一条性命也要和我离婚，就这样，我们离婚了。其实我很爱她，她还为我生了孩子。唉，想来，她现在也该有新的家庭了……"

关于时海峰，徐楚光对周镐也有所隐瞒，他当然不能告诉周镐，时海峰是共产党，一个共产党人岂能容许丈夫当汉奸？是组织原则规定，徐楚光的身份和任务必须保密，才导致了时海峰的误解和不理解，导致了他们家庭的破裂，徐楚光这是有口难言。为了革命，徐楚光这样的共产党人，可谓牺牲了自己的所有。徐楚光后来结识了现在的爱人朱健平，并发展她成为地下工作人员。

周镐羞愧地说："祖芳兄，我心里又何尝不难过？我把华初一个人丢在武汉，还带着三个孩子，真让她为难了，也不知她受了多少罪。"

徐楚光说："日子总是要过的。你接触的人不少，其中不乏许多漂亮的女学生。有没有中意的？"

周镐有点难为情地说："倒是有个大学生叫吴雪亚，我们很谈得来。”

徐楚光说：“好，好！ 抓紧发展啊！”

周镐说：“她约我今天陪她逛街呢。”

徐楚光说：“那一会儿在我这里吃了饭，你一点时间都不要耽搁，赶紧去。”

应该说，徐楚光早已判断出周镐是带着任务来南京的。至于带着谁的任务、什么任务，他并不知道。但他关心周镐的安全，是出自心底里的。周镐肯定不是汪伪这个阵营的人，在魔窟中与魔鬼打交道，最需要的是隐蔽好自己。

周镐离开徐楚光家，就直奔南京街头。

南京的梧桐树成了街道最特别的风景。这梧桐树，是当年蒋介石夫人宋美龄倡导种植的。梧桐树下，美丽的吴雪亚向周镐迎面走来，大方地挽起周镐的胳膊，然后两人一起漫步，俨然一对情侣。

他们是一次偶然的机会相识的。吴雪亚是大学生，攻读的是法律专业。那些年月，知识女性特别仰慕青年才俊，南京的女大学生们总喜欢把目光放在有为青年的身上，像周镐这样的青年军官，当然更受女学生们的青睐。周镐身边的那些年轻军官，有很多都找了女大学生作为伴侣。

吴雪亚 1925 年出生于杭州，家境富裕，自幼读书，美丽大方，气质优雅，是大学生中的佼佼者。两人相识之后，吴雪亚喜欢上了周镐，周镐也为吴雪亚身上散发的魅力所吸引。两个人不知不觉相爱了。

周镐将自己在老家的婚姻状况如实告诉了吴雪亚，吴雪亚深情地看着周镐说：“我不在乎，我只要我们真心相爱就行。”

周镐羞愧地说：“我愧对华初姐，我愧对我的三个孩子了。”

吴雪亚真诚地说：“我也特别希望她们能生活好，我如果能够帮助到她们，我会尽我的全部力量帮助她们。”

周镐说：“我在南京为‘这边’的政府做事，在‘那边’人的眼里，我就是汉奸，还可能成为他们的追杀对象。我现在已经回不去

‘那边’，无法与华初姐和家里联系了……”

吴雪亚说：“有我呢，我会尽我的力量帮助你，为你做好一切事情。 以后，总有联系机会的。”

吴雪亚的无私和对周镐的真情，令周镐感动。

为了爱情，也为了抗日信念而更好地隐蔽下来，周镐和吴雪亚走到了一起。

周佛海得知周镐与青年女大学生恋爱的消息，向周镐祝贺。

周佛海说：“把婚事办了吧，场面要搞大一点。”

周镐说：“场面太大不好吧，戴老板总是告诉我们军统的人做事不要张扬。”

周佛海说：“你越张扬，越说明你不是军统的人，更有利于隐蔽，我想戴老板对这个会理解的。”

周镐想想，笑道：“也有一定道理，到时我叫朋友们过来热闹一下。”

周佛海问：“证婚人想好了没有？”

周镐说：“没有想过这个。 要不，请你做我的证婚人吧。”

周佛海连连摇头：“不可不可，你我之间的关系，尽量不要太高调，要避免出事。 这样吧，我给你提个人选，你看江亢虎做证婚人怎么样？”

周镐说：“行，行啊！ 他在南京也算是老资格了。”

周镐与汪伪政权的高层接触较多，认识的人也就多。 这个江亢虎和周镐很熟，他早在 1911 年就创办了中国社会党，是早期中国社会党的领袖。 江亢虎在 1943 年投靠了日本人，成为可耻的汉奸。

1945 年初，周镐和吴雪亚在南京举办了婚礼。 婚礼上，汉奸江亢虎做证婚人，周镐、吴雪亚各自的朋友和汪伪政权、汪伪军事委员会的许多人物都前来祝贺。

而今的我们无权评判 20 世纪 30 年代、20 世纪 40 年代的婚姻制度，更不能妄加评论周镐的婚姻，但值得肯定的是，周镐和吴雪亚的相亲相爱，让周镐的军统特工工作和后来的中共特工工作更加得心应手。有了吴雪亚，周镐的身份更加隐蔽，而吴雪亚为周镐的特工生涯所起到的作用，更是别人无可替代的。

婚后，周镐和吴雪亚搬到二条巷蕉园居住。

生活中，吴雪亚难免会发现周镐有不同于其他人的地方。比如周镐常常在深夜才回家，也常常会有陌生人来家里找周镐，周镐会让她回避一下，说是谈工作。

时间长了，吴雪亚自然忍不住会问：“你经常半夜回来，到底是在外面做什么？”

周镐边脱下军服边说：“就是在外面打打牌，这都是场面上的应酬，大家都这样，不去就不合群了。”

这个回答没有任何不合适的地方。因为吴雪亚成为“官太太”后，除了在家以书为伴之外，也常常和军委会、军事处的那些家属们一起聚聚，大家在一块儿逛逛街，逛逛书店，看看电影，也会搓搓麻将，谈谈家长里短的话题。

吴雪亚还会把一些从“官太太”那里听来的“小道消息”，回家说给周镐听。虽然是太太们之间的聊天，但是周镐也能从中获得一些有用的情报。

而周镐有时的行为，就让吴雪亚不能理解了。

吴雪亚怀孕了，一段时间反应比较厉害，呕吐、吃不下东西，特别需要人照顾。这种情况下，周镐出去有事，照样不会早早回家，仍然是到半夜才回来。

吴雪亚很生气，很委屈，不免也会闹点小情绪。周镐就给吴雪亚道歉、赔礼，逗吴雪亚开心。但是赔礼归赔礼，周镐照样不改。

吴雪亚一生气，发起了脾气，把桌子上用于招待人的香烟拿起来摔了。怀孕的人，身体又不舒服，难免会很烦躁。

周镐吓了一跳，这样可不行，这让邻居知道事情就大了。周镐就赶忙安慰吴雪亚，说这样对孩子可不好，为了孩子，什么事都必须心平气和，这才让吴雪亚的情绪安定下来。

吴雪亚的身子越来越不方便，而周镐为了自己的特工任务，还是照常外出或者迟回。

吴雪亚想到孩子如果生下来，周镐这样常常不在身边可不行，便向周镐提出，想回杭州娘家去，那里的条件好，又有家里人照顾。

周镐一下慌了，这当然不行，那些“官太太”们都知道吴雪亚怀孕，而且怀孕反应比较厉害，她哪里能承受住一路颠簸？ 更何况，吴雪亚的忽然离开，很容易引起汪伪情报集团和日本特高课的注意。

周镐说什么也不同意吴雪亚离开南京。

那一夜，两人敞开心扉做了交谈。

吴雪亚说：“我们是夫妻，是生生死死绑在一起的人了，我们什么话都可以说，是不是？”

周镐说：“是，我爱你，也爱我们的孩子。”

吴雪亚说：“别人看不出来什么，可是我天天和你生活在一起，有些事，只有我能看出来。”

周镐疑惑地问：“你看出了什么？”

吴雪亚说：“你经常半夜三更回来，打牌也不是这样打的，谁能没个事，专门去打牌？ 这说明你有任务，应该是工作上的任务。”

周镐说：“你怎么想到了这些的？”

吴雪亚说：“你们军委会和军事处，不是就你一个人，别人都像你这样吗？ 你就不怕引起别人的注意？”

吴雪亚的话，让周镐一惊，认真回想自己有没有不仔细、被人发现的地方。

吴雪亚说：“你也别过分担心，大概也就我一个人能看出一些来，因为我是你妻子。”

周镐说：“你还发现了什么？”

吴雪亚说：“有陌生人来找你，你总是让我回避。 你们军事处有那么多的秘密吗？ 为什么我每次都要回避？ 你们的工作难道不能在办公室里谈，非得到家里来谈？”

周镐一下哑口无言了。那些来找他的“陌生人”，其实就是他的交通员和各个小组的组长。他们不是经常来，只是偶然过来几次，其实周镐和他们见面，多数是在外面没人注意的特定地点，或者是茶楼、饭店。看来这个看似平常的情况，也被吴雪亚注意到了。

吴雪亚说：“治平你自己说，你究竟是什么人？”

周镐沉默了一下，说：“我还能是什么人？我是军事委员会军事处六科的少将科长，是一个靠职业养家糊口的人。”

吴雪亚说：“拉倒吧。周镐我问你，我到底是不是你的妻子？”

周镐说：“是。”

吴雪亚说：“既然我是你的妻子，那你实在没有必要隐瞒我。”

话说到这个份儿上了，周镐明白妻子吴雪亚其实早已猜测到了自己的身份。

周镐说：“我的确是重庆政府派过来的特工。”

这一夜，周镐将自己的身份向吴雪亚和盘托出。

没想到吴雪亚很激动。吴雪亚抱着周镐，热泪盈眶。

吴雪亚说：“我没有看错人，我早看出你是个热血男儿，不可能真心替日本人和汉奸卖命的。我是你最亲的人，我支持你。如果有需要我做的，我一定替你做好！”

周镐也很激动：“雪亚，我感谢你的理解！等我们赶跑了日本人，我们就留在南京，或者你随我到湖北老家去，我们一起做教书先生，教育出建设国家需要的人才来。”

从这一天起，吴雪亚对周镐再也没有了抱怨，她成了周镐的帮手，成了一位没有特工身份的特工。

吴雪亚协助周镐为军统工作，这让军统的人，包括戴笠在内，无形中都把她视为自己人。因为这一点，吴雪亚在新中国成立后的“文革”期间，曾遭隔离和审查。

1945 年，周镐和吴雪亚的儿子出生，取名吴亚平。

后来的几年，吴雪亚又为周镐生育了两个女儿。

四

梧桐叶在街边路人的头顶上耷拉着，它们被太阳烤得无精打采。

树上的麻雀打着盹，仿佛被太阳晒得很疲劳，懒得连鸣叫一声都不愿意。

一阵风吹来，梧桐叶晃起来，麻雀的翅膀也动起来。

1945 年的春夏两季很炎热，梧桐叶和麻雀都在争夺那点可怜的凉风。

汪伪政权的内部也在争夺着。他们争夺的当然不是这可怜的凉风，而是权和利。表面平静的汪伪政权，内部的钩心斗角很严重，就连汉奸李士群当初被毒死，也没人能真正说清楚其中缘由。

周佛海与陈公博争夺势力范围，那是在汪伪政权中很多人都知道的事。

周佛海为了压制陈公博的势力范围，为了加强对宁沪线的控制权，也为了顺应蒋介石和戴笠的要求，1945 年 2 月，他委派周镐担任了无锡专员，并发电报告知戴笠。

戴笠获知周佛海的安排，来电对周佛海表示肯定。

此时的周佛海，对戴笠早已是言听计从，这是因为戴笠的举动确实感动了周佛海。

那是 1944 年底，周佛海的母亲在贵阳去世，身为汪伪核心人物又是伪上海市长的周佛海，自然无法前去奔丧。

戴笠便亲自飞往贵阳，替周佛海尽孝道。他登机前给周佛海发了一份电报，称："佛海兄，伯母因病医治无效，不幸去世，兄远在敌陷区，雨农将代为主持丧礼，呜呼哀哉！戴雨农顿首。"戴笠赶到贵阳后，立即命令军统贵阳站布置好灵堂，又亲自赶往医院把周母的遗体接到灵堂。戴笠还特意下令将周佛海的妹妹、妹夫、岳父、岳母都从监狱或软禁的地方放出来。最让周佛海感动的是，戴笠还找来和尚念经，对周母进行超度，又亲自充当了孝子，披麻戴孝、手捧灵位在正堂中下跪。

戴笠安排人在现场拍了一组照片。周佛海后来看到丧礼现场的照片，感动得涕泪横流，下定决心为戴笠效力。

周佛海把周镐派往无锡担任专员，便是对戴笠的一个回报。

无锡是个富庶之地，这对一些喜欢抓“油水”的人来说，就是个肥缺。而对于周镐来说，这却是个抓情报的好机会。在无锡，周镐的情报工作得心应手。同时，周镐用了很多精力，对那些高级将领继续进行秘密策反工作，这为日寇投降以后汪伪统治区的稳定工作，起了重要的作用。

1945 年夏，眼看着日本人大势已去，周佛海紧张地准备着对南京、上海的接收。为加强力量，周佛海赶紧电召周镐从无锡返回南京，自己也从上海急返南京，二人商量对南京、上海接收的具体细节，以及可能发生的意外。

陈公博当然也想负责接收工作。自汪精卫死后，陈公博极力扩大自己势力，而周佛海必须对他进行阻止。这样，周佛海的矛头对准了陈公博，不让陈公博的势力插手接收工作，进而架空了这个日伪政权的代理主席。而南京的接收事宜，具体就落到了周镐身上。

形势紧张地变化着，随时都可能出现变故。

山雨欲来之时，周镐想起了好朋友、老乡徐楚光。但是，周镐已找不到徐楚光了。

徐楚光，此刻你在哪里？你在做什么？

周镐很想和徐楚光见上一面，感觉有许多话要对他说，甚至有许多事要找他商量、向他请教。

然而，徐楚光早已不见了踪影。

随同徐楚光一起不见踪影的，还有汪伪集团的警卫第三师师长钟健魂，以及第三师的三千多号人马。他们随着徐楚光，离开了汪伪统治区……

第六章
接管汪伪政权

接收南京

一

风雨之中的紫金山更加挺拔、俊秀。

风雨之后的南京街道更加亮丽、多姿。

1945 年 8 月 8 日，苏联政府根据《雅尔塔密约》对日宣战，并出兵我国东北和朝鲜北部，加入《波茨坦公告》。这一行动，加速了日本人的失败。

日本投降已成定局。

周镐行走在大街上，感觉天空

和大地都焕然一新。

对于敌占区的接收，蒋介石早已进行了暗中安排，限制、防止中共参与接收。8 月 11 日，蒋介石为抢夺胜利果实，电令中共总司令朱德，要求中共军队就地驻防待命。

同时，蒋介石命令伪军“负责维护治安，保护人民”。这些伪军高层，大多经过了周镐的策反工作，都已回归国民政府，并做好了接收准备。

8 月 12 日，蒋介石的侍从室发来电令：令周佛海担任国民政府军事委员会京沪行动总队总指挥，令周镐担任南京指挥部指挥。

8 月 14 日，蒋介石任命原汪伪集团担任过第一集团军司令、苏浙皖三省绥靖军总司令、海军部部长、江苏省主席的任援道为南京先遣军司令，负责南京、苏州一带的治安。

8 月 15 日，日本天皇裕仁发表广播诏书，宣布日本无条件投降。

日本宣布投降后，国民党地下组织在南京的活动开始公开化。

周镐和周佛海立即着手对南京伪政权的接收工作。周佛海拿出五十万元中储券作为经费，供周镐用于接收行动。

8 月 16 日，南京伪政府在“主席”陈公博的主持下，宣布解散。此时的陈公博很是“低调”，“低调”得南京城里的老百姓几乎没人听到他“解散”的声音。

周镐召集军统南京站各行动组组长和军统骨干人员开会，认真研究后，决定成立国民政府军事委员会京沪行动总队南京指挥部。

周镐的指挥部设在南京市中心新街口的汪伪中央储备银行。机构的构成人员如下：

指挥：周镐——军统南京站站长、军统少将；

参谋长：祝晴川——汪伪中央军委会委员、常务参谋次长、汪伪中将；

参议：姜西园——汪伪中央军委会委员、海军部次长、海军学校校长、汪伪海军中将；

刘夷——汪伪中央军委会参赞武官、汪伪中将；

张海帆——汪伪中央军事委员会参赞武官、陆军特务团团长、汪伪中将；

秘书处处长：崔象山——汪伪中央军委会陆海空军同袍社秘书主任、汪伪少将；

总务处处长：王芝堂——汪伪中央军委会参赞武官、汪伪少将；

新闻处处长：沈三北——汪伪中央军委会科长、汪伪少将；

军械处处长：洪侠——汪伪中央军委会参赞武官、汪伪中将；

副官处处长：白景丰——汪伪航空训练处副处长、汪伪空军少将；

行动处：杨叔丹——汪伪财政部警士队队长、汪伪警察上校。

这些人员身份复杂，有的是经过周镐之前策反后愿意回归国民政府的军官，有的是周镐手下的军统特务，有的则与共产党关系密切。比如，沈三北是军统特务；杨叔丹是军统高级特务，又为共产党做过事，他的姐姐杨宇久和弟弟杨天都是新四军和共产党；洪侠利用自己在汪伪政府中的职务之便，曾为中共地下党员徐楚光搜集过情报；白景丰早已倾向共产党，汪伪时期曾谋划率部起义未果，日本投降后的1945年8月20日起义成功，和蔡云翔、于飞等空军人员三十余人弃暗投明，分别驾机起义和地面起义到达延安总部和苏北新四军军部。

南京指挥部中的工作人员，还包括周镐任无锡专员时的一套班子，以及经周镐妻子吴雪亚介绍、周镐发展的几位进步大学生。

周镐召集指挥部的人员开会，紧张地研究商量行动步骤。

周镐说："现在情况紧急。日本人宣布投降，而南京政府这些汉奸仍在'各司其职'，这种情况必须立即结束。南京是中国人的南京，不再是日本人和汪伪集团的南京。我们执行蒋委员长的命令，必须立即进行接管。"

杨叔丹带头响应："我们执行命令，立即行动！"

其他人员都表示不能再拖延，必须立即行动。

经过一番商讨，周镐发布命令并开始行动。

沈三北等人首先接管了汪伪的《中央日报》、周佛海控制的《中报》这两家南京的大报——这两家大报的舆论不可低估。

王芝堂、张海帆、崔象山等人率队封存了汪伪中央储备银行金库，然后控制了中山东路上的汪伪财政部、宪兵队、汪伪中央电台等重要机关。

指挥部通知全市的新闻机构：一律听命南京指挥部的统一指挥，不得妄动和擅自发布消息。

周镐命令杨叔丹、张海帆："杨叔丹率领原财政部警士队、张海帆率领原陆军特务团，立即封锁南京的交通港口、车站、要道，控制日伪人员逃跑。"

8 月 16 日深夜，大家再次开会，讨论抓捕汉奸的问题。

周镐说："所有的大汉奸，我们都要抓起来！"

大家各自提出汉奸名单，周镐一一记录。

张海帆说："我看陆军部长肖叔宣一定要抓，这个人帮助汪精卫干了不少坏事！"

张海帆是伪陆军特务团的中将团长，素来与肖叔宣有矛盾，常常受到肖叔宣的排挤，这事许多人都知道。

显然，张海帆是想借此机会打击报复肖叔宣。

周镐说："那些首要分子，有可能挑起事端的人先抓，其他比如肖叔宣这样的人可以缓一步再抓。"

张海帆不同意，其他几个人也建议立即抓捕肖叔宣。

大家初步确定了需要抓捕的高级官员的名单：伪中央常务委员梅思平和缪斌，伪陆军部长肖叔宣，伪中央陆军军官学校校长鲍文沛，伪司法行政部长吴颂皋，伪南京市长周学昌，等等。

二

梧桐叶在风中沙沙响。

麻雀在街边的树杈中跳上跳下。

周镐的身影出现在新街口街头。

周镐的身影又出现在中央储备银行。

周镐没有顾得上回一趟蕉园巷自己的家。

周镐就这样急急地忙碌着。

8 月 16 日一夜，周镐没有休息，通宵留在指挥部里，起草给冈村宁次的受降书、自己的电台讲话稿、指挥部的文件、将发布的通告，以及第二天的报纸清样稿件。

8 月 17 日上午，未来得及休息的周镐和张海帆、杨叔丹一道，赶去西流湾 8 号的周佛海家里，与周佛海一起讨论完善抓捕汉奸的办法。 毕竟对高层汉奸如何逮捕、如何才不失手，都是比较重要的问题，考虑得越详细、越周到才越好。

很巧的事情发生了，三个人赶到周佛海家时，伪陆军部长肖叔宣正在周佛海家中。

肖叔宣看到他们进来，特别是看到张海帆，脸色有些不好。

肖叔宣客气地欠身说："你们有事？ 那我先回去了。"

周佛海对周镐他们说："你们稍候，我和叔宣有点事要谈，马上就好。"

周镐虽然心中很急，但也只好说："不急，你们先谈。"

周佛海吩咐用人过来，领周镐他们到另一个茶室喝茶。

周镐他们没有进茶室，而是到院子里，让用人自己忙去了。

三个人紧张磋商如何对付肖叔宣。

张海帆拔出枪说："我主张立即抓捕！"

周镐摇头说："不行，这毕竟是在周佛海家里，得顾及一下他的脸面。 等肖叔宣出门之后再抓捕。"

杨叔丹说："这事交给我就行。"

周镐同意了。 杨叔丹便立即带人出去，到离周佛海家稍有一点距离、肖叔宣的必经之路去等候。

肖叔宣从周佛海的客厅出来，对周佛海、周镐和张海帆拱拱手，算是告别。

周镐和张海帆随周佛海回到客厅，大家商谈抓捕高层汉奸的事。

周佛海建议说："你们下令开个会吧，命令那些军界、警界、宪界、政界负责人，统统到指挥部开会和待命，把他们一网打尽。"

周镐说："我赞成，这样把他们集中起来抓捕好。由指挥部行动处执行对主要汉奸的逮捕任务。"

张海帆担心地说："那些高级官员不一定会服从命令，他们如果不去指挥部怎么办？"

周佛海说："他实在不去，就上门去抓，总不能让他跑掉。对不服从的人可以择机抓捕，在哪里都行。"

肖叔宣告别周佛海之后，出了周大门。

肖叔宣乘轿车经过杨叔丹等候的路口时，杨叔丹上前拦车。

肖叔宣吩咐停车，问杨叔丹："什么事？"

杨叔丹掏出枪，示意他下车。

肖叔宣看到杨叔丹手中的枪，就知道事情不妙，也立即掏出手枪。

杨叔丹眼疾手快，抢先向肖叔宣开了一枪，打伤了肖叔宣的大腿。杨叔丹的人一拥而上，扭住肖叔宣。肖叔宣的三个随从也被缴了枪。

杨叔丹对肖叔宣宣布道："我奉指挥部的命令，逮捕你！"

肖叔宣不服地说："指挥部？你们指挥部有什么资格和权力逮捕我？"

肖叔宣说话的时候，腿上已是血流如注。原来，杨叔丹的子弹打在他的血管上了。

杨叔丹把肖叔宣和他的三个随从押到新街口指挥部，便将他们丢弃在地下室的楼梯处。

周镐和周佛海商讨完毕，就匆忙赶回指挥部。

周佛海急于去上海搞接管，把周镐送到官邸门口，便收拾行囊，于下午返回上海去了。

周镐回到指挥部，听说肖叔宣被放在地下室的楼梯处，便赶忙过去察看。到那里才发现，肖叔宣因失血过多而昏迷不醒。

周镐命令："快！立即送白下陆军医院抢救！"

肖叔宣被送到医院，已经晚了，肖叔宣因中弹失血过多而死亡。

肖叔宣从中弹到死亡，前后不到一个小时，这就让外界有了不同的传说，有人说杨叔丹的枪弹是达姆弹，有毒；有人说是张海帆公报私仇，以肖叔宣拒捕为借口打死了他。其实，肖叔宣中弹的时候，张海帆一直和周镐在周佛海家的客厅里，与周佛海商讨抓捕汉奸的事，并没有在现场。

周镐按照计划，命令汪伪集团那些高级汉奸到指挥部报到待命，然后一个一个进行抓捕。伪中央常务委员梅思平、缪斌几乎是同时到达的。

梅思平对周镐苦笑道："接到通知就知道，来了准没有好事。"

缪斌摇头叹息说："罢啦，人为刀俎，我为鱼肉，随你们去了。"

周镐说："指挥部是奉蒋委员长的命令，对南京政权进行接管。希望大家审时度势，服从指挥部的一切命令！"

接下来，伪司法行政部长吴颂皋、伪南京市长周学昌、伪中央陆军军官学校校长鲍文沛等人陆续到来，被一一抓捕。

这一天抓捕的汉奸共有四十七人，全部关押在新街口储备银行大楼的地下室里。

汉奸们被抓捕的消息在南京城里传开，民间一片沸腾，汉奸们的末日终于到了！

肖叔宣的死，吓倒了一些铁杆汉奸。伪考试院院长陈群知道自己难逃一劫，便畏罪自杀了。

陈群、肖叔宣的死和南京指挥部抓汉奸的大行动，引起了汉奸内部的不小震动，汉奸们做出不同的反应来：有的汉奸在被捕过程中进行反抗，被严厉惩处；有的汉奸向蒋介石任命的国民政府军事委员会京沪行动总队总指挥周佛海告状，要求撤换周镐；更有甚者，要求日本人对自己实施保护……

周镐的举动，让老百姓们扬眉吐气，大家沉浸在欢乐之中。也有市民激动得默默抹着眼泪——日本人制造了南京大屠杀，干尽了许多丧尽天良的坏事，现在他们的末日终于来临，如果死去的亲人九泉有知，他们该会多么高兴啊！

三

南京的上空忽而布满乌云，忽而晴空万里。

一阵一阵大风刮得街面大树东倒西歪，店铺前的旗帜在风中呼呼作响。

紫金山下，风雨已至，摧枯拉朽。

风雨过后，阳光把南京城照得透亮。

1945 年 8 月 17 日，南京大街小巷出现了两张面目一新的报纸——《建国日报》和《复兴日报》。

《建国日报》即原汪伪《中央日报》，《复兴日报》即原周佛海任董事长的《中报》。两家报纸以套红标题为胜利专号，分别报道了军委会京沪行动总队南京指挥部成立，以及周镐将于本日发表广播讲话的消息，还刊登了南京指挥部第一号布告。

布告的全文是周镐亲手起草的——

京沪行动总队南京指挥部布告(胜字第一号)：

我中、英、美、苏四国政府，业已接受日本政府之请求，准其无条件停战。抗战大业，于以完成，世界和平，从斯奠定。是皆我蒋委员长八年以来，坚(艰)苦卓绝之领导，前方将士之用命，后方民众之协力所致。现值嬗递之时，凡我同胞应守秩序。匪类乘机扰乱，极须严防。尤其沦陷区域，更当静候政府整理。本指挥奉命绥靖地方，维持现状。除各地部队，蒋委员长已有命令广播，应恪遵并听候命令外，兹经临时规定各项如左：

一、日本军民，应静候政府处置。无论何人，对之不得任意侮辱、伤害。纵然有非法活动时亦应及时向本部报告，听候核办，不得擅自处置。

二、各地原有宪警机关，及各地负责官员，应各就所在地，保护地方，维持秩序。

三、原有各机关，各级公务人员，应照常办公，不得擅离职守，并切实保管档案及公有款产物件，听候接收。

四、凡服务公用事业者，无论中外人员，概须一体尽力，维持原状，如有擅离，即作破坏地方秩序论。

五、各民团及私人藏有武器者，限于五日内，由负责人携同原有证明文件，至本部登记（新街口原中央储备银行）。

六、商会工会应领导工商人等，保持常态，不得藉词停止交易工作，尤不得高抬市价。

七、银钱两业，应各照常营业，调剂市场金融，惟各伪机关及各公务员之存款不得支付，听候查明办理。

八、中储券暂仍准予流通，听候政府调整。

九、粮食及主要物品，绝对禁止囤积居奇。

十、如有造谣生事，图扰乱地方市面，及有不法行为妨害秩序者，准由民众呈报本部经查属实，严惩不贷，但不得挟嫌诬栽。

右列各项如有故意于违者，本部为维持治安计，当按军法惩究。合及布告周知，务各恪遵，切切此布。

中华民国卅四年八月十七日

国民政府军事委员会京沪行动总队南京指挥部指挥周镐

8月17日上午，周镐乘车来到中山东路西祠堂巷，这里是伪中央广播电台。

正午12时，周镐在广播电台发表了重要的广播讲话，代表国民政府向市民宣告：8月15日，日本天皇裕仁已经发表广播诏书，宣布日本无条件投降了！

周镐说："我宣布，南京日伪政权已由国民政府军事委员会南京指挥部接管！ 南京指挥部将负责维持社会治安，行使政府职权。 社会各界和广大市民要遵守秩序，等候国民政府还都南京！"

周镐的声音传遍南京的大街小巷，整个南京城一片欢腾。 接下来，南京城里到处响起了鞭炮声。

有人跑到街上激动地大喊："东洋小鬼子！ 你们横行霸道的日子结束了！ 你们赶快滚回东洋去吧！"

南京的广播，也通过无线电广播传到了上海。 周镐的声音响彻上海上空，回荡在黄浦江岸边，正在行走的市民停下脚步来，聆听着周镐的讲话。

上海人真正地意识到，多灾多难的上海终于回归到了中国人的手中，日本人的铁蹄再也不能肆意践踏中国人的尊严了！

周镐发表广播讲话之后，又带上指挥部行动处武装人员，赶往汪伪中央陆军军官学校，命令学校立即集合全体学生，听周镐训话。

周镐在训话中说："抗战胜利了，以后的中国将是一个崭新的天地！ 我奉蒋委员长的命令，代表国民政府军事委员会南京指挥部，接管南京的一切军政机构。 南京指挥部命令所有学员必须听从指挥部指挥，留在校内待命！"

学生肃立在操场上，明白自己和学校都被接管了。

周镐又向学生们宣布了一个振聋发聩的消息："我宣布，伪中央陆军军官学校校长鲍文沛等汉奸已被执行逮捕！ 一切汉奸，必将受到国民的审判！"

训话之后，学生们面面相觑，仿佛不明白南京发生了什么，世间发生了什么。

周镐到军校来训话的目的，是希望稳住这些学生军，稳住南京城内这支重要的武装力量，让它能为国家、为这六朝古都、为老百姓服务。

周镐不知道的是，在这群军校学生中，有一位叫祝元福的年轻人，仔细观察了周镐。周镐的爱国热情感染了祝元福，周镐的广播讲话和军校训话，都让祝元福感到这是一个做事有条不紊、雷厉风行的人。这个祝元福，是中共华中局三工委隐藏在中央陆军军官学校内的地下党员。此时他们互不相识，也都不会知道，不久之后他们的命运会紧密地联系在一起。

周镐接手南京后，各种事务特别繁忙。

南京需要稳定，就需要各阶层的配合。

周镐吩咐随从副官姚紫云："让人把南京商会会长葛亮畴找来。"

姚紫云立即传令安排。

只半个时辰，南京商会会长葛亮畴赶来了。

葛亮畴战战兢兢地几乎不敢看周镐："周长官，周指挥，您吩咐。"

周镐问："葛会长，你知道商界和市场最怕的是什么？"

葛亮畴擦着额头上的汗说："当然是乱，市场一乱，整个城市都会跟着乱。"

周镐说："你明白就好。现在是特别时期，我必须告诫你：管理好你的商会，不许哄抬物价，不许巧取豪夺，不许投机取巧，不许发不义之财……"

葛亮畴说："我会尽力的。不过……不过我能力有限，怕有人不听我的……"

周镐斥责道："那你这个会长白当了？谁不听从会长的意见？"

葛亮畴说："现在……现在不是各方面都在交接吗？要有一个过渡……"

周镐一拍桌子说："我不管这些，只要市场出现混乱，我就拿你这会长当汉奸来处理！"

葛亮畴一头大汗地点头称是，退出去了。

有许多人是主动找上门来的。

新闻界的人来了，请教以后的新闻要注意哪些事项。

周镐说："新闻必须要维护政府，通敌卖国的话不能说，反对政府和社会的话不能说。要掌管好新闻原则。"

一些社会名流也来了，他们向周镐打听以后的政策，也算是对国民政府将来的政策和做法探探底。

周镐忙得不可开交，多数时间包括夜里都是在指挥部度过的。这几天偶然回家一趟，也是一口热茶还没来得及喝，就又出去了。

吴雪亚很心疼周镐。

吴雪亚说："实在不行，我把热饭送到你们指挥部去吧。"

周镐笑道："指挥部那么多事，你去就是添乱啊。"

然而，接管后的南京并不像大家想象的那样平静。

有人出来反抗了。

四

日本人投降了，但投降的日本人仍然在苟延残喘。

伪政权被接管了，但伪国民政府主席陈公博并不甘于失败。

日本人想：这个周镐想干什么？不能由着他。

陈公博想：这个周镐一定会对我下手。我与其坐以待毙，还不如拚搏一下。

8月17日那天，周镐从军校返回指挥部之后，陈公博就派人给周镐送来了信，约周镐到他的官邸见面，说是商谈接收事宜。周镐答应了。行动组先行赶往伪政府要员居住的颐和路，为周镐开道。

但是，意外的情况发生了。

行动组的人员匆匆来向周镐报告：颐和路34号陈公博的官邸周围响起枪声！

原来，陈公博的卫士团为了保护他们的主子，在"主席官邸"四围构筑起了工事，又在外围设置了路障。指挥部行动处的人来这里执行任务时，双方发生了冲突，爆发了局部巷战，出现了流血事件。

杨叔丹前来请教周镐："怎么办？我看干脆抓了陈公博！"

周镐说："不可擅自行动，先在外围控制好。"

汪精卫死后，陈公博实际上成了南京政权的头号汉奸。对这样的汉奸，蒋介石一定会有全面处理计划。碍于这个原因，周镐一时不打算抓他。

但是，周镐要捉拿陈公博的消息很快误传开来。

军校校长鲍文沛被抓后，此时的伪中央陆军军官学校，实际上控制在陈公博的亲信何炳贤手中。何炳贤是军校校务委员兼秘书长、汪伪军事委员会常务委员，他听到周镐将要抓陈公博的消息，立即组织学生带着武器，前往颐和路保护陈公博。这样，那些持有武器的学生兵在何炳贤的指挥下，与指挥部行动处的人发生了交火，一时枪声大作。

18 日上午，汪伪中央军校三百多名全副武装的军官学员，在何炳贤等人鼓动下，聚集在新街口广场，高呼口号，抗议指挥部抓捕校长鲍文沛，又架起机关枪对准了指挥部所在的中央储备银行大楼，气氛十分紧张。

周镐派两个人前去查看情况。那两个人根本不敢下楼，在楼上往下查看之后，跑回来报告："他们的机枪上了子弹，看样子他们要来真的了！"

周镐说："加强警卫，不要害怕！日本人已经无条件投降，形势不同了，这些人不敢轻举妄动了！"

但是大楼外的机枪一直对指挥部架着，双方僵持着。这时候，甚至有几架日本飞机在指挥部大楼上空盘旋。投降了的日本人仍然猖狂！

18 日下午，指挥部来了一个日本人。

来人自我介绍说："我是日本军部的中佐参谋小笠原。我们冈村宁次司令官请周指挥去司令部谈谈，如何把目前的冲突化解掉。"

杨叔丹劝阻周镐："周长官你不能去，防止日本人有诈。"

周镐笑道："他们都投降了，还能有多大的'诈'？谅他也不敢！"

周镐便随小笠原前往冈村宁次司令部了。

周镐到冈村宁次司令部以后，被恭敬地让到一个客厅里。周镐刚坐下，客厅的门就被从外面关上，锁了起来。

周镐心知不妙，来到门边，使劲晃动大门，叫道：“你们已经战败，没有权力关我！快放我回指挥部！”

周镐的自信害了自己。

冈村宁次控制周镐之后，立即忙碌起来，将被抓的汉奸全部释放，同时对南京指挥部的人员宣布解散指挥部。指挥部的全体人员拒绝了冈村宁次，但指挥部被迫迁出了中储行大楼，搬到了南京三元巷的警员训练所。群龙无首，大家在那里静候着周镐的消息。

周镐万万没有想到，几天前命令周镐接收汪伪政权的蒋介石，竟然又电令日伪军队维持南京治安。因为有了蒋介石的一纸命令，日伪部队和冈村宁次公开宣布：国民政府军事委员会京沪行动队南京指挥部解散，南京由原驻守部队（汪伪军）维持稳定。

冈村宁次被国民政府委任为中国战区日本官兵善后工作总联络部部长，协助组织日军和日侨遣返事宜。

惶恐不安的陈公博自知前景不妙，害怕被秋后算账，借此机会，在日本人的帮助下，于 8 月 25 日匆忙飞往日本。他以为到了日本就安全了，就能保住性命了，殊不知那些日本国的战犯自身都性命难保，如何能保得住他这样的大汉奸？尽管日本人故意发布了陈公博畏罪自杀的消息，但后来他仍然被引渡回了中国，等待他的，必然是死路一条。

第三次被捕

一

天边的乌云卷过来，让南京的街道变得昏暗。

紫金山静静地耸立着，俯视着风雨飘摇的石头城。

周镐被软禁起来。南京的伪报纸借此机会，立即刊登了新闻，标题等等不一，但都是与原指挥部唱反调的消息——《一日皇帝周镐昨日被日军缴械》《南京指挥部作鸟兽散》《南京指挥部目中无人》，诸如此类。

周镐被冈村宁次软禁后，指挥部的人都很着急。杨叔丹等人立即把情况报告给已归顺国民政府、现任南京警备司令的任援道，并设法电告重庆军统总部。恰在这时，任援道也接到了戴笠的电报。

任援道迅即赶到冈村宁次司令部，与日军交涉周镐被软禁的事。

冈村宁次说："我是奉你们国民政府的命令才扣押了周镐。现在没有国民政府和蒋介石先生的命令，我不能把人交给你。"

任援道说："什么叫没有命令？我就是奉了蒋委员长和戴笠局长的命令前来，我必须把人带走。"

冈村宁次说："我这里没有接到指令。任将军，我们这些年一直合作得很愉快。我看你还是先回去吧。"

任援道生气了："这是在我们中国的土地上，我已归国民政府指挥！而且，现在的中国不是你想干什么就能干什么的！"

任援道从前做汉奸时，在冈村宁次面前都是毕恭毕敬，大气都不敢喘，现在用这种强硬的态度和辱骂的语言对待不可一世的冈村宁次，这叫此一时彼一时了。

冈村宁次只好挥一下手说："既然如此，请任将军把人带走吧。"

冈村宁次令人把周镐放出来，对周镐假意鞠躬道："失礼了周先生，多有得罪啦！"

周镐坐在任援道的车上，问任援道现在南京的情况和指挥部的情况。

任援道说："你什么都不要管了，戴老板来过电报了，说得很明确了，你不要再管了。"

周镐沉默了。既然戴笠叫他不管，那就只能不管了。

周镐说："任司令你直接把我送回家吧。"

任援道苦笑道："你回什么家？你还得继续关押。只不过不是关押在日本人手里，而是关到我的警备司令部去，这是蒋委员长和戴老板命令的。”

周镐几乎不相信自己的耳朵。他不明白了，自己为南京的潜伏工作和接收工作费尽了心思，可谓不辞劳苦，怎么倒要被蒋介石和戴笠关押起来了？

随后，国民政府委派中国陆军副总参谋长冷欣抵达南京，他是蒋介石重新任命的接收大员。

8 月 27 日晚，南京华侨招待所内，在冷欣主持下，国民政府在南京的过渡机构“前进指挥所”宣告成立。“前进指挥所”负责全权处理重庆国民政府还都南京的各项联络事宜。

周镐被关押期间，新来的接收大员冷欣来见周镐，刚见面就说：“周治平，你把你接收的黄金先交出来。”

这是蒋介石任命的接收大员和他说话，如果是别人这样说话，周镐会觉得好笑。

周镐说：“冷总长，我从哪里接收到的黄金？谁给我的？”

冷欣一拍桌子说：“你不老实！”

冷欣不再问话，当即气冲冲地走了。

日军的投降仪式一拖再拖。直到其后的 9 月 9 日上午 9 时，何应钦才在南京陆军总部大礼堂主持受降典礼，冈村宁次在日本投降书上签了字。

这是国际意义层面上的受降，图片和消息发布到世界各地，正式宣告中国抗战的胜利。日本人在南京已无法立足了。

中国境内的日军被要求上缴武器，撤离中国。

南京的日本商店纷纷关门，未卖完的商品全部以低价进行拍卖。

南京的日本侨民更是乱成一团，纷纷寻找回国的办法，有的大呼小叫，有的哭爹喊娘。

仓皇的日本商人雇了黄包车，把行李往上海托运，准备从那里回国。但是黄包车才走了几步，就被南京老百姓截停，市民们齐声高喊："日本人，滚下来，自己拉！"

留在南京的日本兵惶惶不可终日，冈村宁次和陆军少将今井武夫留在南京做善后。

今井武夫虽保持着傍晚到玄武湖城墙一带散步的习惯，但内心越来越不安，为了给自己壮胆，他每次出门都会带上那条心爱的狼狗，外强中干地用狗来护身。

二

为解决军统在南京的一些问题，也为解决周镐的问题，戴笠亲自赶到南京来。

戴笠在警备司令部囚禁室见到了周镐。

周镐毕恭毕敬地给戴笠敬了个军礼说："戴长官好！"

戴笠亲手把一杯茶放到周镐手上，感慨道："从你接受任务到南京来，我们已经两年多没见了。时间过得真是太快了。这两年多，你辛苦了，受累了！"

周镐心中本来很有怨气，但戴笠这话让他心里暖暖的，以为戴笠会马上释放自己。周镐说："我把这段时间的工作向戴长官汇报一下。"

戴笠摆摆手说："不用，不用。接下来的时间，你好好休养休养。"

周镐着急地说："现在正是用人之际，我哪里能歇得住？"

戴笠说："你要是觉得很繁忙，那么可以到上海去休息休息。我看就这样说定了，我派人把你送到上海去。"

周镐心中明白了，戴笠是要继续关押他了。戴笠葫芦里卖的什么药，周镐真是一点都不知道。

周镐急切地说："戴长官，我有许多话要说。"

戴笠忽然收起笑容，冷着脸说："什么都不要说了！谁让你在南京擅自行动的？谁命令你抓捕汪伪政权那些人的？而且你还弄出两条人命来，现在控告你的人很多！”

周镐百口莫辩，他和指挥部的人只是怕那些汉奸逃走，才采取的抓捕行动。如果说控告周镐，也是那些汉奸控告的吧，而那些汉奸又有什么权力控告？

戴笠走后，周镐被继续关押在警备司令部。第二天，来了两个人，这当然是军统的人，是周镐的同行，他们告诉周镐：“我们奉命把你带到上海去进一步审查。”

周镐原以为他负责军统南京站的工作和最近的接收工作，应该是劳苦功高，但是，不但没有得到表彰和嘉奖，反倒被进一步审查了。自己的问题究竟出在什么地方，周镐觉得莫名其妙。

周镐说：“大家都是同事，能透露点什么吗？”

来人说：“按说我们军统的规矩，是不该说的不要说，不该问的不要问。但是我们可以向你透一点底——有军统内部人员举报你贪污。”

周镐蒙了：“这事从何说起？”

周镐自然想起前些天新来的接收大员冷欣向他要黄金的事。

原来真是有人怀疑他周镐贪污了黄金，这太荒唐了！

周镐被带到上海继续关押和审查。

审查的人问：“你用了汪伪政权多少钱？”

周镐生气地说：“我只拿薪水，不用其他任何钱。”

审查的人问：“周佛海给了你五十万元中储券作为指挥部的接收和行动经费，你把这钱都用哪里去了？是不是贪污了？”

周镐说：“那个经费就放在指挥部里，我根本就没有碰过。再说指挥部成立三天就被解散了，我也被冈村宁次软禁起来了，我哪里还有时间过问经费的事？那钱现在在哪里，我也根本不清楚。”

审查的人又问：“你明明是个少将，为什么成立指挥部后，对外称自己是中将？”

周镐说：“这是指挥部成立时，大家一起研究决定的。因为指挥部中已有五个中将，而要抓捕的汉奸中，还有军衔、职位更高的人，为了有震慑力，大家才硬给我安上了一个中将的头衔。”

审查的人说：“你们也太荒唐了，嘴一张，就把少将晋升成中将了！外界都说你有野心，说你要独自掌握南京的大权，是这样吗？”

周镐愤怒地说：“你这话才是荒唐！我下有军统南京站的成员，要指挥他们按蒋委员长和戴老板的命令接管南京；上有蒋委员长、戴老板和国民政府的指令，我必须服从上级。我自己要是能独霸南京，我还需要听从国民政府指挥吗？难道我周镐可以不服从蒋委员长和戴老板，凌驾于国民政府和军统之上吗？”

审查人员的问话，让周镐判断这次身陷牢狱的重要原因——擅自抓捕汉奸。

周镐同时明白了，蒋介石那么快就任命了那么多汉奸将领就地维持治安，说明重庆和许多汉奸早已有勾搭，周镐抓捕的那些人中，有没有与重庆关系亲密的汉奸，天知道！

虽然是在囚禁中，但待遇还是很不错的，环境也算是轻松、自由。

但总这样被囚禁也不是个事，如何才能早点出狱，周镐一时想不出办法来。因为身陷囹圄，根本没法找戴笠为自己申诉。周镐想起了军统京沪区区长程克祥，现在也只有请他帮忙了。程克祥毕竟是了解自己情况的。

周镐给程克祥写了一封信，委托审查自己的军统同事带出去。此时程克祥就在上海，他已被调到军统局上海市联合办事处汉奸财产清理委员会任副主任，主任则是由戴笠兼任的。

程克祥很快就收到了周镐的信。

周镐在信中说，作为身负重要使命的军统南京站站长，自己从不贪污、腐化，克己奉公；在接管南京汪伪政权的行动中，也是按命令办事，不可能只成立一个指挥部而不采取任何行动就把南京接管了，自己采取的那些行动是非常必要的，能有效地防止日伪汉奸的捣乱，如果观望不动，怎么能叫接管？

周镐希望程克祥能够找到戴笠，替自己申诉。

但是，程克祥并没有替周镐申诉，究竟是迫于戴笠的权威不敢申诉，还是本来就不想替周镐申诉，很难说清。程克祥给周镐的回信写了满满的四五页纸，他在信中直言，大意是：你周镐在行动的时候，根本没有与军统京沪区交流过情况，也没有做过任何商讨，都是你一个人擅自做主，京沪区哪里能替你负责？现在问题出来了，还让别人怎么向戴老板替你说情？怎么给你申诉？

在狱中的周镐，想起与汉奸打交道的日日夜夜，猜测蒋介石究竟会如何处理那些汉奸。

不久之后，周镐在狱中得到了消息：按蒋介石的命令，戴笠已把周佛海带往重庆。那时的周佛海心知不妙，但对蒋介石仍抱有幻想，谁知一到重庆，他就被软禁在了白公馆。

周镐明白了，周佛海实实在在就是蒋介石和戴笠利用的一个棋子。那么自己呢？自己作为蒋介石、戴笠二人与周佛海之间的联系人，可以算作什么？周镐在心中苦笑，脑子里冒出一个词："愚弄。"是的，棋盘上的棋子，都是被愚弄者。古人说得不错，"飞鸟尽，良弓藏；狡兔死，走狗烹"。

想明白之后，周镐对戴笠和军统已是失望至极。

周镐这次入狱，历时七个月。

在狱中，周镐时时担心着吴雪亚。他们的儿子才出生几个月，吴雪亚本身就需要有人照顾，可她却既要照顾儿子，又要牵挂狱中的丈夫，真是难为她了。

周镐又想起了远在重庆的李华初和三个女儿。她们现在怎么样了？受到自己牵连了吗？

三

抗战之后的军统，很快出现了一些变故。

军统内部最大的变故，就是戴笠出事了。

这个消息，周镐当然也是在狱中获知的。

1946 年 3 月 17 日，戴笠乘专机由青岛飞往南京，因南京上空雷电交加，便转飞上海，而上海也是天气恶劣，只好改飞徐州。

那天戴笠上了飞机之后，军统局的核心人物毛人凤就一直焦急地等待消息。直到 3 月 18 日，毛人凤也没有等到戴笠的任何消息。毛人凤不敢隐瞒情况，忙在 18 日清晨去向蒋介石做了汇报。

蒋介石立即指示，由空军司令周至柔派出多架搜索机进行搜索。蒋介石再三强调，要不惜一切代价找到戴笠，活要见人，死要见尸！

最后的消息是：那架专机在南京岱山撞山失事，戴笠死了。

戴笠的死，让周镐心中涌起一股说不出的滋味。一生充满传奇的国民党军统特工头目，周镐的上司，不到五十岁的戴笠——戴雨农就这样从这个世界上消逝了，他的身后，留下了许多故事和谜。

戴笠的死，也被赋予了很多传奇色彩。戴笠死后，民间一直有“戴机撞岱山，雨农死雨中”的迷信说法，意思是戴笠的飞机撞上岱山，戴雨农死在了雨中。因为戴笠坠机处的岱山又名戴山、困雨沟，所以民间有说戴笠之死本是天意的说法。

周镐在军统内部毕竟是有许多朋友的，他们没有忘记狱中的周镐。沈醉等人就一直在为周镐想办法。

在军统内部好友们多次为周镐申诉、说情的状况下，军统局副局长唐纵认真调看了关于周镐的审查材料。

唐纵看完材料，皱着眉头说：“我看周镐没有什么问题啊，怎么就关了这么久？”

沈醉说：“这本身就没有问题，有人举报周镐在接管汪伪政权时有贪污行为，可是经过调查，那个所谓的五十万元中储券，周镐根本就没有碰过，黄金的事更没有。”

唐纵说：“这事由我来办。”

唐纵召集了军统几个核心人物开会，提出了周镐的问题。大家都心知肚明，说周镐贪污，那不过是审查他的一个借口而已，戴老板生前究竟怎么想的，没有人知道。

毛人凤说：“我同意释放周镐。周镐是个很有能力的人，这样的人才要用。”

大家都表示同意释放周镐。

唐纵签字并指示：释放周镐，工作暂缓安排。

周镐走出囚禁自己的地方，本来想去看看程克祥，后来想想，暗自苦笑一下，就任何人都没见，直接回南京了。

周镐回到家中，吴雪亚喜出望外，惊喜之余，不禁落泪。周镐抱着还不会走路的儿子，一时也舍不得放下。

吴雪亚说：“你既然回来了，就不要多想了。政界、军界太复杂，不是你能想象的。”

周镐说：“我要和你好好过日子，再也不去想那些事了。坐牢半年多，我才知道军统里一片污泥浊水，政界更无须说了。把我关押到上海，南京这些接收大员，哪个不抢着往自己腰包里装钱？个个都发了国难财！”

吴雪亚说：“清者自清，当初我看上的就是你这一点。”

周镐若有所思地说：“重庆那边……不知道怎么样了……”

吴雪亚明白周镐的心思，赶忙嘱咐道：“你赶快托人捎带，或是通过邮局邮些钱过去。你被抓后，重庆对华初姐母女的特供可能取消了，她们的生活该有多难啊。”

吴雪亚的话，让周镐充满感动。周镐说：“我还没有工作，收入也减少，靠以前积攒的这点钱，以后生活会拮据了，你和孩子要吃苦了。”

吴雪亚说：“我们平时节俭一些就是，还过得去的。”

周镐出狱后，和妻子吴雪亚便一直住在南京二条巷蕉园 5 号家中。

赋闲的日子里，常有好友过来看望周镐，其中不乏军统的好友，他们帮周镐分析入狱的原因。

对于周镐的入狱，了解情况的人，分析得比周镐更透彻。其实，戴笠早就给周镐记了几笔账——

其一，1945 年春，周镐与妻子吴雪亚结婚，证婚人是江亢虎。江亢虎是什么人？他是中国早期社会党的领袖，后来又是汪伪政权里的汉奸，他不是军统的策反对象，周镐不该与他走得那么近；吴雪亚是大学生，她接触的人大多是思想激进的学生，那些学生中有没有共产党很不好说，这样来看吴雪亚就可能有共党嫌疑，只是军统还没有调查清楚而已。

其二，周镐抓捕汉奸是擅自决定，没有获得戴笠的批准，这是冒犯上司的行为。

其三，周镐大张旗鼓地抓捕那么多汉奸，又到中央军校训话，这背后有没有共产党、新四军的指使、支撑？需要调查。

其四，周镐对日伪采取行动，打破了蒋介石的原有计划，如果让冈村宁次向周镐投降，那么蒋介石统一部署的 9 月 9 日 9 时何应钦的受降典礼还怎么搞？周镐的行动显然损害了重庆政府的脸面。

其五，这是一个非常非常重要的原因：周佛海与重庆方面的联络，都是通过周镐完成的，重庆和军统都不希望任何人知道他们与周佛海之间的勾搭和交易，而周镐是知道得一清二楚，这些内幕一旦泄露出去，重庆政府将陷于被动。

所以，周镐被戴笠囚禁，是必然的。

这也是周镐被释放后，军统迟迟没有起用他的原因。

周镐在日记中悄悄写下了这样的话："抗战胜利之后，满拟可以稍休。第一大愿，回籍省亲，使老父老母晚景略为快活，竟被戴笠这个魔王打破……"

第七章
秘密加入中共

加入中共

一

紫金山的树林很茂密，走在山道上的周镐想，山林再好，它不属于周镐。

玄武湖的碧波很清冽，走在湖边的周镐想，湖水再好，它不属于周镐。

出狱后的周镐很郁闷，很无精打采。

在家赋闲的日子里，周镐对自己走过的路进行了深入的思考。

军统的黑暗，国民党的腐败，

已让周镐对现状失去了信心。

中国的出路在哪里？ 自己的出路又在哪里？

深夜，周镐做了一个梦，醒来之后，他一下坐了起来，大口大口地喝茶。

吴雪亚被惊醒了，问他："怎么了？"

周镐有点激动地说："我做梦了，我梦见到了一个地方。 那里好像是延安……"

吴雪亚一把捂住他的嘴，小声道："你不要命了？"

周镐说："就只是一个梦，一个梦而已。"

吴雪亚小声说："大家都知道，不要看表面什么和谈、什么合作，估计很快老蒋就要撕破脸皮了。 作为一个独裁者，他怎么可能让共产党生存着？"

那段时间，周镐常常出去走走，从街上买一些报纸和书籍，拿回家读。 从那些报纸中，他和吴雪亚一样，悟出了可能要发生的内战。

1946 年的春夏之交，南京的天气渐渐转暖、变热。

周镐从报童手中买了一份报纸，刚离开十几步，有人从后面过来，轻轻拍一下他的肩。 周镐以一个特工的本能，猛地转过身，一看，却愣住了，来人竟是徐楚光。 周镐很是惊喜。

徐楚光竖起食指，示意他不要大声说话。

周镐高兴地问："你回来了？"

徐楚光笑道："回来了。 不回来怎么行？"

周镐说："又是带着任务回来的？"

徐楚光说："嘘——我们还是到玄武湖边走走吧。"

周镐说："这个时节，玄武湖那里逛公园的人总会多的。 我们还不如去爬紫金山。"

徐楚光说："好主意！"

两人便一起去爬紫金山。

进入山林，两个人在密林中找了一块坡地坐下来。

周镐问："这么长时间你去哪里了？"

徐楚光笑道："我去哪里，你能不知道？"

周镐说："我只知道你走了，可当时我哪里知道你究竟去了哪里？你走后不久，我就被军统关押起来了，我在上海坐了整整七个月大牢。"

徐楚光说："你的事情我也听说了。在我看来，你做的是对的。你的那些举动，老蒋可能不喜欢，戴老板也可能不喜欢，但是，南京全城的老百姓都喜欢，这就足够了。"

周镐说："谢谢祖芳兄的理解。"

徐楚光说："为国家和民族做事，我当然理解。你冒了那么大风险，又不是为自己。"

周镐说："当初我着手南京的接管工作，可是我很多事可能考虑不周，我想找你商量，找啊找，就是找不到你。后来才知道，你带着警卫三师走了，你让师长钟健魂和他的三千多人马投奔了共产党。"

徐楚光说："他们走上了一条光明之路。现在他们的部队叫中国人民解放军独立第一军，钟健魂是军长，我在那里是副政委兼参谋长和第二师政委。"

周镐开玩笑说："你放着官不做，又跑回来冒风险啦。"

徐楚光说："这里更需要我。"

周镐抓了一棵草，在手中折着说："其实我早就知道你是共产党了。从你贩运军火起，我把你与共产党、新四军的关系调查得一清二楚。"

徐楚光说："其实我也早就知道你是军统特务，开始是猜，后来就确定了。你能答应帮助我偷偷搞军火、食盐、药品运输，我就知道你不是汪伪的人，因为你没有任何经商捞钱的想法。"

两个人一起笑起来。两人一个是共产党特工，一个是国民党军统特工，都隐藏在汪伪政权核心和要害部门，因为是老乡、同学，相互太熟悉了，所以都早已摸清了对方身份，却又都心照不宣。

徐楚光说："我知道你是军统，但我真不知道你竟然担负了那样一个重任。蒋介石让你接管南京，让你代表国民政府军事委员会发表广播讲话，我才知道，你这个特工差不多就是国民政府在南京的全权代表。你的每一项决定，都举足轻重。"

周镐说："我也是如履薄冰。我的身份一旦暴露，或者周佛海一旦出卖我，我就会性命不保。而我们那边，军统都是单线或直线联系，南京站只有八个组长和一个交通员几个人认识我，南京之外的军统并不知道我的身份，我作为汉奸，随时都有被爱国者或者军统内部刺杀的可能。"

徐楚光问："你觉得军统这个组织，能有多大的发展前景？"

徐楚光的话，又引发了周镐内心深处对军统的强烈憎恶。周镐把半年多来被军统审查、关入监狱的经历原原本本地告诉了徐楚光。

周镐扔了手中的草说："等将来有一天机会来了，我一定要揭露军统与周佛海勾结的内幕。我直到现在才明白，蒋介石和汪精卫其实对日本人是一个态度，只不过他们一个唱红脸，一个唱白脸而已。"

徐楚光说："你说得太客气了，他们就是一丘之貉。"

这一天，是徐楚光重返南京后他们的第一次见面。他们约定，要经常见面交流，互通情况。

周镐回到家里，很是兴奋。

周镐已闷闷不乐多日，见周镐开心，吴雪亚自然也高兴，问他怎么这么高兴。

周镐去外面关好门，对吴雪亚说："我今天见到徐楚光了。"

吴雪亚问："徐楚光是谁？"

周镐说："就是我以前常给你说起的，我的黄埔同学、老乡。"

吴雪亚说："就是你常说的徐祖芳吧？"

周镐说："对，就是他。"

没过几天，徐楚光就来到周镐家里，是周镐领来的。

徐楚光一进门就热情地和吴雪亚打招呼："弟妹好！"

吴雪亚脱口而出：“你是徐祖芳！”

徐楚光笑道：“连人都没见过，你就知道我的名字了。”

吴雪亚热情地说：“治平经常和我说起你，早知道你这个人，但是没见过面。”

吴雪亚仔细打量一下徐楚光。徐楚光身材高大，英俊潇洒，风度翩翩，一看就是书生、学者模样，也很像一位大学教授，或者政府中的外交官。

大家坐下来聊天。徐楚光侃侃而谈，话题丰富。不知为什么，大家聊到了三国，聊到了“身在曹营心在汉”，徐楚光大笑道：“你们当初就是身在曹营心在汉，让大汉奸周佛海老老实实听你们的，厉害。”

提到这个话题，自然勾起吴雪亚心中往事，吴雪亚不由说：“那是蒋委员长的计谋，周镐只是服从而已，弄得自己坐了七个月牢房。要不是戴笠死了，他们把周镐枪毙了也未可知。”

徐楚光说：“那是周镐福大命大造化大，逢凶化吉。”

从吴雪亚的谈话中，徐楚光已经悟出了吴雪亚对蒋介石的观点。吴雪亚有这个观点，自然是受了周镐的影响。

徐楚光在心中对周镐和吴雪亚已经有了下一步打算。

周镐以茶代酒，在家里招待了徐楚光。三个人异常开心，徐楚光不时把周镐的儿子抱过来引逗一会儿，可爱的孩子总是让大家笑声不断。

二

石头城的山山岭岭似乎更加葱郁了。

扬子江的波浪似乎更加壮阔了。

周镐游历于六朝古都的山水之间，心情慢慢变得好起来。

这段时间，周镐赋闲，而徐楚光在执行秘密任务，两个人的接触自然多起来。

他们聚会比较多的地方，就是新街口。每次，周镐都把吴雪亚带上。

三个有知识的人，自然就会海阔天空地交谈。

他们喜欢到新街口的饭馆子里聚首，在那里，徐楚光上至天文，下至地理，说得头头是道。这让周镐非常敬佩他丰富的知识。徐楚光还谈吃的，什么菜好吃，什么菜怎么做，这让吴雪亚非常惊讶，没想到徐楚光竟然还是个精通厨艺的食客。

周镐在徐楚光面前，自然也是心情放松。本来出狱之后，周镐的心情一直抑郁，自从徐楚光再次来南京，两人相遇之后，周镐便逐渐变得开朗起来。周镐旧学的功夫很深厚，什么“四书五经”，什么诸子百家，无所不谈，出口便能背出来。

徐楚光敬佩地说：“治平啊，我看你以后就当个大学教授，我去做你学生，我要好好跟你学学。”

周镐虚心地说：“我就这半瓶子醋，胡乱晃动几下。我的学问只能做中学教师，我的理想也是这个，将来回老家，就在罗田县城或者乡下教书。”

徐楚光还经常邀请他们到自己的住处做客。徐楚光亲自为他们做菜做饭，大家都很开心。因为是在屋里，大家都能放开话题，谈论时局。

徐楚光说：“中国最有前途的道路，就是共产主义。治平你是一直信仰三民主义的，你说在老蒋的统治下，三民主义能实现吗？国民党就知道依靠官僚、依靠外国人，就知道欺压盘剥老百姓，你说这在中国能实现耕者有其田，能实现平等吗？”

周镐摇头：“自然是不可能的。”

徐楚光说：“而共产主义就不一样了，共产主义处处想的是老百姓，为老百姓谋福利。”

在军统工作中，周镐曾查抄到一些共产主义的书籍，并阅读了一些，脑海中早已受到那些书籍的影响。

徐楚光说：“这些年蒋家王朝楚歌四起，它走向灭亡的日子不会太远。这个世界依靠谁？当然要依靠进步力量。现在内战一步一步升级，罪魁祸首蒋介石是在为自己掘墓。”

徐楚光的观点，说到了周镐的心里，也让前段时间沉浸在失望中的周镐看到了光明。

大家愉快地相聚着，周镐夫妻也时常邀请徐楚光到家里做客。

5月的夜晚，南京的气候很适宜夜读。周镐在灯前看书，差不多看到半夜。他读的是国外关于革命的文艺名著。周镐品味着书中的内容，想着徐楚光说过的话，不禁有些兴奋。

吴雪亚醒来，为周镐披上一件衣服，关切地说："早点睡吧。你怎么这么兴奋？"

周镐说："我告诉你，徐楚光是共产党。"

吴雪亚说："我早就猜到了。你是什么时候知道的？"

周镐说："我知道得早，他为共产党做了好多事。但是得到他亲口证实，是前些时日在南京第一次碰到他那天。"

吴雪亚说："你是军统特工，他能把身份告诉你，就是对我们的信任。以后你要多加小心了。你这个人性子直，说话也直，你知道泄露秘密的结果。如果军统知道你和共产党交往，你们以前又共同给苏北新四军运送过粮食、食盐和军火，你和徐祖芳都会死无葬身之地的。"

周镐安慰吴雪亚说："放心吧，我会小心的。"

周镐又约徐楚光来家里。

徐楚光落座之后，周镐就迫不及待地说："我想向你打听一事。"

徐楚光看到周镐很严肃的神情，便答道："你尽可以说。"

周镐说："我可不可以加入共产党？"

徐楚光高兴地说："你有这个想法就非常好！我本人是非常欢迎你加入我们组织的。"

周镐激动地说："我是军统，只要你们不嫌弃我就好。我强烈要求加入共产党，为共产党工作！"

徐楚光很是兴奋："你加入中共，正是我们工作的需要。我一定把你的要求汇报上去，请组织批准你的要求。”

周镐说：“谢谢祖芳兄了！”

徐楚光说：“我把我这边的情况向你介绍一下。我是中共中央华中分局情报部第三工委主任，负责京沪地区的情报、策反和物资运输工作。”

这是周镐第一次知道徐楚光在党内的职务和他的任务。

徐楚光所说的中共中央华中分局，简称华中局，是华东局的下设机构。华东局由华中分局和山东分局组成。华中局领导陇海路以南的苏北、苏中、淮北、淮南抗日根据地以及国统区的地下党组织。三工委就是华中局的地下组织机构。

听着徐楚光的介绍，周镐很迫切地说：“我希望能尽早为党工作。我赋闲这么久，感觉自己都成了废人了。”

徐楚光说：“你休息了这么久，现在可以积蓄力量更好地工作了。”徐楚光品尝着周镐为他沏好的茶说，“我想告诉你，不久之后，毛人凤就会安排你出来工作。”

周镐不相信地说：“你怎么知道？”

徐楚光笑着，意味深长地说：“我是干什么的？”

自戴笠失事之后，毛人凤作为军统局副局长，负责很多工作。毛人凤在军统局许多年，属于老资格、实权派人物了。他为军统局做了不少事，还起用了一些新人。但是直到现在，毛人凤好像并没有想起周镐来。

徐楚光走后，周镐迫切地等待着徐楚光能给他带来入党的好消息。

不久之后的1946年8月，徐楚光再次来了周镐家。

从外表看，几乎看不出徐楚光有什么事情要告诉周镐，这正是徐楚光沉稳的表现。但是周镐太了解他了，他越是显得平静，就越是有不平静的事。

果然，徐楚光对他说：“我奉党组织委托，向你——周镐同志宣布，从今天起，你就是一名光荣的中国共产党党员了！”

周镐拿着茶杯的手有些发抖，可见心情已经是无比激动了。周镐说：“谢谢党，谢谢祖芳兄了！”

徐楚光向周镐传达：中共中央华中局研究后，批准周镐为特别党员。华中局书记、华中军区政委邓子恢，华中局副书记谭震林亲自签署文件，委任周镐为中共“京沪杭徐特派员”，由第三工委领导，委任状随后会送到。

也就是说，从这一天起，在中共地下组织这条战线上，周镐的上司便是徐楚光，周镐将接受组织和徐楚光安排的工作任务。

吴雪亚也为周镐感到高兴。她感觉，周镐与从前比，简直是换了一个人。

周镐后来在日记中写道：“我当共产党，的确为不良政治所驱使，余妻当有同感，乃商议做解放工作，正好徐祖芳（徐楚光）同志函约相晤，恰到好处而成功。”

从日记中可以看出他对国民党政权的憎恶，对中国共产党的向往，对入党的庆幸。

自此，周镐的历史掀开了新的一页。

三

徐楚光的情报确实很准确，没几天，毛人凤让人来通知周镐过去见他，说是要谈谈。

此时的毛人凤，已深得蒋介石的信任。

周镐见到毛人凤时，毛人凤正在签署一份文件。毛人凤立即放下文件，给周镐让座。

毛人凤说：“这段时间怎么样？”

周镐说：“我想了很多，知道自己年轻、冲动，以后要好好改变自己，要更好地工作。”

毛人凤说：“年轻人犯一点错不要紧，吸取教训就行。你对自己今后的工作有什么想法？”

周镐说：“没有具体想法，我听您的。”

毛人凤说：“我们大家都很了解你，根据进一步考察，觉得你不赶快出来工作太可惜了，会耽误我们军统好多事情。所以，我们已经研究过了，任命你为保密局直属组少将组长。”

周镐起身敬礼说：“治平何才何德，委以如此重任？治平感激不尽！”

毛人凤说：“相信以你的水平，一定会把直属组的工作做得有声有色。”

这样，周镐又回到了他昔日的同事们中间。

周镐所在的中共华中局第三工委的工作，主要集中在京沪地区，徐楚光并不常驻南京，他更多的时间会往来于上海、武汉、重庆之间。所以，许多情报工作都要依靠周镐。这样，周镐就经常往来于京沪之间。

每每奔波于京沪之间，总要有工作上的借口。为了更好地往来于京沪等地，搜集更多的情报，周镐策划了一个方案。

周镐把自己的方案写好，送到毛人凤手中。

毛人凤仔细看看周镐的方案，觉得很好。

原来，周镐的方案是请保密局批准，他想在上海的静安寺办一个佛教培训团，以佛教培训的名义做掩护，来培训保密局的新人和军统的后备力量。

毛人凤看完之后，拍拍方案说：“好主意！我同意了。”

这样，周镐就成了保密局上海“静安寺佛教培训团”的负责人，他频繁地往来于南京和上海之间，就有了借口。

周镐在上海静安寺组织青年参加军训时，徐楚光派人来和周镐接头，地点在周镐的朋友家，吴雪亚带着孩子也在。这次接头，既是明确周镐的身份，也是交代工作。

来人与周镐对上暗语后，告诉周镐：“我叫郭润身，是三工委副主任。”

周镐与郭润身紧紧握手。 这是两人第一次见面。

郭润身将一块黄缎子郑重地捧给周镐。

周镐打开缎子，见上面写着：委任周镐为京沪杭徐特派员。

周镐珍惜地捧着黄缎子端详了好久，然后交给吴雪亚，要她无论如何要珍藏好。

吴雪亚说：“这个不好放自己家里，我一定找个能收藏好的地方。”

四

早上，火车呼啸，周镐坐着火车赶往上海。

晚上，汽车疾驰，周镐乘着汽车赶往镇江。

黄昏，轮渡过江，周镐踏上轮渡赶往扬州。

为了获得情报，周镐就这样不停地往返于南京、上海、扬州、镇江等地。

周镐自然想起当初带着李华初和孩子不停奔波的往事，那时也是这样坐车、乘船。

周镐深深思念着远在重庆的李华初和三个女儿。 她们生活得怎么样？ 孩子们的书读得怎么样？ 这些问题一直萦绕在他心中，让他不能安心。

过去的许多年里，周镐与李华初每回分开，都不忘记给李华初写信。 抗战结束之后，周镐更加思念留在重庆的亲人。 住在镇江焦山时，周镐给李华初和孩子们写了信。

周镐给李华初的信中，表达了想见她们母女的心愿：“华初：又上蕉（焦）山定慧寺，此地山林环水，空气新鲜。 年来心绪如麻，非外人所能了解者……每念你而心痛。 现你只有速来上海亲见为是，余不必多言。 你行程定后，我飞汉接你，较为经济，且较便也，你以为否？ 我现住蕉（焦）山，函件由建冰兄转，余不一一。 即候近安！治平手启，五月二十四日于蕉（焦）山。”

周镐写给女儿的信中说：“冰、励两儿：读书用心地读熟，尤要了解字的意义，不晓得的，不懂得的，要请教先生。家里有两个小妹，妈妈要招呼她两个，没有精神，又要招呼你两个了。细爷（方言：姑妈）要煮饭，又要洗衣，也没有多的时间。你们两个，现在都七八岁了，要懂事些，努力读书。前次我在家的时候，听到先生说，你两个，都很用心，爸爸非常高兴。今年的暑假，那（哪）个考第一名，我就做新衣一套，作为奖品的。爸爸的新衣准备了，看你两个，那（哪）个能得到。”

周镐将信件交给自己的朋友、军统设计处少将设计员任建冰，托他回重庆交给李华初。并嘱任建冰，把自己在南京的住址也告诉李华初，以便不在上海时，华初可以来南京找他。

任建冰到重庆，将周镐的信件送到李华初手上，李华初很是激动。抗战期间，周镐潜伏在汪伪政权，为了保密，几乎没有书信过来。抗战结束之后，重庆那里便开始有了周镐的消息，周镐的名字也曾出现在重庆的报纸上，但是李华初不敢确定那是不是自己的丈夫。

现在李华初捧着信件，一个劲地抹泪——这是周镐执行任务失去踪迹几年后，家里第一次有了周镐的确切消息。

李华初激动地说：“我一定要去见治平！”

任建冰看着李华初高兴、激动的样子，欲言又止。

这时恰是女儿慧冰、慧励的暑假，李华初决定带孩子们去南京见周镐。

在周镐妹妹的护送下，李华初和三个孩子来到了南京。

得到妹妹和华初她们来南京的消息，周镐立即前去迎接她们。一见到周镐，李华初的眼睛就红了，有激动，有委屈，更有久别重逢的幸福。周镐更是把三个女儿揽在怀中，舍不得放开。

周镐把她们安置在一家小旅馆内。

妹妹问周镐：“哥哥，何不带我们到你的住处去？”

周镐没有回答妹妹，而是对李华初说：“一会儿郭旭过来，大家多时不见了，在一起说说话吧。”

周镐出去不久，郭旭就来了。

李华初见到郭旭，一时感到很亲切，也很激动，因为许多年没见郭旭了。当初周镐在广东时，整天忙于军统的工作，李华初带着孩子住在广宁乡下，全靠郭旭一家照顾，两家人关系很是密切。

一番叙谈之后，郭旭受周镐委托，绕了好大一个弯子，最终告诉李华初：因为潜伏工作的需要，周镐已另娶妻子，而且有了一个孩子，希望李华初能理解。

这个消息对于李华初来说，犹如晴天霹雳，周镐的妹妹也惊呆了。

一阵眩晕过后，李华初悲伤得几乎昏厥过去。在李华初的心里，天塌下来了。

郭旭想方设法稳定住李华初的情绪。

有关周镐与李华初和孩子在南京相见的这个过程，给郭旭的印象太深了，以至于军统特务郭旭在新中国成立后完成改造、进入上海市政协工作的多年之后，还在所写材料中进行了详细记述。

那个时代，有地位、有权势或是家底殷实的人，娶几个老婆是正常的事。比如说周镐的工作对象孙良诚，除了大老婆之外，后来又娶了四个小老婆。但是对于周镐与李华初这样的患难夫妻来说，李华初的心理上一时自然不能接受。

李华初毕竟是知识女性，几番谈话之后，就理解了周镐。

郭旭说：“在汪伪政权中潜伏，真的是太危险了，单身不可能得到汪伪军委会的信任，还可能丢了性命，现在周镐能够活下来，已经很不容易了。”

而周镐在与李华初的单独谈话中告诉她：“我目前的处境仍然很复杂，我现在不单是为了你、为了孩子工作，我还在为更多的人工作……”

周镐的话里充满暗示。凭李华初对周镐的了解，她已不需要多问了。

这样沟通之后，李华初稍微平静下来，但还是忍不住痛哭。

周镐抱着三个孩子，也是失声痛哭。

孩子们看着父母痛哭的样子，不明情由，也跟着一起哭起来。还是李华初安慰住了孩子们：“都别哭了，有你们爸爸在，就什么都好了。”

周镐为妹妹和李华初她们在蕉园 5 号临时租了一处二层楼的洋房，让她们暂时住下。

周镐空余时间便会带着慧冰、慧励、慧琳姐妹三人去街上，给她们买皮鞋，买裙子。姐妹三人在周镐身边度过了一段快乐的时光。

两三个月后，因孩子们需要回去读书，李华初母女就要离开南京了。

周镐和李华初商谈今后生活和孩子读书的事，郭旭也来了。一番商议之后，周镐将自己几乎所有的积蓄都交给了李华初，作为她和三个孩子的生活费。

李华初领着孩子回到重庆不久，便又领着孩子回到汉口生活。此时，军统已不再负责李华初母女四人的生活，周镐便经常从南京寄一些钱过来。

五

阳光明媚地照耀着紫金山，江浪不停地拍打着中山码头。

南京人喜欢这巍峨的紫金山。

南京人喜欢这奔腾的江浪。

日本投降之后，南京变得愈加美丽起来。

南京人自然忘记不了日本投降时期，那个活跃在南京城里的英气十足的周镐。

在南京人的心中，周镐是南京的周镐。

在南京人的眼里，周镐是英雄的周镐。

周镐接管南京的事，给南京人留下了太深刻的印象。

日本投降的日子已经过去一年多了，南京市民仍然时时想起周镐。

此时，还有一个人对周镐念念不忘，这个人是周佛海的妻子杨淑慧。

杨淑慧对周镐念念不忘，不是因为周镐接管了伪政权，而是因为杨淑慧太需要周镐了。

1946 年 9 月 16 日，国民政府派专机将大汉奸周佛海、丁默邨从重庆押送到南京进行审判，蒋介石翻脸无情、言而无信的本性再次暴露出来。

杨淑慧找到周镐家里，对周镐抹起了眼泪。

杨淑慧说："老蒋不承认我家佛海是军统卧底，也不承认他在汪伪政府是为重庆做事，法庭也不承认。"

周镐说："怎么会这样？ 他们想怎样？"

杨淑慧说："还能怎样？ 他们不承认佛海卧底的身份，那就是要杀人灭口。 老蒋不敢承认与汪伪政权有过勾搭，不敢承认这几年他和佛海之间一直暗中联系，这样佛海就是死路一条，会被判死刑。"

周镐当然明白这个。 当初自己被戴笠送往上海关押了半年多，也是因为这个。 那时自己就有被灭口的担心。

杨淑慧说："我来找你，就是求求你给我写个证明，证明佛海就是蒋介石和军统安插在汪精卫政权的卧底。 你的证明是最有力的，你是老蒋和佛海之间的联系人。"

周镐是个直性子，对蒋介石这种出尔反尔的行为十分反感。 他说："我能够证明老蒋与周佛海之间的联系，就是通过我做的。 周佛海为重庆提供了许多有价值的情报，也保护了许多军统特工。"

周镐二话不说，当即给杨淑慧写了证明材料。

然而这个材料，法庭并不采信。

杨淑慧又来到周镐家，与上次一样，还是哭哭啼啼。 周镐给她递上一杯茶。

杨淑慧端起茶杯，又放下了：“治平，麻烦你救救我家佛海吧。”

周镐问：“怎么个救法？ 只要是事实情况，我会做的。”

杨淑慧说：“当年你去策反庞炳勋、孙殿英、孙良诚、张岚峰、吴化文和郝鹏举那些人，佛海都是知道的，他是支持你、有意安排时间给你去策反的。 这些人当初投奔过来时，也是冲着佛海‘曲线救国’来的。 可是我去哪里找到他们？ 我只能拜托你了，我迫切想找到他们给佛海写个证明，证明佛海是身在曹营心在汉，是听令于蒋委员长和军统的，是曲线救国的。”

周镐答应她，这些人由他去联络。

巧的是，这些高级将领中，有一部分人来南京开会或办事，周镐找到他们，他们都写了证明；没有来南京的，周镐就派人过去找。 最终，这几个人都为周佛海写了证明。

不要以为周镐这是为汉奸周佛海开脱，周镐是另有目的：他想通过这样的方式，让天下人都知道蒋介石与汪伪政权长期勾结，蒋介石实质上就是个卖国贼。

在被戴笠关押释放之后，周镐一度很愤怒，他甚至安排以前的部下油印材料，写明蒋介石、戴笠与汪伪集团周佛海关系的真相，用以揭露他们的真实面目。 当时冲动之后，周镐又冷静下来，停止了继续行动，等待机会。 现在这个机会就来了。

杨淑慧找人写了那么多证明材料，甚至连上海滩大佬杜月笙都写了材料。 但是法院那边充耳不闻。 周镐无奈之下，只好告诉杨淑慧：“恐怕谁证明都没有用，只有蒋委员长自己证明才有用。 老蒋与周佛海的勾搭，他肯定不敢承认，所以他才让法庭对这些证明不予采信。”

1946 年 11 月 7 日，国民党首都高等法院对周佛海做出判决：周佛海通谋敌国，图谋反抗本国，处死刑，褫夺公权终身。 周佛海上诉，被驳回。

这样一来，杨淑慧孤注一掷，找到蒋介石侍从室机要秘书陈方的家中，又通过陈方的安排，到蒋介石的官邸中当面哀求蒋介石。周佛海当年曾任蒋介石侍从室副主任兼组长，又在国民党中央担任过要职，本就与蒋介石关系很亲密。

杨淑慧一番眼泪和哀求之后，蒋介石终于告诉她："东南沦陷区还真亏了佛海，你安心回去吧，这事由我想办法。"

后来，蒋介石下令将周佛海的死刑减为无期徒刑。再后来，1948年2月28日，周佛海死在了南京老虎桥监狱，终年五十一岁。

周佛海坐牢了，周镐的身份也完全变了，由一个军统特工，暗中变成了中共地下组织特工，这恐怕是周佛海到死都不会想到的。

周镐秘密加入党组织后，为了工作方便，徐楚光为他安排了交通员。这位交通员叫栗群。从此，栗群和周镐成了亲密战友。

1946年8月，周镐与徐楚光在上海的南京饭店接头，商谈策动国民党军队起义的事。这是他们第一次商谈策动国民党军队起义。

1946年11月，交通员栗群又通知周镐，徐楚光让他去上海具体商谈策反孙良诚的方案。

这次见面，仍然是在上海的南京饭店。

两人把目标都放在了原汪伪第三集团军司令、后任国防部暂编第五纵队司令的孙良诚身上。抗战胜利后，孙良诚的部队驻扎在苏北的宿迁。

孙良诚原是冯玉祥的部下，在冯部是重量级人物、"十三太保"之一，后投靠蒋介石，又投靠汪伪，抗战胜利后再投靠蒋介石。因为他反复多变，所以被人编了一个绰号叫"百变将军"。三工委策动这样的人起义，虽有风险，但可能性极大。周镐与孙良诚非常熟悉，私下交往也多，这个任务交给周镐是最合适不过了。

徐楚光说："策反这支部队，目前还是有基础的。当年孙良诚的第一军军长赵云祥、第四十师师长戴心宽，就是由我们三工委的同志策动起义的，他们一万多人编入了我新四军，这对孙良诚不会没有触动。”

周镐第一次领受这样重要的任务，感到中共中央华中局对自己的信任，所以很激动。

徐楚光告诉周镐，已安排一位特工战线的同志陪同他一起去宿迁。徐楚光要求他回去就与那位同志接头，并把接头地点、时间、暗语都告诉了周镐。

然而徐楚光和周镐不知道，当他们进出上海南京饭店的时候，一双阴险的眼睛已经盯上了他们。

第四次被捕

一

街头的梧桐树开始落叶了。

街边的麻雀也渐渐少了。

南京的天气渐渐寒冷起来。

寒冷天气中的周镐，仍是那样行色匆匆。

周镐从上海回到南京家中，放下随身物品之后，便按照徐楚光指示的时间和地点，来到了新街口的一家茶楼。

周镐坐在茶楼二楼，一边喝茶，一边等待来接头的人。时间已经快到，却不见有人来。一般来说，做特工的人都很敏感。周镐心中决定好：一超过时间，就离开这里，以防意外；以后的约定，等待徐楚光那边有消息后再进行。

周镐喝完一杯茶，感觉有点内急，便匆匆下楼来。刚到楼梯下面，却见国民党第一绥靖区孙良诚部的驻南京办事处中将处长谢庆云进了茶楼。两人迎面碰见，周镐有些吃惊。

谢庆云原是汪伪时期孙良诚部第四军中将军长赵云祥的副军长、驻京办事处少将处长，周镐与他很是熟悉。现在谢庆云又成了第一绥靖区刘汝明司令所部的暂编第二十五师驻南京办事处中将处长，而这个二十五师的师长就是孙良诚——几个月之后，孙部被编为第一〇七军，孙良诚是军长，谢庆云是副军长兼该军驻南京办事处中将处长。

此时见到周镐，谢庆云若无其事地打招呼说：“周老弟怎么也有空来喝茶？”

周镐机警地回答道：“空余时间，就是爱这一口嘛。老兄看来也是这样。”

谢庆云说：“共同爱好，共同爱好啊！”

周镐急于如厕，便说：“你老兄先喝茶，我行个方便就来。”

周镐进入厕所，紧张地思索着：谢庆云来干什么？我这里会不会有什么问题被他发现了？

周镐的脑海中忽然又一亮：这个谢庆云，会不会就是来和自己接头的人？

周镐越想越觉得对头，当初自己策反孙良诚归顺国民政府时，谢庆云可是孙良诚的亲信，他可能知道一些情况，但他未对孙良诚加以阻挠和制止；而这次的任务是去苏北宿迁再次策反孙良诚，这与谢庆云也是能扯得上关系的。

周镐到茶楼门口查看周围情况，见并无异常。于是回到二楼房间，见谢庆云果真在自己约定的这个房间。

周镐便笑起来。

谢庆云说：“你笑什么？大家喝茶碰上了，也算是缘分，不奇怪吧？”

周镐抿一口茶说：“我是想，这个茶楼环境很好，大家才喜欢来，这里大有‘竹外桃花三两枝’的韵味呢。”

谢庆云说：“可惜现在不是‘蒌蒿满地芦芽短’的季节啊。”

这两句诗，正是他们接头的暗语，是将苏东坡的诗拆开的。如果是上句顺着下句，很可能不相干的人也能对出来。而拆开诗句，就需要有意去对，别人还看不出来有什么不妥。

这样，两个人都笑起来了。

周镐咕噜一口喝干了茶，“啪”地放下茶杯说：“真是想不到，处处有自己的同志。”

谢庆云说：“我早知道你是共产党。”

周镐问：“你是怎么知道的？”

谢庆云说：“我的上线是三工委主任徐楚光。”

周镐恍然大悟。

谢庆云告诉周镐，早在1944年他就秘密加入了中国共产党，那时就成为我党华中局三工委的成员了。

周镐忽然想起孙良诚部第一军军长赵云祥、第四十师师长戴心宽率一万多人起义、编入新四军的事。

周镐说：“如果我没有猜错，赵云祥、戴心宽起义，一定是你老兄的手笔。”

谢庆云说：“为什么这样说？”

周镐说：“因为赵云祥是第一军军长，你曾是他的副军长。更重要的是，你是我们地下组织三工委的成员。”

谢庆云微笑着说：“我在他们起义之前，早已经调离了第一军。”

周镐笑道：“那是你早已计划好，为了避嫌，更为了隐蔽好自己共产党员的身份。”

谢庆云摊开手说：“真是拿你没办法，你太厉害了，刚一见面你就什么都一清二楚了。策反他们是党交给我的任务，我当然要尽力完成。”

周镐对谢庆云肃然起敬。

眼前的谢庆云作为中将处长，地位和身份都很显赫，应该不会有人能想到他是一位隐藏着的共产党人。

周镐的入党，其实与谢庆云有极大关系，他通过长时间观察，感觉到了周镐对国民党统治的不满，对进步力量的向往。所以，他和汪伪中央陆军军官学校的学生、地下党员祝元福一起建议徐楚光，要徐楚光与周镐多加接触，把周镐领上光明的道路。这些是周镐所不知道的。

两人讨论起策反孙良诚的具体事宜，商量好之后，决定于第二日，即 1946 年 11 月 28 日一同赴苏北宿迁，去做孙良诚的策反工作。

周镐到家之后，让吴雪亚为自己准备行囊，打算奔赴苏北宿迁。

然而，意想不到的事情发生了。

华中局三工委主任徐楚光根本不知道，他的身边埋伏着一个军统“探子”，这个人又恰恰是由徐楚光介绍加入中国共产党的。

这个人叫刘蕴章，又名刘贤端。当初徐楚光打入汪伪政权在军事委员会任职后，与汪伪海军部政训处长刘蕴章等十人结拜为“兄弟”。徐楚光在上海南京饭店陆续向“三工委”成员单独布置工作，徐楚光与周镐见面被他发现了。之后，徐楚光又在南京饭店约见了刘蕴章，也向他布置工作任务。

刘蕴章的秘密身份是军统局特务，但是徐楚光并不知道。徐楚光与他熟悉之后，把他发展为中共地下党员。也就是说，这个刘蕴章实际上是军统打入地下组织内部的卧底，这种卧底最危险，因为是单线联络，他需要长时间潜伏，待摸清更多情况后，随时把组织一锅端掉。

刘蕴章与徐楚光接头之后，决定向军统告密。地下党三工委的人当然也都是单线联系，相互间并不知道对方。刘蕴章发现了周镐，不觉大喜。他不敢在上海告发，怕万一被地下党人追杀不好脱身，便离沪跑回南京，向军统局局长毛人凤告密，供出了中共“三工委”的大致情况。

11 月 28 日，是周镐和谢庆云约定一起赴苏北宿迁孙良诚部的日子。

早上，忽然飘起了漫天大雪，窗外一片白亮。这大雪给周镐赴苏北带来了难度。周镐估计，谢庆云因为大雪，应该不会提前去他们约定的集合地点。

周镐想等大雪稍微变小了再动身，看看时间足够，便一边读报，一边坐着看窗外。

上午 9 点，一群特务忽然推门闯进来，个个手持枪械。

周镐吃了一惊，厉声问：“你们干什么？ 是不是走错了地方？”

特务问：“你叫什么？”

周镐坦然地说：“我是保密局直属组组长、上海静安寺佛教培训团负责人周镐。”

特务说：“我们找的就是你！ 不要用保密局来吓人，我们也是保密局的！”

特务们不由分说地拖着周镐就往外走。

吴雪亚扑上来护住周镐：“你们要抓人就找毛局长去！ 周镐是毛局长任命的组长，你们有什么权力抓他？”

吴雪亚不知道，其实就是毛人凤亲自下令逮捕周镐的。

特务说：“对不起，我们是各司其职，只听我们上司的，毛局长那边不关我们的事。”

特务强行将周镐押走了。

周镐被捕的当天，吴雪亚立即检查家中，把所有可能成为证据的东西烧毁掉。

这一天，谢庆云在约定的地点没有等到周镐。

谢庆云放弃了行程，他怀疑周镐出事了，便暗中打探周镐的消息。 这一打探，才知道周镐已经被捕入狱。

谢庆云立即通过自己的交通员向在上海的徐楚光做了汇报。

徐楚光迅速转移了藏身地点，得以脱险。 徐楚光判断肯定是刘蕴章出了问题，便立即隔断了与刘蕴章的任何联系，马上安排“三工委”总部成员三十多人，全部转移到湘鄂赣地区开展工作。 一夜之间，“三工委”便消失得无影无踪。 这一下，刘蕴章慌了手脚，却也很无奈。 毛人凤只好把全部力量集中在审讯周镐上。

二

周镐被关在南京宁海路 19 号的保密局监狱。

牢房冰冷。

东面，是光秃秃的墙壁。

西面，是光秃秃的墙壁。

南面，还是光秃秃的墙壁。

只有北面是门。

门是关闭着的，但是，北风却如同狡猾的蟊贼一般，从门缝里挤进来，吹得周镐浑身发凉。

这已经是周镐第四次被捕坐牢了，所以，他再也没有了第一次被捕坐牢那样的惊慌。 现在的周镐非常沉稳，思考着应对的办法。

对周镐的提审一次又一次进行着。

审讯人员问："徐楚光是共产党，你毫无疑问也是共产党。"

周镐说："他是不是共产党我不知道，我怎么就成了共产党，还毫无疑问了？"

审讯人员说："你们关系密切，又走得那样近。 你能说你不是共产党？"

周镐说："我和徐楚光在汪精卫政权时，就是军事委员会里的同事，他是军事委员会的上校秘书，我是军事处的少将科长，我们作为这样的同事，工作上必然联系多，你说能不熟悉、不接触吗？"

审讯人员说："你们可是比一般的同事关系更密切。"

周镐大笑起来："在同事中，哪个不知道我和他是湖北老乡，我们又都在武汉读过军校，算是同学。 这样的关系，你说我们能不熟悉吗？ 我又不是六亲不认的人！"

审讯人员问："那你为什么心甘情愿地接触一个有共党嫌疑的人？"

周镐说："你这话就不对了。 我是保密局的情报人员，我接触的人自然就多，各个阶层、各个类别的人我都得接触，不然我的情报从何而来？ 不然我如何为党国效力？ 再说你们自己呢，你们也是特工，你们还不就是跟我一样，当官的也罢，老百姓也罢，三教九流也罢，你们哪一类人不去接触？"

这话说得审讯者哑口无言。

审讯的人问："你和徐楚光为什么在上海的南京饭店接头？ 你们都谈了一些什么？"

周镐说："怎么叫接头？ 我再说一遍，我们既是老乡又是同学，还曾是汪伪政权里的同事，既然遇到了，在一起叙叙旧，喝喝茶，不是很正常的事吗？ 熟人碰在一起怎么就叫'接头'了？"

审讯的人说："有人说你是共产党委派的特工，有这事吗？"

周镐说："你这样说更是荒唐得不得了。 还能因为他是共产党，我就是共产党的特工？ 那你们把我设想成共产党，你们都是我的同事，那你们岂不也是共产党了？"

审讯的人再次被问得无言以对。

周镐被关押期间，很是为徐楚光担心。

保密局花费了大量人力、物力，寻找周镐是共产党的证据。 可是保密局花了九牛二虎的力气，硬是没有找到周镐是共产党的证据。 除了刘蕴章的说辞，也没有任何人来印证。

于是，周镐的案子被移交到了法院。

三

院子外的小树在寒风中摇晃着。

院子里用来引煤的柴火在白雪中躲藏着。

吴雪亚一边抱着孩子拍着哄着，一边在屋里转圈子。

吴雪亚一边倒水，一边思考着到底哪里出了问题，水倒在了杯子外，也浑然不觉。

吴雪亚一边做饭，一边在心里说："不行，得想办法！"

周镐的被捕，让吴雪亚很是着急。 吴雪亚已经为周镐生下了一儿一女，她一个人带着两个孩子真是劳累至极。

吴雪亚虽然不知道到底发生了什么，但知道不能坐以待毙，必须出去打探情况，设法营救丈夫。 周镐万一真要是被查出沾上"共"字的事实，那就是人命关天了。

一番打听，吴雪亚大体知道了周镐是被一个不认识的保密局特务指认为共产党的，但是保密局一直找不到周镐是共产党的证据。

找不到证据就好办。吴雪亚直接去了保密局，找毛人凤。

吴雪亚说："周镐到底犯了什么法，你们总喜欢抓他！"

毛人凤劝慰她："不要着急，不要着急，不是正在调查吗？一调查清楚没有问题，就会没事。"

吴雪亚说："你们没有证据，凭人家一句瞎说就把他抓了，你叫我这一个妇道人家带着孩子，孤儿寡母的怎么过？"

毛人凤说："既然已经移交法院了，那就由法院审理啦。你认为没问题，那就不要多担心，总会水落石出的。"

吴雪亚去找了保密局二处副处长黄逸公。黄逸公是周镐在军统的好朋友，平时和周镐往来密切，他们工作上密切合作，工作之余又常在一起聚餐、打牌，所以走得比较近。

黄逸公说："这事我一定要管，你放心吧。"

黄逸公随即提笔，给保密局司法室主任沈维翰写了一封信，让吴雪亚先看了信的内容，信上说了许多客气话，词义恳切，最后又写道："如无其他情形，请于农历年内开释，以免周同志冤囚囹圄也。"

黄逸公写完信，立即派人送往司法处处长沈维翰官邸。

与此同时，谢庆云将周镐被捕的事向地下组织汇报，地下组织开展了保释和营救工作，这些工作都很秘密，外界自然不很清楚。

吴雪亚通过打听，得知周镐的案子落在了法官王鹤皋的手里。

吴雪亚把家里所有的衣料、首饰拿出来，用绸缎包好，带上凑到的钱，在晚上去了王鹤皋家。

王鹤皋见吴雪亚登门，很是诧异，因为他们并不认识。

吴雪亚恭恭敬敬地给王鹤皋鞠了一个躬说："打扰王法官了，真是不好意思。我是周镐的妻子，我叫吴雪亚。"

王鹤皋一听她是周镐的妻子，便很热情地招呼她坐下，又让夫人给她上茶。

吴雪亚将绸缎包裹放到桌上，双手放在一起，恭谦地说："周镐的事，多麻烦您了。"

王鹤皋说："你不知道吧？ 我和周镐认识，也算是朋友呢。 只是我没有见过你，今天我们是第一次见。"

吴雪亚说："自从周镐被抓以后，我就知道他是冤屈的。 我一个人又要带孩子，又要托亲拜友到保密局找关系为他洗清冤屈，这日子过得颠颠倒倒，真是过不下去了。"

王鹤皋说："周镐发生这样的事，关在狱中受罪，也真是让人惋惜。"

吴雪亚说："王法官您说周镐究竟能有什么罪，非得这样关着？"

王鹤皋说："这种事只能看发生在什么人的身上，如果是个普通市民，就是关一年两年的也没人问。 可周镐是保密局的人，那就肯定要弄清楚。 你说这案子没有罪吧，可也说得上是有罪，因为有人检举，检举人说的话、写的材料，再加上有一些零星调查的材料，谁能知道是真是假？ 你说这个案子有罪吧，可也能说没有罪，因为没有确凿的证据能够坐实案子，不好定罪。"

王鹤皋绕来绕去地说了半天，吴雪亚一听，心里有了底，知道是可以认定为没有证据的。 但如果不是遇到了王鹤皋这样一些熟人，那周镐就可能是"有罪"的。

吴雪亚感激地说："感谢王法官！ 周镐的事就拜托您了！"

吴雪亚将桌上的绸缎包裹和钱推到王鹤皋面前。

王鹤皋把东西又推回到吴雪亚面前说："大家都是朋友，你这样干什么？ 这样不好。"

吴雪亚说："就是一点意思，请王法官理解。"

王鹤皋笑道："你这一说，倒显得如果我不收下，就是不近人情了。"

吴雪亚也笑："您要是不收，我这心里还真是不踏实。 审案子总要牵扯到方方面面的，您就拿它替我请您的同事们吃一顿饭，算是我感谢大家的。”

王鹤皋点头说：“那好吧，我一定把周镐的事办好。”

吴雪亚千恩万谢地把东西留在了王鹤皋家，然后离开了。

这个案子，当然是王鹤皋说了算，他是主审法官。

大年即将到来，周镐的案子提上了日程。

1947 年 1 月 21 日下午，法院开庭了。

法官王鹤皋也就是走个过场，按程序进行审理。周镐在法庭上对答如流，无懈可击。

王鹤皋最后宣判：“经本院和本法官审理查明，周镐与徐楚光接触纯系朋友间的正常交往，并无不妥之处，指认周镐为共产党，没有任何证据能够证明，因而并不属实。故本院宣判：周镐无罪，予以释放。”

这次法院的程序这么简单，连周镐都感到意外。原以为法院还会拖延时日，定他有罪无罪都不好说的。

周镐哪里知道，地下组织在秘密营救他；他的妻子吴雪亚天天在为他的事奔波、找关系疏通；保密局的朋友黄逸公处长、法院王鹤皋法官都在帮他……

保密局派来了车，将周镐接回保密局，安抚了一番。

毛人凤亲自与周镐交谈，做个顺水人情。

毛人凤说：“你是我提拔的保密局直属组长，又是上海培训团的负责人，出了这样的事，我也不好看。现在好了，你是清白的。”

周镐不高兴地说：“我本来就是清白的，何苦这样刁难我，我也想不清楚我得罪了谁。”

毛人凤说：“你思想上不要有什么抵触，大家都是按章办事。我是非常关心你的，你看今天是什么日子？过年呢！好多人都放假回家过节了，我对法院的人说，你们把周镐的案子审结了，不要拖过新年，不然我到高院去参奏你们。你看看，人家今天就把你放了。”

这话太虚假了，周镐一阵恶心。毛人凤对有共产党嫌疑的人从来不手软，该杀就杀该剐就剐，是真正的“铁面无私”，他怎么可能出面为周镐说情?

周镐从保密局出来，时间已是夜晚。南京冬季的夜晚很冷，周镐在寒风中打了个战，便急急往家里赶，他太想念等在家中的妻儿了。这第四次坐牢，只差一周就是整整两个月了。

要知道，1947 年的 1 月 21 日，正是农历 1946 年的腊月三十，是中国人传统的除夕节日。

这个晚上，刚刚出狱的周镐和妻子吴雪亚怀着劫后余生的复杂心情，与孩子们吃了一顿年夜饭。看着入狱释放后变瘦的丈夫，吴雪亚忍不住流下了泪水。

需要交代一下：周镐这次被捕的始作俑者、叛徒刘蕴章，最终受到了人民的审判。

刘蕴章又叫刘贤端，江西宜春人，军统特务，潜入三工委，因出卖三工委，导致地下工作者多人被捕、多人被杀害。刘蕴章新中国成立前返回故乡，成为当地“中国民社党”骨干成员，1950 年因“民社党”的身份被逮捕判刑，1953 年释放后任宜春公私合营旅栈的会计，1957 年因在军统时罪恶活动的案由，被南京市公安逮捕。1957 年 12 月，江苏省公安厅将处理意见上报，中华人民共和国公安部批复：同意将刘蕴章判处死刑。1958 年 3 月，罪恶累累的刘蕴章在南京被处决。

第八章 策反孙良诚

担任蒋介石特派员

一

雨水打湿了树枝，又被冻在了树上。那树，就裹上了一层冰。

徐楚光走了，顶着寒风。

徐楚光走了，冒着雨、踩着雪。

和徐楚光一起走的，还有另外三十多人。

由于出了刘蕴章这样的叛徒和军统卧底，“三工委”总部三十多名成员都可能暴露，他们无法再留在上海和南京，只能随着徐楚光全部转移。徐楚光在上海和南京的面孔太熟，认识他的人太多，组织上要求他不能在上海和南京出现。其后，徐楚光和三工委的三十多人在湘鄂赣地区继续开展工作。徐楚光在长沙、汉口等地来回奔波，开展工作、执行任务。

因为三工委的工作遭受严重损失，组织上对徐楚光的“用人不当”进行了严厉的批评。

徐楚光转移之前，中共华中局联络部研究，建立第六工作委员会，简称“六工委”，替代三工委在华东地区的工作。六工委的主要任务是掌握国民党军队重要关系，对国民党军队进行策反；另外敌人情报工作也是重点。

六工委的工作重点就在周镐那里。六工委机关成员只有三人，主任由原三工委副主任郭润身担任；栗群担任委员，作为周镐与郭润身之间的联络员，也就是交通员；张企中担任六工委秘书。六工委的主要成员有周镐等人。

六工委的联络站，仍用三工委的旧站，这个联络站叛徒并不知道。郭润身让自己的哥哥郭恩波在联络站成立了“东北同乡会”并担任理事，以此作为掩护。郭恩波成为这个联络站的实际负责人。

对周镐在狱中的情况，六工委并不了解多少。郭润身通过地下关系，摸清了周镐在狱中的机智斗争，决定与周镐见面。

在周镐出狱后，他的交通员栗群过来，向他传达了六工委替代三工委工作的情况，告诉他，徐楚光带着三工委已撤离沪宁。

栗群带来郭润身的指示：按约定时间，周镐到栖霞山栖霞洞与郭润身接头，听取他的指示。

栗群是由郭润身介绍入党的。他与郭润身很早就熟悉。两人一起住在过山东平上对外公司里，郭润身对他了解后，就将他发展成了中共地下党员。后来徐楚光又让他做了周镐的交通员。

在南京，栗群以开一家小公司作为掩护，从事地下工作。

到约定的那一天，周镐早早地来到了栖霞山。

郭润身按时到来。两人见面，紧紧握住了手，都很激动，其中含有郭润身对周镐工作的肯定、对他入狱的慰问，也含有周镐重回组织的欣慰。当初，是郭润身亲手将周镐担任“京沪杭徐特派员”的委任状交到周镐手上的，周镐对那一幕永远难忘。

郭润身讲述了六工委的基本任务，指出周镐的工作，现在起由他一个人负责，周镐随时听从他的指示。

周镐向郭润身汇报了狱中的情况，郭润身才明确知道了是三工委的叛徒刘蕴章出卖了周镐和徐楚光。好在情报送出及时，徐楚光才躲过了一劫。

两人自然谈到目前的工作。主要是围绕两个方面，一是策动孙良诚起义，这仍是交给周镐的重要任务；二是情报工作。

郭润身指示周镐，因为是刚刚出狱，不要做太引人注意的事，可以先隐蔽一段日子。

在周镐被捕的那些日子里，转到六工委的中共地下党员谢庆云一直没有停止对孙良诚的策反。

现在，六工委和周镐的工作目标，就是孙良诚。

为靠近孙良诚部，协助周镐工作，六工委主任郭润身等人亲自赶到徐州和宿迁，他们在徐州租了两辆破车，开到宿迁。郭润身忙碌多日，在宿迁租了一间房子，挂上一个“运输公司筹备处”的牌子，用来掩护六工委的工作。这个运输公司由栗群任经理，张企中管账。几个人奔波于宿迁、解放区、华中局、扬州、南京、上海等地之间。

这天，郭润身领来一个人，约周镐在莫愁湖公园见面。

来人是祝元福，也叫祝康国，是河南商丘中共三工委秘密联络点的同志。祝元福到南京来是联系工作的。

祝元福很年轻，二十多岁，一身都是朝气。一见面，祝元福就笑着对周镐说：“你和老郭一样，就叫我康国吧。”

祝元福对周镐印象很深，作为南京中央陆军军官学校1945年的毕业生，他忘不了日寇投降后周镐在军校的训话。

祝元福虽然年轻，却是一位老党员了，他 1943 年秋天结识粟群后，就加入了党组织，后来又建议组织上发展谢庆云为中共党员。周镐的入党，也是祝元福和谢庆云一起向徐楚光建议的。

之前，1945 年 8 月日本投降后，祝元福于 8 月底离开南京，同粟群潜入茅山外围原伪扬州机场警卫大队，策动这支被蒋介石收编的人马，最终有两个连队脱离了国民党，化整为零地投奔解放区。祝元福后因工作需要，带着三工委王振华赴商丘，在商丘建立了中共三工委秘密联络点，为我军搜集军事情报、运送药品、运送医疗和通信器材，在太岳军民的对敌斗争中发挥了重要作用。

按照华中局指示，三工委商丘联络点的祝元福、王振华等人过来，他们将协助周镐策反孙良诚。这是因为商丘离徐州、宿迁不算远，工作起来方便。

祝元福联系完工作后，又匆匆赶回商丘，等候六工委指示。

任务明确之后，周镐心中便时刻燃烧着工作的欲望。

因一时没有合适的理由赴宿迁，怕引起保密局怀疑，周镐就只能等待机会。

二

机会很快就来了，而且是绝好的机会。

早在抗战时期，孙良诚部下第四军军长赵云祥率部起义投奔新四军，蒋介石就一直记在心中。而现在，听说孙良诚的身边不断有不明身份的人出现和联络，这让蒋介石很是头疼。

蒋介石获得这方面的情报以后，对孙良诚越发怀疑，认为孙良诚有通共嫌疑。

1947 年 7 月，蒋介石通过毛人凤给周镐下了手谕，命令周镐以孙良诚部“高级参议”的身份，担任蒋介石的特派员，到孙良诚部去调查他的“通共”嫌疑。

这是蒋介石的命令，毛人凤不敢怠慢，忙对周镐做了安排。蒋介石之所以考虑让周镐去调查孙良诚，很大原因是周镐在汪伪那里做过高级参议，对孙良诚的情况容易掌握。

周镐将情况向郭润身做了汇报，郭润身击掌叫好：“有这把尚方宝剑，保密局再也没有理由怀疑你了！老蒋这个‘忙’帮得真及时！”

周镐又暗中与谢庆云联系。谢庆云告诉他，可以找孙良诚的副手王清翰聊聊，王清翰有被策反的可能。周镐记住了谢庆云的话。

周镐立即动身。

过江之后，周镐乘专门安排好的军用吉普车赶往宿迁。

孙良诚在抗战胜利之后被蒋介石收编，任新编第二路军总司令，1946 年任国防部暂编第五纵队司令，1947 年任暂编第二十五师师长，1948 年又担任第一绥靖区副司令官兼第一〇七军军长。

周镐到达宿迁后，与从商丘赶来的祝元福会合。按华中局安排，祝元福担任周镐助手和政治联络员，协助周镐工作。

祝元福工作热情很高，他对周镐说：“有具体任务，你随时布置。”

周镐说：“康国，你的任务就是随我出入孙良诚的军营，你们首先要熟悉孙良诚，大家搭好关系，以后的工作才好做。”

二人前往孙良诚的司令部。孙良诚却不在司令部，而是到驻防三棵树的下属部队查看情况了。

祝元福问周镐：“我们怎么办？在这里等他回来？”

周镐说：“不等，我们找他去。”

祝元福笑道：“都说你是个急性子，一点不假。”

确实如此，周镐办事从来不会拖泥带水。

1947 年 7 月的宿迁地区，正处于汛期，此时天下着大雨。周镐拉着祝元福钻进了吉普车，赶往三棵树。

孙良诚计算好“高级参议”周镐将要到达的行程，本打算从三棵树乘车向南到双蔡圩子迎接周镐，却不想周镐已经到了宿迁，又到了三棵树。

周镐和祝元福下车后，虽然身穿雨衣，但是衣服还是有些潮湿。

孙良诚看着风尘仆仆的周镐，用劲握着他的手笑道："治平老弟别来无恙啊！ 看来我们俩的缘分太深了，我那时在扬州，你追到扬州，你是军事委员会的高参；我现在到宿迁，你又追到宿迁，你还成了我孙良诚的'高参'！ 委员长也是看重我们两个了，让你来指导和协助我！ 哈哈。"

周镐看着孙良诚身边围着几个下属，就顺势说："这是委员长对孙将军的信任，委员长很看重你。 我来这里就是向孙将军学习的。"

周镐把祝元福介绍给孙良诚，说这是自己的随行副官，也是好兄弟。

孙良诚爽快地说："是你好兄弟，那就也是我好兄弟！ 我得好好犒劳犒劳你们！"

孙良诚就近在三棵树军营中设宴招待了周镐。 几位军官纷纷给周镐敬酒。 周镐从不喝酒，这是他做特工养成的习惯，于是就用茶水代酒和他们干杯。

饭后，孙良诚问周镐："老天下着雨，我们是就地在这里住上一晚明天回司令部，还是今天就回？"

周镐说："今天就回吧。 我有要事跟你谈，这里不方便。"

这一说，孙良诚就知道周镐又要和他"密谈"了。

孙良诚和周镐的吉普车在泥水中一路颠簸，驶到孙良诚的司令部。

当天晚上，周镐就和孙良诚进行了密谈。 他们密谈时，祝元福也在场。

孙良诚抽着烟说："你能来我这里，以后我就踏实了。 从这些年的经验来看，你分析问题和所做的决定，都是对的。 亏得我当年听了你的，不然汉奸的罪名我还真担当不起。"

周镐喝一口茶说："少云先生，你先别夸我。 你认为我真是来给你做'高参'，来协助你调兵打仗的？"

孙良诚说："我们军人，不打仗干什么？"

周镐说："你知道我是军统特工，蒋委员长派我一个少将军统特工来你这里，就是为了协助你打仗？"

这一说，把孙良诚吓了一跳："蒋委员长派你来是监视我的？"

周镐说："少云兄，你我兄弟多年了，我决不会害你，幸亏是让我来你这里，要是让其他军统的人过来，你的事情还真是不好说了。"

孙良诚紧张地问："我有什么问题吗？"

周镐说："当年你的第四军军长赵云祥率部投奔新四军的事，蒋委员长还记着。"

孙良诚说："那是过去的事，赵云祥投奔新四军后，还跑回来劝我也投奔新四军，我没理他，还把他送上了南京军事法庭。后来赵云祥被送回来交给我'管教'，我之后就一直跟着老蒋了，这个老蒋自己知道。"

周镐说："那我问你，你认识申伯纯吗？"

孙良诚吃惊道："真人面前不说假话，你怎么知道的？"

周镐说："申伯纯原是第十八集团军总部秘书长，后来直接在中共那边做事了。不是我知道有这么个人，而是蒋委员长知道这件事。"

孙良诚紧张地说："老蒋在我这里安插了耳目？"

周镐放下茶杯说："你就不要分析了，委员长在哪里没有耳目？这个申伯纯是毛泽东和朱德那里委派来的人吧？他经常到你这里干什么？"

孙良诚叹口气说："还能干什么？策动我投奔共产党呗！可我孙良诚一直没有投共啊，他老蒋监视我干什么？"

周镐说："你没有投共，但是委员长认为你'通共'了。"

孙良诚从椅子上站起来，睁大眼睛说："我说治平老弟，他老蒋可以怀疑我'通共'，你也怀疑我'通共'？"

周镐说："少云兄，委员长说谁'通共'，谁还不就是'通共'？他要说你没'通共'，你就没'通共'。通共可是要杀头的，他不就是要找个证据吗？”

孙良诚说：“没道理！ 他又没有证据。”

周镐从衣袋内掏出蒋介石手令，交给祝元福说：“康国，你把这个给少云先生看看。”

祝元福把手令展开，放到孙良诚面前说：“这是委员长给周高参的手令。”

周镐笑道：“这次，我就是奉委员长命令来秘密调查你的。”

孙良诚接过手令，看到上面的文字：调查孙良诚私通新四军之事，据实上报。

孙良诚说：“原来是这样，我明白了。 治平，老蒋派你到我这里来，对我既监视又调查，是想把我弄成通共分子，好惩治我。”又松了一口气说，“你治平老弟既然告诉了我，就说明你老弟还是我的好兄弟。 由你来调查，这我放心，如果换了其他人，随便捏造一点我‘通共’的事，我这命就可能丢在老蒋手里了。”

周镐说：“这倒是真的，委员长杀人从来毫不手软，当年中央军事政治学校武汉分校的两个老师，恽代英、邓演达都被他杀了，他们一个是共产党，一个只是国民党左派，仅仅是被怀疑通共而已。 委员长杀掉的，又岂止这两个人？”

孙良诚的头上冒出冷汗来：“看来，老蒋有可能想杀我，至少他是想排挤我了。 当年他杀韩复榘时，那是半点犹豫都没有的。”

周镐说：“我猜想，委员长应该是掌握了一些证据，不然不会派我来调查落实。 他凭他手里的证据，如果派别人来调查坐实了，要置你于死地应该不是做不到的。”

孙良诚长叹一口气，忽然抹起了眼泪：“想我南征北战二十多年，日寇投降后我完全听从老蒋的，到头来他倒想把我杀了。 他真杀了我倒不要紧，可我老婆孩子怎么办？ 兄弟你给我想想办法吧。”

周镐说：“办法是有的。”

孙良诚问：“什么办法？”

周镐压低声音说：“率部起义，投奔共产党！”

孙良诚张大嘴巴，看了半天周镐：“你是共产党？”

周镐说：“少云先生说笑了，我就是为他们工作而已。”

孙良诚说：“治平老弟，你不是军统吗？ 你真让我糊涂了。”

周镐说：“没有什么糊涂的。 中国需要光明，蒋介石带给中国的是黑暗，蒋家王朝灭亡的日子不会太远了。 你如果继续跟着蒋介石，就是一条道走到黑。”

孙良诚说：“难道我没有别的路子可走吗？”

周镐说：“你只有这一路了！ 你想想，我在蒋介石那里可以替你瞒一时，不能替你瞒一世。 我这次把你保过去可以，但是以后呢？ 他可能还会想杀你，因为他不信任你了！”

孙良诚擦着冷汗说：“让我想想……”

周镐说：“你仔细考虑考虑。 这段时间我不会走，既然是来调查你，我就要到处走走看看，多多了解，这样老蒋就会以为我在用心调查你，才不至于怀疑。”

孙良诚说：“那就多谢治平老弟了！ 我的部队，你随便走随便看，如果他们有招待不周的地方，我拿他们是问。”

周镐说：“我不在宿迁的时候，康国会随时过来联系你。”

孙良诚说：“你放心吧，我一定不会慢待这位康国小兄弟。”

三

周镐煞有介事地“秘密调查”孙良诚，当然只是做做样子。 更多的工作，是要策反。

周镐按照谢庆云的建议，带着祝元福去看望了王清翰。

王清翰对周镐、祝元福热情有加。

王清翰特意让人给周镐、祝元福买来了橘子。

那个时候在宿迁吃到橘子可不容易，因为这个地方不产橘子，水果商只能从外地贩运一些过来，过去交通不发达，橘子到这里后，价格都是很贵的。 而周镐的家乡则生长橘子，因而周镐吃起来感觉很稀罕。

周镐问：“这橘子从哪里来的？”

王清翰说：“湖北。”

周镐高兴道：“我说呢，果然是家乡味！”

大家谈笑风生。

周镐提起了谢庆云。

王清翰说：“那是我很好的朋友。”

周镐说：“他也是我好朋友。”

周镐清楚，汪伪政权时，孙良诚驻江北扬州一带，王清翰是孙部第五军军长，谢庆云是第二军副军长，两人自有往来。

于是大家又聊起当年汪伪集团的事。 王清翰对周镐敬佩不已，因为周镐不仅暗中策反了几个伪集团军高级将领归顺国民政府，还在日军投降后，及时安排好南京的接收事宜，成了接收南京的总指挥，这让王清翰很感叹。

谈到赵云祥起义时，王清翰便默不作声了。 这也难怪，在王清翰的眼里，周镐就是个军统特务，在周镐面前，当然不能随便对起义者进行评判。

周镐说：“过些时候，谢庆云会到宿迁。 到时我们，还有康国，大家聚聚。”

周镐的话，意味深长。 谢庆云之前曾与王清翰谈过起义“投共”的事，王清翰权衡再三，没有给他答复。 在王清翰的眼里，谢庆云就是一个地下共产党人。 而现在这个军统特务周镐说谢庆云要到宿迁找他，是不是暗示谢庆云又要来劝说他起义“投共”？ 而这个周镐，到底是什么人？ 他奉蒋介石之命来担任孙良诚部的“高参”，是不是又在从事军统方面那些见不得人的刺探活动？

王清翰的警惕性自然很高。

所以王清翰在周镐、祝元福面前说话，一直是滴水不漏。

大家说说笑笑，王清翰性情很好，是个开朗人，高兴起来，就给周镐和祝元福唱几句京剧《四郎探母》，唱得有板有眼，很有专业味道。周镐、祝元福不觉拍掌叫好。

祝元福问："王军长这是从哪里学来的？ 比戏台子上那些人唱得还好。"

王清翰说："就是个爱好，自己听戏自己琢磨着瞎唱的，哪里能跟戏台子上的人比。"

之后不久，周镐又与孙良诚做了深入交谈。

孙良诚说："我考虑好了，我听你的，在合适的时候起义'投共'。"

周镐很高兴："你少云兄到底是个开明人。 我负责任地说，你这个决定是非常对的！"

孙良诚说："我起义是有条件的。 毕竟，我手下那么多弟兄，有的跟我出生入死二十多年了。 我总要把他们安排好，留下来的，继续跟我打仗；走的，给他们安家费。 还有，我的那些士兵们也得给他们一点军饷。"

周镐说："这个可以考虑。 你打算要多少？"

孙良诚说："我也不是狮子大开口，我要一千五百两黄金，这个不算多。"

周镐说："你这还不算多？ 一千五百两黄金啊！"

孙良诚说："你算算我有多少人马、多少将领，你就不觉得多了。"

周镐说："我需要向我的上级汇报，然后再答复你。 不管怎么说，你决定起义，就是走向光明，我们上级会考虑你的要求。 我们一定会合作好的！"

孙良诚笑道："我也是这样想的，因为我和你一直合作得很好。"

两个人都笑，都很开心。

周镐嘱咐孙良诚，在自己离开宿迁的日子里，祝元福会随时来孙部和他洽谈。

孙良诚的策反工作取得初步进展，周镐便动身返回南京。祝元福留下来，往来于商丘、徐州、宿迁、南京之间。

谢庆云也一直在做孙良诚的策反工作，但一直没有结果。

谢庆云和周镐那次计划一起赴宿迁策反孙良诚，因周镐被捕而没有成行。其后，谢庆云几次单独赴宿迁开展策反工作。

在周镐这次与孙良诚交谈之前，谢庆云也曾来宿迁与孙良诚几次密谈，孙良诚都是含糊应对，从不答应。

谢庆云的策反没有结果，这让他很苦恼。他忽然想起当年策反孙部的赵云祥在盐城起义时，是绕开孙良诚的。那么这一次，也可以用这个方法试试，上层策反不成，下层策反成功也是胜利。

在谢庆云的心中，最有可能起义的就是王清翰了。谢庆云与王清翰是亲戚，王清翰与孙良诚又有亲戚关系。王清翰在军中被称为“小诸葛”，是个对时局有清醒分析的人，平时比较明事理。王清翰既然是孙良诚的亲戚，那么通过王清翰再策反孙良诚，不是没有可能。后来在对王清翰的策反工作中，祝元福也参与进来，与谢庆云相互配合。

1947 年冬天，谢庆云在徐州德兴福旅馆开了房间，约王清翰前来见面。谢庆云直接讲明了自己的想法，告诉王清翰自己是中共党员。王清翰考虑之后，向谢庆云表示，他要求加入中国共产党，这让谢庆云非常高兴。这样，王清翰由谢庆云发展，成为一名中共地下党员。只要机会合适，王清翰随时都可以率领自己的部队起义。

四

到达南京之后，周镐向毛人凤汇报：孙良诚并无私通新四军的事实，所以孙良诚“通共”纯属子虚乌有。

周镐拿着形成的文字材料，来到黄埔路蒋介石官邸面见了蒋介石，说孙良诚绝无“通共”的事。蒋介石知道孙良诚没有私通新四军，暂时打消了对他的怀疑。

周镐找到联络员栗群，告诉他要向郭润身汇报策反的进展情况。经过联络，两人把见面地点放在莫愁湖公园。

两人在莫愁湖公园一边散步，一边说话，看上去就像是悠闲地逛公园。

郭润身对事情的进展很满意。

郭润身说："这件事如果成功了，就是对我们事业的最大贡献，中央和华中局会认为我们六工委功劳很大，你周镐的功劳更大。"

周镐说："我想的只是工作，还没想过功劳。我入党之后，组织上把这么艰巨的任务交给我，这是对我的最大信任，我没有理由不做好这项工作。"

郭润身说："我很快带栗群过江到苏中解放区去，把孙良诚的要求和条件汇报给华中局领导，听候他们的指示。"

这事当然是越快越好。

郭润身嘱咐周镐，在他和栗群离开南京期间，要注意隐蔽，不要与地下组织和其他个人联系。等到获得上级指示之后，再做其他计划。

郭润身带着栗群，7月底赴解放区，8月找到华中工委，见到了华中局负责华中地区敌后工作的领导陈丕显和秘书长欧阳惠林，当面进行了汇报。

陈丕显很高兴，对郭润身说："你们六工委的工作很有成绩，要再接再厉，争取把事情做成功。"

郭润身说："这事多亏了周镐同志。"

陈丕显说："周镐这个人干事确实有一套，不愧是特工出身。"

陈丕显要郭润身和栗群留下来几天，待报上级华东局研究后答复。

华东局的答复很快来了：同意给孙良诚黄金五百两，其他用棉花、粮食等物品代替。陈丕显指示六工委派人与孙良诚联络。

这次派谁去与孙良诚联络？当然还是周镐最合适，但是周镐再赴宿迁孙良诚部，仍需要有一个合适的理由，不能引人怀疑。华中局通过电报将意见通知了上海联络站。

就在这时，蒋介石又帮了一个大忙。

蒋介石命令周镐仍以蒋的特派员身份，第二次去宿迁，调查孙良诚“私通民革李济深”的事。

李济深是蒋介石特别反感的人物，福建事变中蒋介石已对他恨之入骨。其后李济深屡次在国民党内任职，又因与蒋介石格格不入，三次被开除党籍。1947 年蒋介石以“背叛党国”罪，第三次将他永远开除党籍，并在全国通缉。

李济深的人与孙良诚确有接触。因为李济深一直是反蒋人物，那么他接触过的人就有反蒋嫌疑。调查孙良诚自然是理所应当。

1947 年 10 月，周镐第二次到了宿迁。

孙良诚料想周镐会给他带来一千五百两黄金的好消息，却不想周镐当头就给了他一棒，这次来又是老蒋要查办他。

孙良诚沮丧地说：“这老蒋还真是和我耗上了，他不逼我走投无路就不罢休啊。”

周镐说：“你自己也看清了老蒋的嘴脸，所以起义是你唯一的选择。”

周镐把华中局的答复告诉了孙良诚。孙良诚想了一下，同意了：“也罢，那些东西加到一起，也差不多有一千五百两黄金了。”

周镐说：“中央和华中局对你是相信的，所以才痛快地满足了你的要求。”

孙良诚笑道：“那你在这里怎么办？你总得调查我啊。”

周镐说：“这还不好办？拖呗，我也不到处跑了，就在你这司令部待着，里外走走看看，省得我天天累得脚板疼。等拖到时间差不多了，我就回南京复命。”

孙良诚说：“等你们的黄金和物资到了，我就好安排那些军官和他们的家眷了。”

不久，周镐回南京复命。

郭润身、栗群在10月份由苏北重返苏中解放区，向陈丕显汇报情况，请示孙良诚所要黄金、棉花等物资的交接办法，接受华中局和陈丕显的指示。陈丕显按照上级华东局的研究决定，指示郭润身：黄金到时送到宿迁的大兴集，那里离宿迁四十里，便于交接。这些东西的筹集与交付，由郭润身赴宿迁联系淮海地委书记吴觉具体安排，郭润身必须于旧历年正月初五到正月十五日（1948年2月中下旬）期间，到宿迁大兴集与地委书记吴觉见面商谈。

华中局将二十五两黄金和一部分伪币交给郭润身、栗群带回，这是郭润身、周镐和栗群三个人的活动经费。

郭润身、栗群他们没有想到，此时周镐再遭厄运，又出事了。

第五次被捕

一

初冬的宿迁树叶落光了，北风让人感到了寒意。

初冬的南京松柏仍然青绿，太阳却不再那么温暖。

1947年11月，周镐从宿迁再回南京，向蒋介石上报了孙良诚“私通李济深”的调查结果，仍然是“查无实据”。这样一来，周镐两次的调查结果，终于让蒋介石相信孙良诚没有“通共”“通李”的行为。

因为郭润身和栗群都不在南京，周镐便基本按兵不动，尽量不与外界联络。

没想到还是出了事。

1947年12月的一天，周镐在上海联络站开完会议回南京后，感觉被人盯梢了。

周镐回家，在门前留心观察了一下，发现家门外的巷子口有可疑人员，周镐以一个特工特有的敏锐判断，自己被人盯梢和监视了，可能要出问题了。此时想离开，已经万万不行了，那可能会立即遭到抓捕。

周镐回到屋中吩咐吴雪亚："快！ 你打扮一下，装作是出去逛街，立即坐车去上海，去我们的联络站！"

吴雪亚一下紧张起来："联络站在哪里？"

周镐说："记住，在上海南京路哈同大楼'东北旅沪同乡会'，有招牌的。 到那里通知联络站的人，让上海地下党人赶快撤离或者隐蔽起来。 这里可能出了叛徒。"

周镐把接头暗语告诉了吴雪亚。

吴雪亚说："我来收拾一下。"

周镐又让吴雪亚把地址和接头暗语再重复了一遍，这才放心。

吴雪亚说："孩子怎么办？"

周镐说："我来把孩子先托付给邻居，如果我出事了，由他们先帮着照看一下。 你通知联络站之后，就立即返回南京家中，带好孩子！"

接下来会发生什么凶险的事，两人一无所知。 吴雪亚不舍地抱了一下周镐，周镐也紧紧抱了一下妻子说："但愿我们一切都好。 不要再耽误了！"

吴雪亚打扮一番，完全是一副阔太太的模样，提着小包，优哉游哉地出了门，经过巷子口时，那些盯梢和监视周镐的人，都没有留意她。

出了巷子口之后，吴雪亚立即叫了一辆黄包车赶往火车站，坐上了开往上海的火车。

由于吴雪亚及时通知了中共地下党上海联络站，地下党人及时疏散和隐蔽，避免了不必要的牺牲和损失。

周镐在吴雪亚离开家门之后，便来到邻居张海笑家。 周镐平时和邻居关系十分融洽，大家相互往来，今天你去我家坐坐，明天我去你家聊聊；今天我把从老家带来的稀罕东西送给你家，明天你家又把好吃的东西送给我家。 大家十分亲密。

张海笑不在家，张海笑爱人见周镐进来，忙起身让座。

周镐说：“我这几天有事，要出去一段时间。恰巧我家雪亚今天走亲戚不在家，可能夜晚或者明天才能回来。我走后，请你们帮我照顾一下孩子。”

张海笑爱人说：“我保证把他们照顾好好的，你放心出去吧。”

周镐回到家，静候事态发展。

大约一小时，一群特务闯进周镐家中，个个手持枪械。

周镐说：“又莫名其妙抓我了？你们先等等，让我先把孩子送到邻居家。”

周镐进房间里，把正在玩耍的孩子叫出来，送到了张海笑家。

随后，特务们在周镐家里搜查了一通，当然是什么也没有搜查到，然后便带走了周镐。

周镐依然是被关进了南京宁海路 19 号的保密局监狱。

这次是什么原因被捕，周镐一时判断不出，看来是什么地方真正出问题了。周镐想，这次有可能是出不去了。

周镐对被捕原因百思不得其解。事实上确实是地下组织出了问题，一是曾经的上级徐楚光被叛徒出卖被捕了；二是曾经在三工委工作过的吕祥瑞叛变了，他既出卖了徐楚光，也出卖了其他同志，周镐作为之前三工委和徐楚光“线上”的人，曾经与吕祥瑞有过碰面。这是周镐被捕的重要原因。当然，这些情况此时的周镐并不知道。周镐开始拒绝进食，表达自己的抗议。

狱中送饭的人来，每次都是等饭凉了以后又拿回去。

这样，周镐连续绝食了三天。

狱中的看守对他说：“你这个人真是奇怪，到现在都还没有提审你，你连自己什么罪都不知道，就不想活了？”

同牢房一位叫作徐一帆的共产党员劝他：“顶多也就一死，多大个事？”

两句话惊醒梦中人。周镐想，对，我现在是什么罪都不知道，与其坐以待毙，还不如硬挺起来，与他们斗智，什么事都死不承认，或许还有一线生机。

多日后周镐回忆当时的心情，在日记中写道：“反倒安心了，所谓死内求生……”

看守和徐一帆的提醒，使周镐在想，迟迟不提审自己，是不是证据不足？

自己被捕，郭润身他们并不知道。周镐不由为郭润身和栗群他们深深担心。虽然他们去了苏中解放区，但随着内战的加剧，那里的情况也非常复杂，何况他们必然会回到南京来。一旦他们到南京，就会落入虎口。

二

郭润身、栗群在解放区汇报工作、接受指示之后，于10月下旬开始动身，从解放区踏上返回南京的路。但到达敌我双方交界线时，他们发现国民党部队封锁得很严密，各个路口都有岗哨，盘查得也很严格，对可疑的路人一律带走审查。他们身上带有黄金和伪币，几乎没有可能通过。想尽办法试了几次，想找地方突破，都失败了。

两个人心中焦急，不停地往返于一些乡村和集镇，寻找突破口，或者住小旅馆，或者住百姓家，或者在集市上胡乱逛悠。

这样在边界线以北盘桓了两个来月，时间已经到了农历十二月上旬。

无论如何不能再拖延时间了。两个人经过与当地百姓交谈了解到，往南通过交界线，可以从兴化渠偷偷溜过去。

为安全起见，白天不能走，只能选择夜里。在一个风高月黑的深夜，郭润身和栗群将所带物品和备用衣服包好，举过头顶，蹚过刺骨的渠水，爬上了对岸。两人脱下湿透的衣服，换上干衣服，冻得瑟瑟发抖。

两人不敢走大路，怕遇到国民党军队的哨卡，便辗转乡间小路，避开容易出事的地方，经过扬州、仪征等地，一路返回南京。

他们到达南京时，已是农历 1947 年的腊月二十八日，即阳历 1948 年 2 月 7 日了。郭润身打算在南京见过周镐之后，摸清南京情况，再前往上海家中。

按以往习惯，每次郭润身从上海来南京，都是住在栗群家中。这次郭润身忽然本能地警惕起来，因为离开南京已经有半年时间了，对南京这里的情况几乎一无所知。为保险起见，郭润身决定不去栗群家里，而在鼓楼兴皋旅社暂住。他让栗群先回家看看，把东西放下，然后去通知周镐，晚上 7 点钟三人在大明湖浴室见面。

此时，他们对周镐被捕一无所知。

一切安排妥当，郭润身自己先去了大明湖浴室，洗了一个干干净净的澡，似乎要把一路的风尘和疲劳都洗掉。

栗群在南京是租用的房子。他回到家，还没放下东西，爱人就告诉他，已经有一个多月了，房子周围经常有宪兵、特务和警察守候。

爱人抱怨地说："你就不该回来，至少也该在附近观察一下看看能不能回来。"

栗群问："究竟什么情况？"

爱人说："这些宪兵、警察、特务已经来调查过你很多次了。"

栗群这才知道自己摊上事了，但事已如此，不能惊慌。

栗群已多日没有洗澡，便拿了一套可以贴身更换的单衣下楼，说是要去洗澡，实际是要把消息传递给郭润身。刚出门，伪甲长和房东的徒弟几个人一起上来，拦住了他不让走。这些人，肯定是被那些警察特务收买了。栗群走不掉了。

栗群很着急，回到屋里，打开后窗，看看外面，决定从这里逃走。二楼不是太高，跳下去应该不是什么问题，可是房东马老二的徒弟守在窗下，已经无法跳楼逃跑。正在着急时，栗群的儿子从学校里放学回来，栗群便吩咐儿子将周镐的八两黄金送往二条巷蕉园周镐家，再去大明湖浴室让郭润身赶快离开。当然，这些事都没有办成，因为儿子也被外面的人拦下了。

栗群下楼准备强行逃跑，但是一群特务已经赶来，用左轮手枪顶住了他的脑袋，这样，栗群便被捕了。显然，伪甲长和房东向警察、特务报告了。

栗群先是被关进了警备司令部刑讯室一天时间，接下来遭遇了五个昼夜不停息的连续审讯，但栗群什么都没说。之后，栗群便被关进了宁海路 19 号的军统监狱。

郭润身在大明湖浴室洗浴完毕，就睡在躺椅上，静候周镐和栗群的到来。但是，周镐和栗群迟迟不来。郭润身耐住性子等待，直等到夜里 12 点，也不见这两人的踪影。郭润身判断，一定是出事了。

郭润身赶到鼓楼兴皋旅社，一夜辗转反侧，直到天快亮才迷糊了一会儿。

郭润身此时在南京不敢联络任何人，变得束手无策，只好返回上海。到上海，找到“徐州公司”里栗群的外甥王连成询问情况。王连成说，周镐已经被捕了，被捕之前派夫人吴雪亚送消息到上海联络站，使大家免受了损失；现在栗群也一定被捕了。

郭润身派王连成前往南京，了解他们被捕的情况。王连成到南京一番调查之后，获得消息：周镐和栗群的被捕，是因为叛徒出卖。

这个叛徒就是吕祥瑞，他认识郭润身、栗群，看到过周镐和郭润身在一起。郭润身、栗群和吕祥瑞曾一起到解放区的华中局去汇报工作。吕祥瑞被捕后，便出卖了栗群、周镐、郭润身。好在郭润身脱身了。

郭润身的心一阵发紧：这次被捕，周镐和栗群恐怕是在劫难逃、性命不保了。

三

上海的三工委被破坏后，徐楚光的脚步不停地行进着。

徐楚光的脚步，从上海到长沙，从长沙到武汉。

徐楚光的脚步在李华初家的门前停下时，是 1947 年 9 月里的一天。

几声敲门之后，李华初打开门。徐楚光看看四周，小声对李华初说：“我叫徐祖芳，是周治平的朋友。”李华初很惊喜，不禁脱口而出：“治平他情况怎样？”边问，边把徐楚光往屋里让。

徐楚光示意她不要声张，又左右看看，见没有别人，才进了李华初家。

徐楚光来武汉执行任务，顺道来看望李华初母女。

李华初问：“治平他还好吧？”

徐楚光说：“他很好。只是我们好长时间没见面了。”

徐楚光问了一下她们的生活和孩子们的读书情况，交代她要带好孩子，便留下一些钱，匆匆离去了。

当初徐楚光在离开上海之后，便率原三工委三十多人在湘鄂赣地区继续开展工作，并于 1947 年 4 月在长沙组建了湘鄂民主联军，他自己担任政委。但是保密局根据叛徒、军统特工刘蕴章提供的情报，掌握了徐楚光的行踪。

1947 年 9 月，他从长沙抵武汉，目的是通过武汉的关系，策动反动军官夏伯臣起义，他执行任务之际，特意抽空去看望了周镐在武汉的家人李华初和他的三个女儿。

然而，仅仅两天之后，夏伯臣便向伪湖北省警卫处告密，由保密局直接控制的湖北省警察局刑事队，根据警保处发布的通缉令，将徐楚光逮捕了。

与徐楚光同时被捕的还有工作关系上的徐敏文等三人。徐敏文等三人不承认是共产党，因证据不足，又有人担保，不久被释放。而徐楚光被押至保密局武汉行辕二处审理。到 1947 年底，徐楚光又被押到南京，关押在宁海路的保密局监狱。

徐楚光的交通员吕祥瑞，是被三工委派到郑州联系工作的，而吕祥瑞到达郑州后就被捕了。

吕祥瑞被押解到南京，同样关押在宁海路 19 号的保密局监狱里。

在审讯中，吕祥瑞一口咬定，周镐和栗群就是共产党。

对周镐和栗群的审讯，敌人可谓是绞尽脑汁，想尽了办法。

审讯者对周镐说：“你是共产党，你老实交代，争取宽大处理才是上策。”

周镐说：“我根本就不是共产党，你叫我交代什么？”

审讯者说：“你狡辩有什么用？ 吕祥瑞交代了你是共产党，栗群也交代了你是共产党，你不承认也不行了。”

周镐说：“如果是这样，那就是他们在诬陷我。”

审讯者说：“这能叫诬陷吗？ 都是有证据的！ 你是重要人物，你们还派栗群、郭润身和吕祥瑞一起去共区向共军的高级领导汇报过工作，有这回事吧？”

周镐表面平静，内心却是万马奔腾。 审讯者讲的确实是事实，为了工作，当初他和郭润身商定后，曾决定让郭润身、栗群和徐楚光派来的交通员吕祥瑞一起去华中局，向陈丕显、欧阳惠林汇报工作。 敌人掌握的这个情况很有分量，几乎让周镐无法摆脱。 但面对这样的讯问，周镐心中抱定决心：即使他们抓住了把柄，也要一口否认。

周镐说：“他们去哪里、去做什么我怎么可能知道？ 他们完全是胡说一通，他们的事与我没有半点关系！”

审讯者说：“你说他们是胡说，那你的上级徐楚光说的，也是胡说吗？ 徐楚光说，你就是共产党，是他的同谋！”

周镐说：“我和徐楚光是朋友、老乡、黄埔同学，这些关系你们上次就弄清楚了，上次是冤枉我，现在又要冤枉我是共产党了？”

审讯者说：“我们有这么多的证据都证明你是共产党，你矢口否认没有用，还是老老实实交代吧。”

周镐大声责问：“你说我是共产党，请问，我对党国是搞破坏了，还是出卖机密情报了？ 都没有吧！ 我从来不做对不起党国的事，我对执行上级命令一丝不苟，对党国忠心耿耿，有目共睹！ 你们见过有我这样拥护、忠诚于党国的共产党吗？”

审讯者气得无奈地对周镐瞪眼睛。

对栗群，审讯者用了同样的把戏。

审讯者说："吕祥瑞说你是共产党，周镐也说你是共产党。周镐和你们那个叫郭润身的，还派你和吕祥瑞他们一起去共军占领区，向共产党的高级领导汇报过工作，对吧？"

栗群说："这是谁胡说八道？我一个小开车行给人租车、开车的，有那个能耐吗？还共产党？人家共产党要我吗？能看上我吗？"

审讯者说："说这个没用。你向共产党上级汇报工作的事，你否认不了。"

栗群说："我能有资格向共产党汇报工作吗？我向他们汇报我一年经手过多少破车、给租车的人开过多少次车吗？我汇报我一天拉几次屎、撒几泡尿吗？"

审讯者一拍桌子，生气道："你少给我耍嘴皮！你说你和吕祥瑞去共产党那里究竟干什么？你和吕祥瑞、郭润身一起去的，这个假不了吧？"

栗群说："我管他什么吕祥瑞王祥瑞的，我不认识！我大哥被共产党抓去了，老郭介绍来一个姓陈的人，说只要肯给他钱，他在共产党那边有人，他能把我大哥从共产党手里捞出来。我就给那个人钱，还跟那个人去了共产党的占领区。"

审讯者说："那个姓陈的是什么人？"

栗群说："我哪里知道他是什么人！真是气死我了，他把我的钱骗去了，人也没能捞出来。当时说得好好的，可最后共产党还是把我大哥杀了！"

审讯者看了栗群半天，不知道该如何进行审讯了。

对徐楚光的审讯，要简单得多。

徐楚光知道自己被捕是因为刘蕴章叛变，现在又再加上吕祥瑞叛变，就明白自己已经完全暴露，不可能有逃脱出去的机会了。

敌人问："你是共产党吗？"

徐楚光一口咬定："我就是共产党！"

敌人问："那你还知道哪些人是共产党？ 你的上级是谁？ 下级有哪些人？"

徐楚光说："我的上级是党中央，什么下级、什么其他人，我一概不清楚。"

敌人说："你是共党地下特工的领导，你能没有下级？"

徐楚光说："有啊。"

敌人问："有谁？"

徐楚光说："我们有纪律，有谁我也不能告诉你啊。"

敌人说："栗群、郭润身，他们都是你的下级吧？"

徐楚光说："你们说的，我一个都不知道，连名字都没听说过。"

敌人说："你这话也太假了吧，一个当领导的能不知道被领导的人有哪些？"

徐楚光说："你们身为军统，连这个也不懂？ 我们都是单线联系，而且是靠交通员联系，相互之间不一定认识。"

敌人说："那交通员认识他们吧？"

徐楚光说："当然认识，不然交通员怎么送信、怎么帮我联络到他们？ 但是你们应该知道，你们把我一抓，什么交通员，什么下级，那些人都早跑了，他们不会傻乎乎坐在那里等着你们去抓。"

敌人说："别再这样糊弄我们了，你总认识你们组织里的人的。"

徐楚光说："我说过了，就是认识，我也不能告诉你，那是我们的机密。"

敌人说："周镐你认识吧？"

徐楚光说："怎么啦？ 这人是我从前的朋友，我们是老乡，又都在武汉读军校，算是同学，当然认识。"

敌人说："你们之间是什么关系？"

徐楚光说："我跟他这种顽固的军统分子有什么关系？ 过去在场面上敷衍一下不假，毕竟是老乡和同学，要是叫我跟着他一样给你们当走狗，我是绝对不干的！ 要说把这种人拉到共产党里来，我也是绝对不干的！ 我们共产党不需要这种可耻、顽固的人！”

四

敌人想出的另一个花招，就是让几个人分别对质。

先是让吕祥瑞当面指认他们是共产党。

吕祥瑞被带到审讯室周镐面前。

敌人问吕祥瑞：“他是共产党吗？”

吕祥瑞低下头说：“是共产党。”

敌人问：“你怎么知道他是共产党？”

吕祥瑞说：“我看到他和共产党头目郭润身在一起过。”

敌人问周镐：“周镐，你还有什么可说的？”

周镐反问吕祥瑞：“我认识你吗？”

吕祥瑞说：“你当然不认识我，可是我认识你。”

周镐说：“只要是个人，就会和别人在一起。 不论认识的，不认识的，都会有接触。 你说的那个郭什么，我不认识。 我每天都能遇到许多认识和不认识的人，会和他们说话、问路、问天气、问孩子读书，这有错吗？ 你也有许多认识、不认识的人吧？ 难道那些认识、不认识的人是杀人犯我就是杀人犯？ 他们是魔王我就是魔王？ 这个没道理吧？ 就像你，我既不认识你，更不知道你的名字，难道你说我是什么人我就是什么人？ 你这个人人品有问题吧！”

周镐的话，说得吕祥瑞头更低了。

然后是吕祥瑞被带去和栗群对质。

吕祥瑞西装革履地进了审讯室，还有一个女特务陪同进来。

吕祥瑞眯着眼、叼着烟对栗群说：“老栗，你在共产党那里还没有受够罪吗？ 你看我老实交代了，受到政府的宽大任用，老婆、吉普车都有了。”

栗群双目睁圆，从椅子上跳起来，大骂道：“你这个流氓！ 你这个王八蛋！ 你怎么又新起一个名字了！ 你还我钱来！ 还我哥命来！”

栗群骂着又扑上前要揍吕祥瑞。吕祥瑞吓得直往后退，嘴上的烟都掉了。栗群接下来连续不断地骂，狱警只好把吕祥瑞带走。

栗群告诉审讯他的人："这人就是那个姓陈的，他知道我哥被共产党抓去了，就乘人之危来骗我钱，说能从共产党手里救出我哥，还把我带到共产党占领区找关系，弄得跟真的一样，我看事情有眉目，又第二次给了他钱。后来我哥被共产党杀害了，弄得我人财两空！没想到这个骗子这么可恶，还想害我！长官你们一定要给我报仇，让他把骗我的钱还给我！"

周镐和栗群的应对几乎天衣无缝，敌人一时无法下手。

在这个监狱里，被吕祥瑞出卖被捕的那些人，除了徐楚光大义凛然地承认自己是共产党，其他人都和周镐、栗群一样，没有一个人承认自己是共产党。

敌人的另外一个对质方法，就是将栗群和周镐放在一起审讯。

之前，敌人在周镐面前说"栗群已经招供你是共产党了"，又在栗群面前说"周镐已经招供你是共产党了"，都被两个人矢口否认，说对方是"诬陷"自己。

周镐先被带进审讯室，刚坐下，栗群也被带进来了。

栗群一看周镐形容枯槁、受尽折磨的样子，心中就有了数，知道周镐在狱中很坚强，一定吃了不少苦。

栗群一秒钟都没耽搁，马上对周镐说："求求你了周长官，你是了解我的，他们冤枉我，说我是共产党，我求你给我证明，我哪里是共产党？我给人家共产党提鞋人家也不会要我啊！求你替我说说情，让他们把我放了吧，我家里还有老婆孩子要养活啊！"

周镐心领神会，故作不屑地看着栗群，打着官腔一副高高在上的样子，对栗群训斥道："过去你给我开车拉车，后来你不学好，结交了一些不三不四的朋友，还跑到匪区去，你这样的人以后不要跟我说话！当初我教训你，你都不听，那你现在的事与我毫不相干，我也不会为你这样的人说情，你滚一边去吧！"

这样，审讯还没开始，“对质”就失败了，无法再审讯下去了。

周镐被捕后，吴雪亚一个人带着两个孩子本已不易，还要到处奔波设法营救周镐，真是历经艰辛。

吴雪亚拿出了家里所有的金银细软，到处疏通关系。她打听到案子最后又落到了上次帮忙的法官王鹤皋手里，不觉松了一口气。

吴雪亚又一次去找王鹤皋。

果然，王鹤皋说：“案子到我这里，我会帮忙的，你放心吧。”

王鹤皋收下吴雪亚送来的礼物和钱，客气地把吴雪亚送出门。

周镐在军统的几位好友也没有闲着，在为周镐想办法。军统局经理处少将处长郭旭、设计处少将设计委员任建冰联名上书毛人凤，为周镐做担保。二人称，周镐在汪伪时期为军统工作，结交的关系多、人员多，其中各种类型的人物都有，包括一些起义和投共的，这些无论是共产党还是其他组织的人，周镐与他们都不是一路人，政治观点也不可能和他们一样。

毛人凤最终认为这两个人的担保是有一定道理的。

郭旭、任建冰、周镐都有差不多的工作经历，他们曾一同在过广东，后来又都在军统总部，三个人的关系很好。李华初在广东广宁时，遇到问题都是找郭旭帮忙。那时任建冰也经常和周镐一家往来。

这样，周镐最终被释放出来。

随后，栗群也被释放出来。周镐这次出狱的时间，是 1948 年 3 月。

周镐回到家里，感叹地对吴雪亚说：“去年的除夕在坐牢，今年的除夕又在坐牢。只是去年除夕那天是被释放回家过年的，今年除夕是在狱中度过的……”

周镐出狱后，六工委郭润身、张企中研究认为，吕祥瑞这样的叛徒，对中共地下组织的危害极大。无论他在狱中还是在狱外，只要有机会就要将其铲除。

其实吕祥瑞入狱之后，在军统那里已经失去了价值。军统与周镐关系比较密切的人征求周镐意见之后，以“诈降”“举报不实”“想骗取赏钱”的罪名，将吕祥瑞处决了。这也是这个叛徒应得的下场。

令人遗憾的是，因为叛徒的出卖，徐楚光在南京被国民党杀害了，中共地下党组织失去了一位优秀的特工。

奔赴解放区

一

紫金山的小树长出了一拨又一拨嫩芽，那是因为它经历了严冬的浩劫，获得了重生。

扬子江里的刀鱼越长越大，它们使劲要挣脱渔网的缠绕，那是它们向往自由。

出狱后的周镐特意去了市场，买了南京特产长江刀鱼和菊花脑——好久没有吃过这个味了，他要好好品尝一番。

吴雪亚为周镐做了一桌美食，周镐胃口大开。

吴雪亚看着周镐狼吞虎咽的样子，仍然是心有余悸。

吴雪亚说：“这样下去太危险了。你因为共产党嫌疑被逮捕多次，蒋介石和军统高层不会不注意你。我们在这里随时都有生命危险，那样无论对组织还是个人，都是损失。事情过二不过三，你如果再下大狱，军统不可能再上当了，那时我和孩子怎么办？我们向组织上申请，离开南京去解放区吧。”

周镐同意吴雪亚的观点，便赶到上海，向郭润身提出过江去解放区的要求。郭润身告诉周镐，六工委和华中局已经考虑到这个问题，大家服从组织安排，你们在南京静候好消息吧。

周镐回到南京，像从前一样上班下班。

周镐心系着策反孙良诚的事，却无法开展工作，他知道毛人凤一定会安排人观察他。

吴雪亚的担心很快就应验了，出狱一个多月的周镐再次面临入狱的危险。

保密局业务处处长黄逸公去武汉出差，多日才回南京。黄逸公与周镐关系不错，周镐被刘蕴章出卖入狱那次，黄逸公为周镐出狱帮了大忙，他给保密局司法室主任沈维翰写了一封信，替周镐求情，使周镐在大年除夕得以释放。

1948 年 5 月，黄逸公回到南京，周镐便去看望他。那是晚上，周镐留在黄逸公家打牌。大家玩着牌，不觉已近深夜，因为第二天要上班，所以牌局结束后大家都回家休息了。其他人都在前面走了，黄逸公要周镐留下说几句话。

黄逸公说："我在武汉审了一个案子，有人提到了你。"

周镐警觉地问："什么案子？武汉那里除了我家人李华初和三个女儿，其他人与我没有什么关系啊。"

黄逸公说："那个案犯，叫罗纳。"

周镐听黄逸公这样一说，心中不觉叫苦不迭：是不是又出叛徒，罗纳叛变了？

果然，黄逸公说："他招供了。他提到了很多人。"

罗纳是徐楚光带队转移到武汉的三工委秘书，他的叛变对三工委是致命性的，很多同志又将遭殃了。周镐表面平静，继续听黄逸公说下去。

黄逸公说："这个罗纳，他提到了你。"

话题不用点明，意思当然是罗纳说周镐是共产党。

周镐摇头说："唉，认识我的人太多了，都怪我从前在汪伪政权的时候太高调了，老是招人嫉恨。"

黄逸公说："反正我是不相信你会和共产党扯上关系的。你倒不如先去找毛局长，把情况主动向他说明，也算是表明心迹。"

周镐说："你说得有道理，我改天一定找毛局长。"

周镐回到家里，时间已经是夜里十一点多。

周镐把吴雪亚摇醒。

吴雪亚看到周镐焦急的样子，忙问："出什么事了？"

周镐说："我在黄逸公家里打牌。黄逸公告诉我，武汉那边出事了——武汉的三工委又遭到破坏。三工委秘书罗纳，供出我是共产党。"

吴雪亚一下紧张起来："治平，我们怎么办？"

周镐说："你现在立即穿衣服起来，我们去找栗群商量办法。情况紧急，不能拖延。"

吴雪亚迅速穿好衣服，看一下睡梦中的孩子，和周镐一起急急出了门。

栗群一家人都在睡梦中。周镐和吴雪亚敲开栗群家的门，把栗群和他的老婆孩子都惊醒了，孩子哭闹起来。

栗群见周镐的神情，知道出事了，忙把老婆孩子支到另一间屋里。

周镐说："武汉三工委秘书罗纳叛变，供出我是共产党。"

栗群本能地说："这下遭了！"

吴雪亚说："我们得赶快想个对策！"

栗群看看家里，说："你看我这里儿哭女喊的，不方便，换个地方说话。"

吴雪亚说："赶紧去我家吧，我俩孩子还在家里睡觉。"

三人急急忙忙回到周镐家中。

栗群说："必须撤退了，再留在南京就是等死了。"

三人的一致意见是撤退。时间已容不得与上海的六工委主任郭润身联系。三人商量了撤退的具体事宜，便连夜行动。栗群回家。大家分头整理物品，该烧的东西全部烧掉，该带走的一定带走，尽量让人看不出有离开的痕迹。

第二天清晨，栗群就去购买过江、坐车的船票、车票。

吴雪亚把不能带走的衣物装了几个箱子，然后去了邻居张海笑家。

张海笑夫妇看吴雪亚大清早进来，估计有事。

吴雪亚说："我和治平吵架了。他天天夜里打麻将，都是天快亮才回家，孩子也不管，家务也不问。我想回杭州娘家清静几天。"

张海笑说："夫妻俩有什么吵的？说说笑笑就没事了。"

张海笑妻子说："我去劝劝你家周大哥。"

吴雪亚说："他那个犟脾气，算啦。我把几个箱子先寄存在你家，都是衣服，你们看行不行？"

张海笑夫妇连忙答应。

吴雪亚便将箱子都搬进了张家，然后回家照顾孩子，并仔细查看有没有什么遗漏和不周的地方。

周镐吃了早饭，就来了张海笑家。

张海笑说："周大哥今天不上班啊？"

周镐故意没好气地说："我啊，是在家也气，去上班也气。干脆今天我不上班，也不回家了。"

张海笑说："那好，我们出去做事，周大哥正好帮我们带一天孩子。"

这一天，为防特务上门，周镐就躲在邻居张海笑家里，一边思考着可能出现的情况、应对的办法，一边给张海笑的儿子讲故事。张海笑的儿子很省事，拿着那些东洋卖过来的智力玩具，玩得很投入。

到傍晚，粟群过来，带着买好的船票、车票，大家一起离开，前往江边码头。

船到江北靠岸时，大家才松了一口气。

稍事休息之后，大家搭乘夜间启程开往苏北的车辆，一路向北。

上车后，大家才稍微感到一丝安全。一两天的紧张，让吴雪亚显得很疲劳。此时吴雪亚怀有身孕，周镐就特别照顾她。

有一段路乘坐的车像是改装过的车，基本上类似于卡车，大家坐在后面的车厢里，坐着靠着挤着，一路颠簸着。车厢上面的帆布篷，将就着为大家遮风挡雨。周镐让妻子吴雪亚靠在自己身上，即使车辆颠簸，吴雪亚也睡得很沉。

大家乘车到达徐州，再前往宿迁。到宿迁后，按原有计划前往孙良诚的司令部。因为一时找不到车，就租用当地人的几辆独轮车，大家坐在独轮车上可以暂时歇歇脚，等坐得腰酸了，再下来陪着独轮车跑一阵子。

就这样，大家一路换车、换船、徒步，历尽辛苦地前往目的地。

周镐他们从南京动身几天后，六工委主任郭润身因生病从上海到扬州，准备回解放区。这时他接到组织上电报："徐经理入医院，罗会计请你增加一些资本。"这是暗语，郭润身立即明白徐楚光被抓后，罗纳又叛变，六工委必须立即转移。郭润身不敢耽搁，组织了张企中、王振华、王连成、李荣、周相德等人及他们的家属撤离上海，向宿迁转移。郭润身特意委派栗群的外甥王连成到南京，把栗群的妻子和孩子接过来一起转移。

二

5月的苏北很温暖，地上开遍了野花。

5月的宿迁很晴朗，天空飘浮着杨絮。

5月的街头商贩很盛情，他们向周镐、栗群吆喝着宿迁煎饼，说买两张送一张。

大家买了煎饼，喝着豆浆，把肚子弄得饱饱的。栗群拍拍肚皮，满意地打了个饱嗝。

疲惫的周镐一家和栗群到达了宿迁孙良诚的军部。

军部卫士进去通报给孙良诚，孙良诚立即出门迎接。

孙良诚一看到他们，吃了一惊。

孙良诚说："我说周高参周治平老弟，你这次来，我怎么没有接到上峰电报？否则我也好派车去迎接你啊。"

周镐笑道："当然没人给你发报，因为他们不知道我会到哪里去，也不知道我会来你这里。"

孙良诚说："你把弟妹和孩子也带过来了，你这是来宿迁安家了？"

周镐说：“我已经脱离南京，离开那个‘党国’的阵营了。”

孙良诚点头说：“也是，你这是迟早的事。”

周镐向孙良诚介绍了栗群。

孙良诚与栗群握了手说：“你们共产党就是能吃苦，从南京到这里，好几百里，一路怎么跑过来的？快先歇歇脚。”

于是，孙良诚叫来卫兵，把他们安顿下来。孙良诚为周镐一家找了两间房子，为栗群找了一间房子。孙良诚还让卫兵给他们送来家具。

孙良诚过来看望周镐，对周镐说：“你就安心在我这里吧，你还是做我的高级参议，这样你进出我部队比较方便。”

周镐说：“恭敬不如从命，太感谢少云兄了。”

几天后，郭润身带着张企中等人和家属也到达宿迁，同样由孙良诚安置暂住下来。郭润身等人也以“军人”身份在孙良诚的部队出入。

周镐虽然到了宿迁，但仍在想着南京那里的情况。不知道武汉罗纳的案子是否已报给南京保密局。周镐为迷惑敌人，便于以后工作，便写了信，托人从宿县寄给军统的好友郭旭，告诉郭旭说自己经人介绍担任了国民政府宿县县长，并附上一份报告给毛人凤，说是请求自谋工作。这在军统是个习惯，请长假或者申请无限期离职，都可用“请求自谋工作”为借口。

郭旭接到周镐的信后，罗纳的案子还没有交到保密局总部。郭旭把周镐的报告交给毛人凤，毛人凤在报告上大笔一挥：准了。

郭旭把周镐在宿县任“县长”的情况告诉了任建冰。两个人不明就里，信以为真。

随后不久，罗纳的案子报到保密局，毛人凤方知周镐竟然真的是共产党，不觉大怒，把郭旭、任建冰这两个周镐的担保人狠狠臭骂了一顿。两人吓得大气不敢出。

在宿迁这里，周镐没忘记继续做孙良诚的策反工作。

孙良诚依然这样回答周镐："待时机成熟时，我一定起义。"

周镐和孙良诚商量好的决定是：双方联络好之后，孙良诚将抓住机会，全军集中于睢宁一带，进行通电起义。

孙良诚这里当然只是落脚的地方，必须尽快到解放区去。

郭润身先回了一趟解放区，向秘书长欧阳惠林汇报。请示之后，华中局决定他们就近撤退到六地委。郭润身按指示携带十五两黄金回来交给周镐，作为他的工作费。

在孙良诚这里盘桓一个月后，人民解放军压向宿迁，孙良诚随即迁往睢宁县。

此时，六工委和周镐按华中局指示，撤至六地委那里暂住。

六地委书记吴觉热情接待了他们。

吴觉握着周镐、郭润身他们的手说："你们一路跋涉，历经风险，现在总算到家了！"

大家都很高兴。

六地委，是苏皖边区第六行政区专员公署的简称，属华中行政办事处领导，下辖当时的沭阳、潼阳、泗宿、宿迁、宿北、淮阴、涟水、灌云、东海九个县政府。

之后，六地委和华中指挥部对六工委的工作进行了安排，周镐等人继续做敌军工作，属于敌军工作部门。按华中指挥部指示，商丘三工委秘密联络点的祝元福、王振华等人到宿迁，完全并入六工委，与周镐等人一起工作。

六工委奉命组成随军工作队，专门配合周镐工作，郭润身任队长，栗群任副队长兼警卫组长，祝元福担任政治交通联络组组长。

郭润身因感染疾病，处于治疗中。六工委工作由周镐负责。

三

到解放区后，周镐和大家都感觉进入了一个全新的天地。

周镐和大家很快学会了一支歌："解放区的天是明朗的天，解放区的人民好喜欢……”

解放区唱这首歌的人很多。这里，不单人唱歌，水也唱歌，树也唱歌——谁能说小河哗哗流淌的声音不是唱歌？谁能说树叶沙沙的声音不是唱歌？

解放区处处充满阳光，但解放区的生活并不安逸。大战在即，经常会有敌人骚扰。敌人来时，就必须及时撤退。

周镐带着大家行动，又护卫着两个孩子和挺着大肚子的吴雪亚。

行军的条件很差，大家一直在风雨泥泞的乡野道路上奔波着。到一个小村的村头时，吴雪亚“哎哟”叫唤一声，痛苦地停下脚来。

周镐急忙上前扶住她：“怎么了？”

吴雪亚捧着肚子说：“我疼得不行，我要生了。”

情况紧急，周镐赶忙跑进村子里，找到一个捡粪的老乡。

周镐说：“我爱人要生了，能请你给我找间屋子好吗？”

老乡一把丢了肩上的粪筐说：“不要耽搁了，快跟我来吧！”

老乡赶忙找来几个人，把周镐和吴雪亚领进一个草棚里。

老乡说：“没办法，太穷了，没有好房子，委屈点吧。我去叫我老婆给你们烧热水。”

这是1948年9月14日，在那个草棚子里，吴雪亚生下了她和周镐的第三个孩子。那个草棚其实连“棚子”也算不上，四面透风，顶上有洞。吴雪亚生下孩子，根本没有东西可以包裹，周镐就从老乡家里找来一块破布，把孩子包起来。

周镐羞愧地说：“雪亚，太辛苦你了，让你受这么多罪，真对不起你。”

吴雪亚虚弱地喘着气说：“谁叫我是你妻子呢。”

有一次撤退时经过一片树林边，忽然树林里有人对着周镐他们开枪，有一颗子弹从周镐耳边穿过，又有一颗子弹从周镐的头顶飞过，就仿佛是专门针对周镐的。周镐赶忙趴下。原来是有人埋伏在树林里伏击他们。

大家立即卧倒进行还击。好在后面撤退的大帮人马跟上来，冲进树林里开枪，那几个埋伏的人才赶紧跑掉了。

到达落脚点后，六地委的领导过来看望周镐和吴雪亚，问周镐："怎么样？负伤了吗？"

周镐笑笑说："没有，我命大。"

吴雪亚说："我看得很清楚，像是专门刺杀周镐的。"

六地委的领导提醒周镐："你是从军统过来的，你自然知道国民党特工的手段。据可靠情报，南京国防部和保密局已对你发布通缉令，所以你一定要小心。"

原来，周镐的共产党身份被确定之后，毛人凤立即向蒋介石做了汇报，蒋介石自然是大发雷霆，令毛人凤必须缉拿和追杀——周镐这样一个受蒋介石委托、代表国民政府发表广播讲话、宣布接管汪伪政权的军统少将，竟然是中共的高级特工，蒋介石在浑然不觉中还委派他担任自己的特派员为自己办事，这让蒋介石感觉颜面扫地，特别生气和懊恼。蒋介石便对周镐下了通缉令，派国防部二厅蒋振莘带了三十名特务，特别赶到苏皖边区解放区，在宿迁、睢宁、高作一带秘密查访，对周镐进行缉拿和刺杀。

这些情况，周镐从一〇七军副军长王清翰那里也得到了证实。

周镐的工作进入了紧张状态，这从周镐的日记中能找到许多印记。

9 月 23 日，周镐接到吴觉来信，欢迎周镐西行，与他会合。

9 月 24 日下午 3 点 45 分，周镐到达地委见到吴觉，两人交谈甚欢……

10 月 25 日，得知谢庆云从南京暂回王清翰那里，周镐给王清翰、谢庆云写信，谈论共同革命的问题，并派栗群前去看望他们。周镐还派祝元福去睢宁孙良诚部，祝元福十几天没有回来，周镐为他久不归来而担心。

在稍稍安静的日子里，周镐从六地委领导那里借来一些理论书籍，每每休息的时间，就如饥似渴地阅读。这些书，他在保密局期间是无论如何读不到的。

那段时间里，周镐全身心地投身到工作之中，不分昼夜地奔波于宿迁、睢宁、沐阳、新安镇等地。周镐除了和陈丕显联系工作、安排自己率领人马的粮草冬衣外，其他时间几乎都在读书，他读了艾思奇的《大众哲学》、毛泽东的《论联合政府》、邹韬奋的《患难余生记》等书籍，在紧张的工作之余，还把国民党统治集团的内幕写成《蒋帮拾零》《蒋政权的黑幕》《蒋介石的庞大特务系统》等文章，这些文章由新华社和解放区电台向外发布后，因为有理有据、鞭挞有力，产生了广泛的影响，打击了敌人，在对敌斗争中发挥了很好的作用，深受读者、听众喜爱。

解放区生活艰苦，但周镐和吴雪亚却很快乐。

从前在军统时，他们住在南京二条巷蕉园，去很近的中央商场也是坐车过去，因为养尊处优，步行过去都显得吃力。如今一天行走七八十里，周镐也一点不觉得苦。

吴雪亚笑他说："换了地方，就换了个人了，从官老爷变成仆人了！"

周镐开心地说："快乐只能由苦中得来。"

在解放区，每人每月的津贴是华中币六千元，相当于半块银圆，能买一二尺粗布，每天七钱油、四钱盐，粮食也仅够果腹。周镐却很兴奋，他在日记中写道："务必做到解放军战士一样，长期革命，绝对不容许有两种生活也。"后来在寒冬腊月行军，脚冻坏了，晚上也没被子盖，征途中一两天不吃饭也是常事，但他从不当回事，整天精神十足。

周镐的心思，都用在了策反工作上。

战地策反

一

中国大地上炮声隆隆。

炮声在东北地区响起，那是辽沈战役为人民胜利奏响的凯歌。

炮声在淮海地区响起，那是硝烟战火为蒋家王朝奏响的哀歌。

中国大地风起云涌。

国民党的军阀们，有的外强中干，负隅顽抗；有的垂头丧气，恰似丧家之犬。

1948 年 9 月，济南战役爆发，使孙良诚产生了很大的触动。

华东野战军在粟裕的统一指挥下，发动了济南战役，经过八个昼夜的激烈战斗，攻占了济南。第二绥靖区（山东）司令长官兼任山东省政府主席的王耀武死守济南，在济南坚守的关键时刻，西北军吴化文部临阵起义，致王耀武守城的希望完全破灭。王耀武化装后突围出城，逃到寿光境内被俘获。解放军下一个目标是夺取徐州。

国军如此失败，让孙良诚内心不平静起来，反复考虑着起义的事。

周镐耐不住自己的工作热情。1948 年 10 月 5 日，周镐给孙良诚写信，派人送往孙良诚的驻地睢宁县城。周镐在信上说："目前时局，我公洞悉，济南已下，徐州垂危，为我袍泽，为我人民，均赖我公机先胜算，尽速决定。巨潮所至，故莫可逆御，去年双十危机，诚当奉为前车，万乞我公及时察觉，勿为不仁不义者所再欺。晚以忝沐之遇，故敢知无不言，言无不尽，然出自至诚，绝无私念，惊为我公所垂察焉！要求迅派妥人接引，俾晚面陈一切。"

周镐向陈丕显请示，欲前往孙良诚部策反起义。陈丕显指示他："孙部尚不成熟，起义宜缓不宜急。"

周镐对起义的事心中焦急，10 月 6 日带着祝元福等随行人员赶到宿迁，再写信给孙良诚，建议孙在睢宁战场率部起义。

然而此时发生了变故。关键时刻，蒋介石为了稳定军心，特别是笼络一些杂牌部队，便给一些将领升官。蒋介石给孤守在睢宁、双沟一带的孙良诚发来电令：孙良诚的暂编二十五师扩编为一〇七军，孙良诚任第一绥靖区副司令官兼第一〇七军军长，全军扩大到一万人以上。徐州“剿总”令孙军驻守睢宁城，担任黄百韬第七兵团的侧翼。

蒋介石这一举动，让孙良诚受宠若惊，不禁对蒋介石感恩戴德。因此，对起义的事他开始采取拖延和应付的态度。

孙良诚的变卦，让周镐很恼火，他在日记中写道：“他的阶级立场，决定了他的终生走狗之业，夫复何言！前以时机和时间相嘱托，今日升官发财，就有小儿得饼之乐；殊不知加官晋爵，即进坟墓之时。”

为此，周镐只好回六地委所在地谢河待命。

虽然在谢河待命，周镐也没有闲着。10月25日，周镐给孙良诚的副军长、第二六〇师师长王清翰写信，让交通员送过去。信上说：“现在生意一定很难做，福琴两侄好久没有信来，阿婶甚念。刘大姑妈的腹胀病复发，周身血水淋，这回恐不能人世。她的家人正为她办理后事，前辈的老人将都要凋谢了，真是不堪回首话沧桑。魏家的姑娘大了，催着结婚。当然这个年头内，做父母的当然想了却一段儿女姻缘，横直都拖不下去了，还是早到一堆的好，青春的男女应该适时而嫁了……”

这是两人敲定的暗语，福、琴指的是祝元福和另一位策反的同志。这信的意思就是要王清翰准备提前起义。

孙良诚的副军长、二六〇师师长王清翰，是地下党员。谢庆云作为他的入党介绍人，在适当时机把王清翰的身份告诉了周镐，并请上级指示让他们直接产生组织关系，王清翰的工作由六工委周镐领导。所以周镐脱离南京之后在孙部策反过程中，经常会单独与王清翰见面。

1948年11月初，冯玉祥夫人李德全发表广播讲话，号召原西北军将领孙良诚、刘汝明、冯治安等人弃暗投明。蒋介石害怕事情有变，电令孙良诚、刘汝明、冯治安等人到南京开会，亲自接见他们，并加以宴请和慰问。在蒋介石的安抚之下，孙良诚、刘汝明等人通电拥护蒋介石。蒋介石仍不放心，派少将视察官武之棻到孙良诚部视察，实际是暗中监视孙良诚。

11 月 4 日，国民党参谋总长顾祝同到达徐州召开作战会议，参加的有第二兵团司令邱清泉、第七兵团司令黄百韬、第十三兵团司令李弥、第十六兵团司令孙元良、第四绥靖区司令刘汝明、第三绥靖区司令冯治安和第一绥靖区副司令兼第一〇七军军长孙良诚。

顾祝同讲解了大战的意义，做了一番动员之后，对孙良诚等人说："请孙良诚将军、刘汝明将军、冯治安将军到隔壁稍事休息。"

孙良诚问："顾长官有事尽管吩咐，何必叫我们回避？"

顾祝同说："你们服从就是。待作战方案确定下来，一定会通知你们。"

孙良诚等人离开会议室，心中当然不痛快。孙良诚愤愤不平地说："还是拿我们西北军当外人，打仗有我们，研究作战方案就没有我们了，怕我们把机密卖给共军不成！"

孙良诚从徐州回到睢宁驻地，忍不住对"总统府"派来的少将视察官武之棻发起牢骚："委员长指挥我孙少云多年，我是无役不从，在所不辞，现在委员长还把我当杂牌军来看待，真叫人心灰意冷！"

周镐从王清翰那里得到孙良诚被顾祝同冷落的消息，立即赶到孙部，与孙良诚单独见面。周镐说："你考虑为老蒋卖命值得不值得？事情已经很明显了，摆在你面前的路只有两条：一条是继续被蒋介石利用，给他当炮灰，被我军消灭掉；另一条就是战地起义，才能绝处逢生。我们撇开自己的名利、抛开你自己的前程不说，你也要考虑一两万官兵的性命吧！"

孙良诚说："我同意择机起义。"

孙良诚同意起义，这当然是个好消息。周镐带着好消息回去了。

11 月 6 日晚上，淮海战役开始打响，双方交战激烈。

8 日，对解放军来说，战役开始转向有利，国民党第三绥靖区副司令官何基沣、张克侠率五十九军、七十七军，共两万三千多人在徐州贾汪、台儿庄战地起义，使解放军山东兵团得以迅速南下，截断了黄百韬、孙良诚西逃之路。黄百韬被围以后，急电孙良诚，令孙良诚离开睢宁进攻宿迁，解除六十三军在窑湾镇被围之急。

这令孙良诚很生气：“自己向西撤，叫我往东打，这是叫我做炮灰来掩护你撤走！”虽然生气，但不能违抗命令，只好派一个团假装前往宿迁，到睢宁东北十几里的魏庄做做样子，应付一下黄百韬。

这是孙良诚起义的最好时机。苏北兵团兼苏北军区政委陈丕显给周镐发来电报，希望孙良诚能在此时起义。

周镐认为战场上的事瞬息万变，现在是危急时刻，必须立即行动。周镐没有一点耽搁，又立即动身向孙良诚的驻地睢宁急急出发。

孙良诚原想按照与周镐的约定在睢宁举行起义，可是孙良诚竟然又变卦了！

徐州“剿总”刘峙给孙良诚打来电话，令他迅速率领部队撤往徐州，刘峙还从徐州调来十多辆大卡车进行接应。孙良诚一时又“感受”到了蒋介石对自己的重视，再生感恩之心，便亲自率领二六〇师沿海郑公路向徐州方向狂跑。

粟裕指示：决不能让孙良诚跑掉！

1948 年 11 月 12 日清晨，驻扎在睢宁县西南大庄一带待命的解放军江淮军区独立团突然接到上级命令：堵截孙良诚逃往徐州。

在粟裕的指挥下，华东野战军第二纵队紧随孙部后面以做进攻，第四师在右侧，第六师在左侧，第五师居中殿后，很快把孙良诚包围了。

孙良诚发现解放军大部队已尾随而来，随即与王清翰商量，决定在睢宁西北的邢圩一带宿营，在那里构筑工事，进行防御，等待援兵前来接应，然后突围。

周镐明白，这个仗如果打起来就是一场恶战，但输赢已成定局，如果不放一枪一弹结束战斗，是最好的选择。周镐心中对劝说孙良诚多少已有把握。

恰在此时，苏北兵团司令员韦国清下达了指示：为尽量减少伤亡，争取孙良诚率部能够投诚。

周镐带着祝元福等人，9 点从睢宁出发，急急追赶孙良诚部，而孙良诚 8 点就已经向双沟出发了。周镐和祝元福经过长途奔波，于 11 月 12 日下午两点抵达阵地外围，可是祝元福遭遇泗宿队大队六连误会，被扣留起来。情况紧急，周镐一时无法解释，急忙飞跑赶到小王集邢圩子，此时解放军第五师已进入战斗位置了。周镐迅速派人把自己的亲笔信送给孙良诚。

孙良诚发现被包围后，已经感到危机，正在惶惶不可终日的时候，周镐派人送信来了。孙良诚看完信件，忙吩咐马副官："快，快去把周高参接进来！"

马副官急急跑往战场外围，接到周镐后，陪护着周镐通过孙部的封锁线时，被步哨开枪袭击，同时阵地上也有流弹打来，周镐两次险些被打中，一路差点牺牲，情势十分危险。

周镐终于到达孙良诚的战地司令部。孙良诚仿佛看到了救命恩人，一下拉住周镐的手："治平老弟你可来了！现在情况危急，你快给我想个办法，双方这么多人马，我也不想让他们流血丢命啊！"

周镐心里有了底，孙良诚这会儿老实了，便很是生气地说："从你开始考虑起义起，至今已经一年多。你一会儿表示起义，一会儿表示等待时机，一会儿找借口拖延。你反反复复，只要老蒋给你一点好处，你就开始犹豫不决。你每次答应起义后，又总是动摇不定。现在你又率部队向徐州逃跑，你的诚意在哪里？"

孙良诚擦着额头上的汗说："我现在听你的，希望你给我一个万全之策。"

周镐说："什么叫万全之策？你一直言而无信，你叫我怎么向上级汇报？汇报过了你再反复？"

孙良诚说："不会了不会了。我一定听你的！"

周镐说："听我的，那就率部投诚。你下达命令吧！"

孙良诚不高兴了："我说治平老弟，我们不是谈好的起义吗，怎么就变成投诚了？我手下这么多人马和武器，你总要给我一些条件吧？”

周镐说：“你现在提条件已经晚了。现在你被包围得如铁桶一般，解放军大兵压境，你想长翅膀飞出去都不可能。你唯一的出路，就是放下武器投诚。”

孙良诚不甘心地说：“可是我们当初说好的是起义啊！”

周镐说：“你别无选择了，投诚！你必须尽快答应我，否则解放军只要一进攻，你就什么都来不及了！”

周镐不再理睬孙良诚，走出了他的司令部。

周镐去找到副军长王清翰。此时，王清翰在心中已决定，他的二六〇师要率先起义。

周镐见到王清翰之后，两人迅速商量、制订了计划，要迫使孙良诚立即率部投诚。

王清翰瞒着孙良诚，以副军长的名义召开军事会议，通知军部人员和二六〇师的师、团级军官参加。会上，王清翰将这些人就地软禁起来。

有人提问：“王军长，是不是让我们见一下孙军长？”

王清翰说：“这个会就是孙军长让开的。一会儿孙军长就会有命令，大家安心等候。”

周镐带着随从和一群士兵回到孙良诚军部，问孙良诚：“考虑得怎么样了？”

孙良诚：“你真是一点余地都不给我了？”

周镐告诉孙良诚，军部人员和二六〇师已决定投诚。

孙良诚生气道：“我还没有下命令，他们就自作主张了？”又喊，“王清翰！我要找王清翰！”

周镐说：“别喊了！你如果不投诚，你的部下还能愿意听你的吗？”

孙良诚知道自己已经指挥不了部队，完全陷于孤立了。恰在这时，他的副官送来报告：孙良诚最亲近、最贴心的一〇七军教导团，已被解放军缴械投降了。

孙良诚成了光杆司令，明白自己无路可走了。

周镐说：“你已经没有时间犹豫了，跟我走吧？”

孙良诚迟疑道：“去哪里？”

周镐说：“跟我去见我们解放军首长。你放心，我们不会关押你，一定会优待你，你只要率部投诚，就是有功的。”

这样一说，孙良诚才放下心来。

没有耽搁时间，当晚 7 点，孙良诚和周镐一起，乘坐一辆吉普车，就近前往解放军五师指挥部。这一路，又是充满危险。周镐和孙良诚抵达五师部时，遭到我军机枪的射击，周镐高喊之后，对面的人才知道是误会。

到达五师师部后，孙良诚又要起了手段，与周镐、五师政委方中铎谈起了条件。

考虑到孙良诚部究竟能不能全部起义、全军能不能全部服从孙良诚的命令，周镐站在我党、我军立场上，尽心尽力对孙良诚进行政策攻心，晓以利害。

直到 13 日上午接近 12 点时，孙良诚才愿意听从周镐的意见。

五师政委方中铎命令孙良诚：“是时候了，你下令投诚吧，否则后果自负。”

周镐把拟写好的命令放到孙良诚面前，说：“你签字吧。”

孙良诚看了看内容，里面详细地写明了部队“必须将武器集中，不准任何人破坏，官兵分别集合等候安排”等条款。孙良诚似乎想说什么，又没有说出来，然后颤抖着手，签署了令所属各部放下武器的命令。

二

王清翰率先命令二六〇师缴出武器，接受整编。

王清翰作为谢庆云发展的中共特别党员，手中握有一个师的兵权，应该说，他在关键时刻发挥了强大的作用，迫使孙良诚部不得不投诚、缴械。

孙良诚一〇七军在淮海战役前线的投诚，使徐州东南方向门户洞开，为我军进逼徐州，侧击邱清泉、李弥兵团，使其不能东援黄百韬兵团创造了有利条件。几天之后，黄百韬兵团十二万人在碾庄圩被解放军全部歼灭，敌兵团司令黄百韬被击毙。

11 月 13 日上午，周镐陪同解放军五师政委方中铎，一同来到邢圩，接收一〇七军。

周镐集中了一〇七军三百多名军官训话。这些高、中层军官，大多是认识周镐的，因为周镐是蒋介石任命的一〇七军高参、蒋介石的特派员，从前孙良诚召集军官开会，周镐有时会在座；孙良诚集合部队训话，也会让周镐做训话，以掩盖周镐当高参是来调查他的真相，给自己留足面子。周镐当然也会煞有介事地训话，说一通“报效党国，服从孙将军”之类的空话。

这时军官们才知道，周镐竟然是中共方面的“长官”。

现在，周镐对这些军官们说：“孙良诚不够朋友，我和他多次接洽起义，他犹豫不定，毫无诚意。这次他答应在睢宁起义，后来又反悔，要把部队带到徐州，这才不能不要他放下武器。蒋介石早就对他有疑心，蒋介石任命我为特派员，来这里担任‘高参’，就是要置他于死地，而我处处保护他、保护部队，为他开脱，不让这支部队被蒋介石吃掉。但是孙良诚就是执迷不悟。现在蒋介石通过孙良诚把你们拉上前线，就是要你们当炮灰。”

周镐还对他们晓之以理：“目前蒋介石在各个战场上都节节败退，许多国民党高级将领起义走向光明，蒋家王朝即将覆灭。大家出来当兵，都不容易，谁人没有妻儿老小、兄弟姐妹？大家为蒋介石卖命身死战场，值得不值得？自己死了，家里的父母妻儿、兄弟姐妹怎么办？大家放下武器、归顺解放军，获得一个好的前程，以后又能全家团圆，有什么不好？”

这话说到了军官们的心里，大家心服口服。

周镐忙于接收工作，从 11 日上午 12 时到 13 日下午 7 时一直没有休息，他晚上在日记中写道："是时千军万马，忙得不可开交，两日两夜未成眠。"

周镐干工作认真细致，他一直强调做事要做到"手到、脚到、眼到、口到、脑到"五大原则，说"这样对工作才能心安理得"。

对接收工作，周镐富有经验。抗战胜利之初，周镐曾代表蒋介石和国民政府接收南京伪政权，工作做得井然有序。现在接收孙良诚部队，虽然人数众多，军部和二六〇师共五千八百多人，武器也众多，但周镐做得有条不紊，每一步都很完备。这样，部队和华中工委、六地委对周镐的工作都非常满意。

周镐的这次策反，获得的成果是：起义人数五千八百多，枪支四千多，子弹三十多万发，大炮六十七门，汽车二十三辆，骡马八十多匹。

接收完成之后，11 月 15 日，周镐陪同孙良诚、王清翰和孙良诚的参谋长杜辅庭等人，乘车前往宿迁县城，听候上级安排。中途道路泥泞，车辆无法行驶，只好下车步行。他们抵达宿迁时，夜幕已经降临。

将孙良诚等人安置下来之后，周镐去面见华野苏北兵团政委陈丕显。

陈丕显紧紧握着周镐的手，非常高兴地说："周镐，你策反工作做得好，接收工作也做得好！你这次是立了大功劳，中央、华中工委、华中指挥部和军区对你的工作很满意！"

周镐见陈丕显这样表扬他，有点不好意思了："首长，这只是我应该做的分内工作，是我要完成的任务。不好的地方，还请首长多指示。"

陈丕显说："这个就不要谦虚了，功劳就是功劳。"

中央对周镐的工作也相当肯定。中共中央主席毛泽东在 1948 年

12 月 17 日写的广播稿《敦促杜聿明等投降书》中，对国民党将领杜聿明等人说："你们应当学习长春郑洞国将军的榜样，学习这次孙良诚军长、赵壁光师长、黄子华师长的榜样，立即下令全军放下武器，停止抵抗，本军可以保证你们高级将领和全体官兵的生命安全。只有这样，才是你们的唯一生路。"

毛主席的话，是从一个侧面对周镐工作的肯定。

第九章
策反刘汝明

冬日的旅途

一

宿迁的冬麦一片绿茵。

宿迁的油菜生机勃勃。

宿迁的煎饼和大碗茶醇香浓郁。

周镐喜欢宿迁的风光，喜欢解放区的土地。

为了工作，周镐浑身上下都是劲头。

周镐留在宿迁小住。一同留下来的，还有孙良诚。

周镐在宿迁面见陈丕显之后，

陈丕显指示他不要急于离开，要他陪陪孙良诚，缓解孙良诚的情绪，争取让他早点出来工作。

11 月 18 日，一架敌机忽然盘旋在头顶，丢下了几颗炸弹。

显然，敌机想炸建筑，想炸弹药库，想炸军营。

可是敌机没有炸到这些，敌机只炸伤了一个民工。

周镐想，看来敌人挽回败局的图谋不会停止。

六地委书记吴觉带着地委公署章维仁专员来看周镐，他给周镐和章专员做了相互介绍，对章专员说："就是这个周镐，他让孙良诚的部队放下武器投诚了。"

章专员对周镐赞叹道："真是太令人敬佩了！"

周镐笑道："吴书记和章专员先别提这个，如果有任务就请指示。"

吴觉挠着痒痒说："任务肯定有，是陈政委让我来找你的。我们一会儿再谈任务，我今天来你这里，是想洗个澡。我忙得许多天没洗澡啦！"

其实大家都一样，紧张时期没人顾得上洗澡。

周镐说："那好，我请客，请二位首长洗澡。"

吴觉哈哈大笑说："好，就让你请了。只听说请吃饭的、请看戏的，还没听说请洗澡的！"

三个人进了澡堂子，一边泡澡一边谈起了工作。

吴觉说："你们到六地委之后，六工委的工作你领导得很好。按华中指挥部、陈丕显同志指示和地委研究的决定，六工委留下一批对敌工作的同志，其他高级人员转移到华中指挥部予以训练。"

这就是说，有一批同志要离开六工委了。周镐心中自然不舍，问："要走多少人？"

吴觉说："名单已经定好，明天公布。郭润身要转移到华中指挥部去。所以说，你肩上的担子更重了。"

周镐说："我一定做好自己的工作。"

19 日，郭润身过来向周镐告辞。这段时间，孙良诚投诚后，郭润身带着放下武器的一千多名军官，临时在睢宁县帮助工作。此时两个人握着手，都有些不舍。

郭润身眼睛潮湿了，说：“这些年我们在敌占区工作，天天与魔鬼打交道，历经艰险，能活下一条命来，已经是很幸运了。我们今后在各自的岗位上，一定要好好工作，不负组织的期望。”

周镐说：“这也是我想说的，为党为老百姓更好地工作，是我们的心愿。”

他们没有想到，这次离别，竟是永诀。郭润身离开宿迁，转华中指挥部后，不久回老家山东工作了。

匆匆送走郭润身之后，周镐由吴觉陪同，赶往顺和集东面的卓庄，听候陈丕显的新指示。

陈丕显给周镐和吴觉各倒了一杯水，问周镐：“知道你前一阵子忙得顾不上睡觉，这几天休息得怎么样？”

周镐说：“我已经养足精神了。”

陈丕显交代了对孙良诚等人的处理和安排，然后告诉周镐：“中央对策反工作有新指示，按照中央安排精神，你和你领导的六工委又有了新任务。”

周镐说：“请首长指示。”

陈丕显说：“你的下一个任务，就是策反刘汝明。如果我们不经过打仗把蚌埠解放了，那是最好的结果。考虑到孙良诚、王清翰与刘汝明都是西北军的老关系，所以这个工作离不开他们的配合。”

陈丕显说的刘汝明，是徐州“剿总”副司令、第四绥靖区司令官，他的部队随后不久又编为第八兵团。

周镐知道，孙良诚和刘汝明都是河北人，两人 1912 年一起参加了冯玉祥部队，是拜把子兄弟，关系极密切。当年，刘汝明是冯玉祥麾下的重要将领，虽然被蒋介石收编，但从来没有成为老蒋的嫡系。刘汝明抗击日寇有功，1944 年被蒋介石授予上将军衔。

陈丕显又向周镐介绍了相关情况："刘汝明的胞弟刘汝珍曾在苏联留过学，与刘伯承是同学，并在一定程度上受共产党思想影响。 中央经过分析，认为刘汝明、刘汝珍有脱蒋起义的可能性。"

陈丕显接着说："以刘汝明的身份，他如果能够起义，影响力比孙良诚投诚要大得多，我们胜利的步伐也会加快。 所以说，这个任务很有价值，但也很冒险。"

周镐说："让孙良诚策反刘汝明，成功的可能性是存在，为此去冒险也是值得的。"

陈丕显说："冒险不等于不注意安全。 一定要相机行事，不可盲目冒进。"

陈丕显告诉周镐，策反刘汝明，同时也要注重对刘汝珍的工作。刘汝珍是刘汝明的亲弟弟，是刘汝明部第六十八军的军长。 如果兄弟二人能同时被策反，那就能够不动一枪一弹地拿下蚌埠；拿下蚌埠，对战局的影响就更大了。

陈丕显交代周镐，进入安徽境内后，要与江淮军区政委曹荻秋、司令员贺希明取得联系，由他们配合工作。

二

周镐喜欢回家。

家中的空气是暖暖的，那是因为吴雪亚生起了煤炉子。

家中的气氛是温馨的，那是因为周镐爱自己的妻儿。

离开陈丕显那里之后，周镐匆匆回了家。

周镐亲亲儿子，又抱抱女儿。 周镐抚摸着襁褓中的小女儿，感到整个世界都是新鲜的、充满活力的。

有妻子和孩子陪着，周镐心中洋溢着旺盛的工作热情。

与妻儿亲热一番之后，周镐把情况告诉了吴雪亚。 吴雪亚为他的安危担心，嘱他一定要小心。

吴雪亚说："孙良诚反反复复，你对他一定要留心，遇事要把握准确，不要上当。你太让我担心了。”

周镐安慰她说：“放心吧。等这次工作任务完成了，我要回来好好陪你过几天安稳日子。”

吴雪亚说：“期待全国解放的日子早日到来。”

周镐向往地说：“到那时，我要回家看看父母和兄弟姐妹。我好多年没回家了，也没有好好孝敬父母，我太想他们了！”

此时，周镐的工作热情特别高。他打算立即动身。

周镐离开家后，去找孙良诚。两人进行了一次深入的谈话，周镐将策反刘汝明任务的重要性分析给孙良诚听。这事执行起来，孙良诚的作用太大了，必须让他明白。

周镐说：“少云兄，这是一次立大功的机会，希望我们能好好配合。”

孙良诚沉默好久，说：“好，我配合你试试。”

周镐说：“是努力，不是试试。”

孙良诚说：“光靠我们，路途中实在不易。我看必须带上二三十个警卫一路护送我们。”

周镐说：“那是自然。我让王清翰安排吧。”

孙良诚提出来，这些士兵由他来挑选，这些人既要能吃苦，又必须忠诚，除了一路背负行囊，更要警卫大家安全。

周镐同意了。

三

冬风带着寒意，急急地向南行进着。

周镐的脚步，从 11 月 20 日那天起，也在急急地行进着。

周镐的心，更是急急地行进着。

11 月 20 日清晨 4 时半，公鸡打鸣时，大家来到周镐和孙良诚驻地门前集合。

这时候，寒气逼人，月亮在云层中忽隐忽现。集合起来的二十多名士兵个个显得精干、强悍，他们带着几匹马，个个背着枪支，将电台和大部分行囊挂在马身上，少部分行囊背在自己身上。

这支人马，由周镐总负责，成员有孙良诚、王清翰、祝元福、栗群、张企中、王振华、孙良诚的亲信副官尹燕俊等。其中周镐、祝元福、栗群、张企中、王振华是核心小组成员，负责研究、商讨和决定策反的相关事宜。

队伍一路向南，目标是蚌埠；当天抵达沙集，稍事休息之后继续前行。经过连续几天的长途跋涉，22 日，周镐致电陈丕显，告知工作组已到达前方。

大家一路马不停蹄，23 日早上 6 点出发，由八里桥经朱集，10 点半抵达竹圩子，再到桃源乡王家湾。

行军过程中，周镐不断用电台与陈丕显联络，商讨相关事宜。对于孙良诚给刘汝明的信如何写，之前陈丕显和周镐已有讨论，里面的内容斟酌了多次。25 日晚上，周镐再三阅读陈丕显关于孙良诚致刘汝明、刘汝珍的函件，与陈丕显致电商讨，约好第二天做决定。

26 日，陈丕显来电，指示策反小组、孙良诚及孙良诚的随行人员合并工作，要求周镐侦察清楚随行工作人员和警卫人员的思想和党派关系，打算第二天启动策反工作。

晚上，周镐召开会议，告诉大家明天的任务：一是继续靠近蚌埠，二是孙良诚准备书信。

27 日，周镐等人经汤集、邱集抵达王前村，当晚由华中指挥部联络组招待，大家在这个村子里下榻。

孙良诚、王清翰各给刘汝明、刘汝珍兄弟写了信，交给周镐。信由周镐立即派人送给江淮军区政委曹荻秋，再由曹荻秋政委、贺希明司令员派人给刘氏兄弟送去。

11 月 30 日，曹荻秋那边传来消息：徐州“剿总”司令刘峙 28 日到达蚌埠，坐镇那里指挥战役。

此时，周镐看到孙良诚的情绪有些低落，便主动与孙良诚谈心。

周镐说："少云兄为何唉声叹气？"

孙良诚说："我现在是想，当初与其被迫投诚，还不如主动投诚；与其主动投诚，还不如率部起义。"

周镐说："都是你迟疑不决的后果，现在后悔也晚了。只是少云兄要好好考虑一下原因。"

孙良诚说："前两日写给刘汝明的信，还不够诚恳。我想重新写一封，你看如何？"

周镐很高兴地说："那当然好。"

周镐与孙良诚这次谈话，足足用了三个小时，与孙良诚一起探讨他失败的教训，思考今后的道路。

周镐又告诉孙良诚："还有一个消息，刘峙坐镇蚌埠指挥战役了。如果能策反刘汝明，断了刘峙的后路，说不定也能把刘峙策反过来。"

孙良诚说："这倒是个好消息。如果见了刘峙，我也可以和他谈谈这个话题。"

周镐高兴道："如果成功，那就是意想不到的收获了。"

此时周镐绝不会想到，孙良诚表面诚恳，内心已另做打算。

四

周镐让栗群赶去宿县打前站。

栗群眼馋地看着周镐的大黑马，抓着头皮像有话说。

周镐说："想什么呢？有话就说！"

栗群说："把你的大黑马借我，这样行动起来快。不要舍不得啊！"

周镐怜惜地抚着马背说："你先用着吧，但是你要爱惜它，不能让它受罪。"

栗群高兴地拉过缰绳："那是自然。"

这匹大黑马自从跟随周镐之后，周镐就非常爱护它，它也非常通人性，总喜欢用嘴巴蹭周镐。

栗群走了，周镐打开日记本，例行记下一段文字。

这段时间，行军中的周镐每天晚上都记日记，这使策反工作组的工作和行程都留下了一些宝贵的资料——

12 月 1 日，孙良诚说头疼，翻来覆去地在床上折腾，直到夜里 11 点才休息。

12 月 2 日，周镐和大家商讨策反刘汝明工作的具体事宜，一致认为此时不敢盲动，只能等候曹荻秋从前方送来消息，再做出决定。

此时，孙良诚心中却充满牢骚，嘴上就不觉发泄出来。

孙良诚说:“这鬼天，一时雨一时雪的。”

孙良诚又说:“这个刘汝明，怎么到现在没个回话?”

为尽早获知刘汝明有无回复，周镐一路追赶曹荻秋的江淮军区，要与他们会合。 12 月 3 日，周镐听说贺希明到达了甄庄，就一路急急赶往甄庄。 他们到达甄庄后，一打听，贺希明、曹荻秋他们已经到了杨庄。 周镐他们便马不停蹄地继续追赶。

周镐紧追慢赶，到了 12 月 4 日早上 6 点，终于赶到了杨庄。

曹荻秋、贺希明见周镐他们追上来，都很高兴。

贺希明说:“你们的工作一路艰辛又如此迅速，不容易。”

曹荻秋说:“真没想到你们走得这么快。”

周镐说:“有任务，心里就会急。 不知刘汝明回信了没有?”

曹荻秋说:“就知道你会急着问这个。 目前还没有，先耐住性子等等。”

12 月 5 日，周镐带着他的人马，随江淮军区曹荻秋抵达刚解放不久的宿县。

心中再急，在刘汝明没有回信之前，大家也只能先等待。

周镐感觉这样等下去也不是事，到了 9 日还没有消息，周镐决定派祝元福、尹燕俊两人先行，前往蚌埠去见刘汝明，然后大家在固镇会合，并约定好了在固镇的会合地点。

听说要派尹燕俊和祝元福去见刘汝明，孙良诚悄悄把尹燕俊拉到一边。

孙良诚悄声对尹燕俊说："燕俊，你跟我多年了，我没有亏待过你吧？"

尹燕俊说："司令待我如兄弟，司令如有需要我的，我自当报答。"

孙良诚说："我想离开这里，但没有办法出去，周镐这里盯得我很紧。明天你去给刘司令官送信，你避开别人告诉他，就说我信上说的是敷衍话，让他起义是假的，要他救我出去才是真的。请他念着我们拜把兄弟的交情，派人来这里接我，一定要把我弄出去。"

孙良诚从身上掏出一把钱，塞给尹燕俊。尹燕俊客气一下，收下了。

孙良诚说："你务必把我的事情办好。"

尹燕俊说："我一定不负军长重托，让军长满意！"

这些，周镐自然是蒙在鼓里。

淮河北岸的脚步

一

树枝挂满了严霜——冬日的淮北很寒冷，但是周镐的心很热。

枯苇护着田鼠靠在池塘边睡觉——冬日的淮北很懒散，但是行动小组的脚步很勤快。

冬日的淮北充满期待，冬日的旷野充满激情，因为它们在等待着春季的来临。

周镐时刻关注着行动小组的所有人，时刻注意着可能出现的情况。

逗留宿县的几日，孙良诚提出眼睛疼痛，头疼也在加剧。周镐让人找来一位朱医生，朱医生检查之后，只是摇头。

周镐很担心孙良诚身体有问题，不能前行，就把医生拉到一边，问究竟是什么病。朱医生说：“可能是累的吧，血压、体温全部正常，什么病也查不到。”

12 月 10 日，曹荻秋派人送来通知：“粟裕司令来电，孙、王前信送去，二军对峙戒备森严，行人不易通过，孙、王不必前去。”

周镐便让孙良诚、王清翰安心等候。祝元福和尹燕俊还没有回来，只能等到他们回来再做打算。

为争取时间，周镐让孙良诚、王清翰暂留宿县，自己带着几个人先行前往固镇。12 月 13 日，周镐到达三里桥，找到江淮军区负责后勤的章副处长安排宿食和其他工作；下午 3 点，周镐到达固镇，面见固镇的地方领导联系工作。

周镐在晚上找到安排好的房屋，安顿下来。这时祝元福从蚌埠来到了固镇，因为是之前约定好的地点，所以他一下就找到了周镐。

见面后，周镐第一句话就问祝元福：“康国，刘汝明那边情况怎么样？”

祝元福说：“刘汝明说要过几天答复，他让我先回来，说会让尹燕俊带信来。”

大家只好安心在固镇先住下来。

闲暇之际，周镐在固镇走走看看，不觉来到固镇大桥。固镇是淮北地区重要的交通枢纽，固镇大桥一直是连接南北的重要通道。此时，周镐来到大桥上，看到大桥已经在之前的交战中被炸毁了一段，但勉强还能够通车。周镐很是感慨：如果没有战争，老百姓和平生活，那该有多好！

12 月 16 日，王清翰赶来固镇，与周镐会合。

粟群也在这天赶到了。粟群这几天来回奔波于固镇周镐这里和宿县孙良诚那里，这次回来空着手，却没有看到他骑的马。周镐疑惑地问：“我的大黑马呢？”

粟群沮丧地说：“我把大黑马弄丢了，我找了大半天也没找到。”

粟群竟然把大黑马弄丢了！

周镐忍不住批评了栗群一句："栗群，你也太粗心了！"

栗群羞愧地说："我检讨。"

王清翰劝导说："丢就丢了，也不是有意弄丢的，马匹以后还会有的。现在还是研究一下行程吧。"

大家研究的结果是，固镇这边的人必须继续赶路，不要等到刘汝明回复后再赶往淮河边，那样会耽误时间。

一群大雁越过头顶，从淮北飞向淮南，消失在远方的天际。

大雁们在赶路，行动小组的人也在赶路。

12 月 17 日，周镐等人离开固镇，赶到陈集去，并暂留陈集，等候蚌埠那边的消息。到 21 日，蚌埠那里还没有消息，周镐有点着急了。

王清翰安慰他说："再等等，估计很快会有消息的。如果真的长时间没有消息，就说明刘汝明暂时还无意起义。"

周镐说："我想刘汝明不至于连孙良诚的信都不回吧。我们还是做好准备，一边等消息，一边做好南渡的准备。"

前些日子祝元福和尹燕俊到刘汝明那里后，尹燕俊暂留刘汝明部，暗中向刘汝明转达了孙良诚的本意：孙良诚来信策反，仅是权宜之计，还希望刘汝明能从共产党手里救出孙良诚。

那段时间，刘汝明究竟有没有起义的心思，大家都很难说清。

当时的情况是：淮海战役开始前夕，刘汝明派他弟弟刘汝珍秘密来到徐州，与第三绥靖区司令冯治安互订攻守同盟，采取消极避战的态度，避免蒋介石驱使他们打头阵、当炮灰。但是刘汝明、刘汝珍兄弟的绝密行动被蒋介石安排的特务查明了，又密报给了蒋介石。蒋介石为了防止二刘兄弟投共，立即下令把刘汝明所部调离了徐州主战场，让他到津浦路南段的临淮关、明光一带驻守待命。黄百韬兵团被歼后，淮海南线告急，因为战情紧急，蒋介石已经不能顾及太多，就下令刘汝明率第八兵团进驻蚌埠。

为了笼络刘汝明、刘汝珍，蒋介石探知二刘的母亲在上海准备寿辰，就派专人代表他到上海，向刘汝明、刘汝珍的母亲祝寿，并送去非常丰厚的礼物。蒋介石这一招很有效。刘汝明、刘汝珍是孝子，刘汝明小名叫“呆子”，共兄弟姐妹四人，最小的是刘汝珍，他们的父亲是医生，去东北谋生时客死他乡。母亲含辛茹苦养活他们，实在不易。

得知蒋介石亲自派人给母亲祝寿，兄弟俩经过商议，给蒋介石发了一份感谢电：“总统日理万机，尚顾及慈母，恩情重于泰山。职忠贞不贰，效命国家，衔环结草，以报厚恩。”

当然，“效忠”归“效忠”。刘汝明、刘汝珍兄弟为了保存实力，仍然对蒋介石的命令虚与委蛇，同时也并没有拒绝与中共的联络。为了防止刘汝明率部投共，蒋介石及徐州“剿总”司令部暗中设计，把刘汝明的五十五军和六十八军分割使用，不让两军靠在一起，这让刘汝明非常不高兴。在这种情况下，中共中央军委先后派了两批人员进入刘部进行策反工作。

二

蚌埠那里，刘汝明让人把尹燕俊找来面谈。

刘汝明抓了一把瓜子放到尹燕俊面前的茶几上，尹燕俊受宠若惊。

刘汝明说：“嗑吧，孙良诚和我是兄弟，你是他好兄弟，就是我的好兄弟，大家随意一点。共产党的谈判代表叫周镐？”

尹燕俊说：“是。这次周镐带我们来策反您，是受中共高层的指示，由苏北兵团陈丕显委派的。”

刘汝明说：“你可知道周镐曾是军统少将特工？”

尹燕俊说：“听说过。”

刘汝明说：“我调查过了，他确实就是军统高级特务。如果他现在仍然是蒋介石的特工，我这条小命就玩完了吧？”

尹燕俊哑然。

刘汝明说：“我不管他是什么身份，老蒋这里对我还是不错的，我不上周镐的当。不论他是真共产党，还是真军统，我都来个将计就计。现在这种情况，我不会起义的。”

刘汝明假意写好了给中共方面的信，交给尹燕俊带回。

尹燕俊从蚌埠返程，一路前往周镐的落脚地点。

12 月 22 日下午，天空下起了雨雪，尹燕俊终于到达周镐这里，将刘汝明给孙良诚的回信交到周镐手上。

周镐迫不及待地打开信，见刘汝明的信上说：“关于起义事宜，愿做考虑，即请贵方派出代表，来我处谈判。”

刘汝明同意谈判，这让周镐非常高兴，他仿佛已经看到了蚌埠的和平解放。他立即派栗群去宿县接孙良诚，打算与孙良诚具体商讨去蚌埠的事。

安排好之后，周镐迫切想见到曹荻秋和贺希明。因为前些时电台有问题不在身边，周镐便迫不及待地去几十里外去找曹荻秋请示。

这天，周镐在日记中写道：“12 月 22 日，雪，尹燕俊带来刘汝明约孙会谈的好消息。我于当晚五时启程赴任桥支前办事处，结果徒劳往返，没有电话，中途摸黑夜行四十余里，又大雨如注。十二时半抵达任桥集，已是饥寒交迫，主人盛情款待，雪寒稍去，即修书致曹荻秋、贺希明二同志，哪知二人去徐州开会。派栗群去找孙良诚，因为这事他是主角。”

从日记中看出那一夜，周镐吃了不少苦，焦急时刻没有找到曹荻秋和贺希明，这让他更加焦急。

事实上，为了完成任务，周镐所吃的苦何止这些？为了尽快向蚌埠挺进，大家常常连续几日行进在没有人烟的荒野，有时大雨如注，有时风雪交加，摸黑夜行、逆风而上是正常的事，有时一天只吃一顿饭，还只能吃半饱。他在日记中写道：“雪子打在脸上的时候，像针刺一样的痛，北风吹上身，像凉风淋漓的冰雪刺骨，这样艰难仍不可以阻止我的活动。”

可见，周镐的革命热情之高昂。

冥冥之中似有天意。12 月 23 日，周镐在日记中记录了一个梦境：“天际破晓，梦见巨棺三具，还有许多人，血水淋漓，一路哭走送丧模样。”

这个梦是凶是吉，周镐已不在意，都说梦是反的，但即使此行凶险，周镐也必须义无反顾。胜利在望，周镐没有一丝的退缩。

随后周镐又写了两封信，请支前站派人以快马送出。

第一封信，于 25 日派人送给华野第六纵队司令员王必成、政委江渭清、副司令员皮定钧，请他们抓紧报告粟裕司令员，着手准备接防蚌埠；第二封信，于 26 日派人送给曹荻秋政委、贺希明司令员。

周镐向曹荻秋汇报情况，提出建议：

一、刘汝明有函约孙良诚至田家庵会面，洽谈起义问题；

二、请致电陈丕显政委，要他向中共中央请示刘汝明部起义后的名义；

三、即电前线司令部，介绍他们与我联络，商讨接防蚌埠的办法；

四、刘汝明部起义后，最好在两淮地区整训，这对京沪地区的国民党军政治上会产生很大影响；

五、请安排刘部起义后的给养；

六、为便于工作，请拨给一部电台应用。

信送出后，周镐焦急地等待回复。

12 月 27 日，曹荻秋派人拿着他的亲笔信赶来。曹荻秋显然考虑得比周镐仔细。他在信中明确指示：“对刘汝明部的内部策反，要俟华野复电后，再进行之。”他要周镐听候上级的统一部署，不要操之过急。

曹荻秋在信中向周镐指出：“对刘汝明这个起义对象，工作可以进行，但要采取若即若离的方法，不要急于求成，你们更不能贸然去敌区。”

曹荻秋一再嘱咐他，无论如何都要注意自身安全。

周镐根本没有感觉到刘汝明设计好了圈套。他再向曹荻秋汇报，主动请缨，要求与孙良诚一行人同去蚌埠，与刘汝明进行谈判。

对形势做了全面分析后，面对周镐的工作热情，曹荻秋等人认真研究，最终同意了周镐的请缨，决定派周镐等人前往蚌埠刘汝明部。

三

寒风吹得很急。

周镐的脚步走得很急。

行动小组的脚步也迈得很急。

寒风吹过树林，吹过田野，吹过沟渠。大家似乎与寒风赛着速度，走得浑身发热。

小组的目标——蚌埠。

1949 年 1 月 1 日，周镐等人到达怀远县唐集陈圩，这里已靠近目的地——往南二十里渡过淮河，再向东不到八十里就是蚌埠。

大家一路都很疲劳，见行程就要完成，一下都放松下来。

在村子里落下脚来，周镐又忙于安排食宿的事。

孙良诚捶着腿说：“大家赶快歇一歇吧，腿都快跑断了。”

周镐也开心地对大家说：“今天是元旦，是新年，大家都好好歇歇，好好轻松一下。”

当地区公所、村公所的同志见他们到来，非常高兴，热情地接待了他们。

周镐在这一天的日记中写道：“人生真是萍踪无定，今年元旦，在怀远县属之唐集陈圩，当地政权，以猪一头九十余斤来酬劳我们……希望农历的除夕日，能胜利地和我最亲爱的妻子团叙，元旦新春气象，预兆丰年，为人民馨香预祝也。”

他还写道：“今年的中心工作，首在摧毁蒋介石，消灭军统局，这样天下始可得到太平。去年的预约回罗田看我的老父老母，没有实现，今年必须做到这个要求。”

因为这里离蚌埠已很近，周镐再次派尹燕俊渡河去刘汝明部，继续转达关于起义的事宜。周镐得到的回复是：刘汝明将派自己的侄儿到解放区这边来，也邀请他们直接过河去蚌埠谈判。这让周镐对刘汝明起义又增加了许多信心。

1月3日早饭后，寒意仍是阵阵袭来。村西小河边，周镐召集小组会，栗群、张企中、王振华、祝元福等人参加。大家讨论现在是否接受刘汝明的邀请，过河前往蚌埠，协助孙良诚把策反工作做成。

栗群举手反对说："我不同意。过河就是敌区，前途莫测，非常凶险。如果刘汝明百分之百有起义想法，何必非得我们过去？他可以过河到北岸来与我们谈判，这样才有诚意。"

张企中带头赞同栗群的看法，其他人也跟着赞同，周镐对大家的看法心有不甘。一时意见不能统一。

经栗群、张企中商量，由张企中骑马奔向宿县，请曹荻秋指示是否过河去蚌埠。

曹荻秋又写了亲笔信，让张企中带回来。曹荻秋在信中不同意过河，嘱咐周镐与刘汝明保持联系，不要断线。

周镐接到刘汝明的邀请后，认为胜利在望，已经听不进大家的意见了。他在1月3日晚上的日记中写道："上午召集一个小组会，说明这次工作的时间损失，张企中同志忽略了他的本职工作，迁就了他人，曹政委也违反工作政策，舍弃事实而不顾，而作痴汉等丫头的做法……"

1月3日下午，周镐召集全体人员开会，请大家对这段时期的工作进行评功，并由随行的财务人员给每人颁发年终奖，工作成绩突出的孙宝林、张坛奎、王培功、谷闫生、刘彦钧等人得到相对多的奖励。大家都很开心。

1月4日中午，怀远县大队的同志过来，他们对周镐等人的到来很是热情，招待大家吃饭，饭菜很丰盛，酒也很足，大家在多日没有吃饱睡好的情况下，痛痛快快地打了一顿牙祭。

周镐在1月4日的日记中写道：“星期二，晴。今日天气较暖，冰雪都逐渐融化了，怀远县大队附近请吃饭，出乎意料的是，饭菜很不错，酒醉饭饱而归。陈香圃同志要到蚌埠去，嘱张秘书修函第六纵队司令王必成，转华野陈毅粟裕二同志及曹荻秋苌宗商同志，告以前方情形，今后如何，要尹归来后始有确切消息。”“耳、脚都冻伤了，我以十二万分的革命高潮奔向革命的目的地。”

这天，周镐还和地方上的同志进行了深入的交流，中共泗灵睢县县长苌宗商介绍了皖东北地区的土改情况，这让周镐很兴奋。苌宗商还聊起了以往的抗日故事，告诉周镐，他是泗县青阳镇（今泗洪县青阳镇）人，抗战时期青阳镇有名的隆源酒坊、隆源大酒店就是他家开办，用来掩护革命工作的。

苌宗商对周镐说：“等你任务完成了，你一定随我去青阳镇，尝尝我自家酿造的美酒！”

周镐爽快地答应了，他非常想看看解放区的土改情况，看看土改后人民的新生活。

这1月4日的日记，成为周镐留在世间的最后文字。

最后一次被捕

一

1月4日下午，刘汝明所派的人过淮河来了。来人不是刘汝明的侄子，而是刘汝明的儿子刘铁钧。刘铁钧是驻守在田家庵的六十八军一一九师三五五团团长，他的身份，无疑是代表了刘汝明。

刘铁钧见到周镐似很高兴，落座便说：“家父特别愿意与周先生合作。为表诚意，请周先生和孙司令、王军长一同去蚌埠面商起义事宜。”

周镐为他斟上一杯热茶说：“你能亲自过来，这确实说明了刘司令的诚意。我们非常欢迎刘司令起义，也愿意尽快谈判。”

刘铁钧喝一口茶说：“事不宜迟，第八兵团可能要调防，这样就会与贵军隔开，事情就不好办了。”

刘铁钧和周镐谈话之后，便过河回去，向刘汝明复命了。

这是一个难逢的机会！为了抓住这个机会，周镐再次召集小组开会，讨论过河的事。

无奈，大家仍是不同意过河。

讨论结束后，周镐找到祝元福。

周镐说：“康国，我们在敌营中战斗了那么多年，情势哪一天不比今天危险？现在胜利在望了，如果因为我们的迟疑导致工作失败，那对党和人民的解放事业将带来多大的损失？我们又会多么后悔！”

听周镐这样一说，祝元福不吭声了。

周镐说：“他们不去，你愿意不愿意去？”

祝元福说：“上次送信，我已经去过刘汝明那里了，我还在乎再次去吗？我听你的，你说去，我就去！”

周镐说：“好，我们一起去！”

这样，周镐作为策反行动组的领导，决定带队渡河去对面，到蚌埠去与刘汝明谈判。小组研究决定，部分人员不过淮河，留在淮河北岸等候消息。

1月5日清晨，周镐带领全体人马出发，午后到达淮河边。淮南军区联络部的同志早已等候在这里，他们的任务是护送周镐他们过淮河。

周镐等过河人员准备出发。

这一天，栗群拉起了痢疾，此时找不到茅坑，就一次一次往树林里跑，显然已不适合随队前往；张企中因为着凉，胃病发作疼得厉害，用手捂着胃几乎直不起腰来，自然也不适合前去。

最后确定过河的人员有：周镐、祝元福、王清翰、孙良诚、孙的参谋长。孙良诚从随行的二十多名卫兵中挑选了七八个人一同出发。

周镐对留下的栗群、张企中和卫兵们说：“大家约定好了，我们过去之后，少则七天，多则十天就回来。”

于是大家告别。

不知为什么，周镐往前走了两步，忽然停下脚步回过身来，打开随身公文包，取出里面的日记本、书信、文件和一些钱，交给自己的警卫员。周镐对警卫员说："你就不要过河了，如果我几天没回来，你就把日记本和钱物交给夫人，照顾好我的家。"

警卫员接过他的日记和钱物，郑重地点了点头。

周镐也许是预感到了什么，他的这一举动，使他的一些日记和书信得以保留下来。

周镐带着祝元福、孙良诚、尹燕俊、王清翰、孙良诚的勤务兵王培功、王清翰的勤务兵刘彦钧等一行人前往蚌埠，大家都化装穿了便衣。

大家都目送着周镐他们登船，久久不愿意离去，直到船在对岸停靠已经看不清为止。周镐他们此去前途未卜，不由人不担心。

二

张企中、栗群在河北焦急地等待消息。

第二天，没有消息，栗群在河边的树林里徘徊，看着河对岸。

第三天，没有消息，张企中在河边对着河水和树林看来看去。

第四天，还没有消息，栗群和张企中在村头走来走去，不时向河对岸张望。

第五天，仍没有消息，栗群、张企中站在河边发呆。

到第七天，从早到晚都没有消息。

这该死的淮河，怎么一下就把周镐他们的身影弄没了？

栗群与张企中在焦急中商量对策。

张企中说："无论情况如何，先做一个短程转移，以防意外。"

栗群同意。

二人商量后，集合自己的随身警卫人员，把孙良诚留下的十几个卫兵的枪全部下了，然后带领大家转移。

十天后，仍然没有周镐他们的消息，栗群和张企中判断：应该是出事了！

栗群和张企中立即联系曹荻秋，将情况做了汇报。曹荻秋通过淮南军区联络部和刘汝明第八兵团的我方内部人员查找实情，获知的消息是：在田家庵，周镐和祝元福就被戴上手铐，押上了一辆小包车带走了。

根据情况判断，周镐他们是被捕了。

曹荻秋立即向上级汇报。

陈丕显得知情况后，迅速安排地下组织，通知留守在南京敌人内部的我方地下工作人员、刘汝明部一〇七军驻南京办事处中将处长谢庆云：立即转移！

三

那天，淮南军区联络部的同志用渡船将周镐等人送到河对岸后，双方告别，联络部的人返回河北岸。

周镐一行人登岸后，已是下午，大家一刻没有停息，向目的地方向行进。

中途，前面驶来三四辆车。孙良诚高兴地说："这下用不着跑路了，一定是铁钧派车来接我们了。"

车到近前停下，前面一辆车上跳下一个人，果真是六十八军一一九师三五五团团长刘铁钧。

周镐说："感谢刘团长周到安排。"

刘铁钧说："这是遵照家父命令，应该的。"

刘铁钧客气地把周镐等人请上车。

刘铁钧的这个举动，让祝元福等人差不多安下心来。

车队没有驶往蚌埠方向，而是按刘汝明的计划，开往了田家庵三五五团驻地。

到了三五五团团部，夕阳已经开始西下。刘铁钧将大家安置下来，并让勤务人员热水热茶侍候。

刘铁钧说："真是不好意思，家父本来是说好来田家庵谈判的，一时有事没法过来，所以谈判还是放在蚌埠。"

周镐问刘铁钧："刘团长，我们什么时候去蚌埠？"

刘铁钧说："这里离蚌埠很近，随时都可以过去。只是要听家父的安排。"

周镐说："希望你联系令尊大人，我们尽快赶去谈判为好。"

刘铁钧答应："行，我马上联系。"

孙良诚到了田家庵刘铁钧这里，一下变得随意、放松起来，仿佛是到了自己家里。因为他是刘汝明的拜把兄弟，刘铁钧对他自然是恭敬有加，几乎是孙良诚说什么，他就听什么。

孙良诚把刘铁钧单独叫到一间屋里，吩咐刘铁钧："你押送周镐他们时，我不好在场，为避免尴尬，你还是把我提前送去你父亲那里吧。"

刘铁钧说："马上安排。"

刘汝明打来电话，问孙良诚、周镐这里的情况，刘铁钧一一做了回答。

电话结束之后，刘铁钧来告诉周镐："家父让孙将军、王将军先行一步去蚌埠，他要先了解一下情况，好为谈判做准备。中共方面的谈判代表，先留在我这里稍事休息，天黑前就出发。"

周镐说："这样也好。我去蚌埠后可以直接见刘司令。"

说着话，一辆小车就把孙良诚和王清翰送走了。

刘铁钧把周镐一行人的卫兵们安置到附近的营地，下了他们的枪。

随后，刘铁钧来告诉周镐："家父要我现在就送你们去蚌埠。"

刘铁钧领着大家来到团部门前，那里早停了两辆小包车，车门已经打开。

刘铁钧对周镐拱手说："我在前面带路，你们的车跟着我就行。"

刘铁钧说罢，进入前一辆车关上门，车启动。

周镐、祝元福走向后面小包车的门，刚要上车，忽然扑上来几个士兵，扭住周镐和祝元福，迅速给他们戴上了手铐。

周镐一惊，喝道："你们要干什么？"

祝元福喊："刘铁钧你混蛋！ 两国交战还不斩来使，快放了我们！"

这时哪里还有人理睬他们？ 士兵们把周镐和祝元福推进车里，按在座椅上关好车门。 押送周镐和祝元福的车紧随着前面一辆车，向蚌埠驶去。

此时，残阳如血，红红的光线通过车窗照在周镐和祝元福的身上，让人感到很不舒服。

孙良诚和王清翰先到宝兴面粉厂，这里是刘汝明的司令部。 刘汝明接待了他们。

刘汝明对王清翰说："清翰，你来我这里劝说我起义，已经是几来几往多次了。 我现在最想知道一个问题，以我们三人当初在西北军多年的关系，如果我不起义，你是否会和孙军长留在我这里？"

王清翰已经看出了刘汝明的态度，显然他不会起义了。 王清翰需要寻找脱身的机会，就说："孙军长留下不留下我不知道，我听司令的。"

刘汝明问："清翰你是怎么投诚的？ 你是不是共产党？"

王清翰说："这个事孙军长知道，我跟随孙军长多年，我当然不是共产党。"

刘汝明问："你说，孙军长是不是在你动员下投诚的？"

孙良诚没好气地说："清翰那个哪里是动员？ 就差不多是胁迫了！"

王清翰说："我还不是跟你一样？ 那种情形下又不能等死，还有那么多弟兄呢。"

刘汝明不无讥刺地说："你们两个真行，投诚了还有脸过来劝我起义。你们既然到我这里，我就得好好招待。我在老蒋那里给你们多美言几句，看看老蒋能不能给我面子，让你们官复原职。”

刘汝明随后摆上宴席，招待孙良诚和王清翰。

孙良诚一边吃着鱼肉，一边说：“我终于摆脱他们的控制了。这段时间我真是吃苦了，在共产党那边，吃的是粗饭，哪里有大鱼大肉？就是一天能吃一顿饱饭就不得了了！穿得也不好，简直能冻死人。特别是这些天行军，哪里是人受的罪！”

刘汝明哈哈大笑：“知道了吧，共产党那边条件太差。这样差的条件，哪里能留住我们这些人？”

王清翰想寻找脱身的机会，可哪里还容得了他脱身？

酒足饭饱之后，刘汝明叫道：“来人，送王军长去好好休息！”

勤务兵进来，带王清翰出去，实际上把王清翰软禁了。

王清翰被带走后，孙良诚问刘汝明：“你打算如何处置周镐他们？”

刘汝明说：“我才不处置呢。我卖个人情，让老蒋和刘峙处置去。”刘汝明又板着脸说，“你也逃脱不了责任！你得和王清翰一起去刘峙那里，委员长那里我会做工作为你开脱的，毕竟你与他们不一样。”

随后副官进来报告刘汝明，周镐、祝元福已带到蚌埠关押好。

孙良诚问刘汝明：“你要不要见一下这个周镐？”

刘汝明说：“这人一定是策反高手。我不见。”

为讨好刘汝明，孙良诚把王清翰、谢庆云共同策反他起义的事一件一件叙述给刘汝明听。

孙良诚说：“我敢肯定，王清翰、谢庆云都是共产党。”

刘汝明发怒道：“这个谢庆云，你把他当亲信看，我也看好他，不然他哪里能在南京做办事处中将处长！真是气死我了！”

刘汝明发完脾气，对孙良诚说：“刘峙司令要见你。”

孙良诚说：“我也正想见他。”

此时，徐州“剿总”司令刘峙正坐镇蚌埠。

原来，刘峙是蒋介石的亲信，因为这层关系他才被任命为徐州“剿总”司令。但刘峙根本不能胜任这个总司令，于是副总司令杜聿明实际上成了战役的总指挥。战役后期，蒋介石为了让杜聿明不被刘峙掣肘，就找了一个冠冕堂皇的理由，将刘峙调离了徐州，让他到蚌埠坐镇。早在一个多月前的11月28日，刘峙就已经到达蚌埠。对于刘峙来说，正因为蒋介石的这个决定，他才逃过了一劫，否则他的命运可能会类似杜聿明的被俘、黄百韬的被击毙一样。

刘汝明接到孙良诚的策反信后，就把信交给了刘峙。刘汝明、刘峙与孙良诚内外勾结，早已下好了圈套引诱周镐他们。

此时，刘汝明下令发报，把周镐、王清翰前来策反一事上报给蒋介石。

蒋介石获知周镐被捕的消息，命刘峙、刘汝明安排好，迅速将周镐、孙良诚、王清翰、祝元福等人押往南京。

第十章 永远的周镐

浩气长存

一

古色古香的蚌埠很迷人。

古色古香的蚌埠又很凶险。

欢欣的蚌埠，处处充满着美好。

悲哀的蚌埠，又处处埋藏着阴谋。

孙良诚的阴谋得到了实现，这让他很得意。

孙良诚见到刘峙，绘声绘色讲述了这次“脱险”经历，仿佛自己成了功臣。

不想刘峙却对孙良诚、王清翰大加训斥："你们投降了共产党不说，还跑来策反刘汝明！ 真是丢尽了我们党国军人的脸！"

孙良诚说："这是周镐和王清翰串通一气坑害我，不然哪里会这样？ 我是忠于党国的，进入共区后我一直想回来，可是我被他们胁迫着，根本没法逃脱。"

王清翰争辩说："哪里是这样？ 我也是被胁迫的。"

刘峙不耐烦地说："你们的事还是到南京见蒋总统解决吧！"

1 月 6 日，刘峙用一辆大车，把周镐、祝元福、王清翰、孙良诚等人一起带走，送往南京。 尹燕俊亲眼看着周镐他们被刘峙带上车，吓得腿都发软。

周镐他们被捕又被押往南京，距离蚌埠解放仅仅只有十四天时间。 十四天后的 1949 年 1 月 20 日，蚌埠城里迎来了人民解放军。

在刘汝明给蒋介石发报之初，保密局安插在刘汝明部的第二处处长陶纪元就发现了周镐、祝元福被抓的情况，立即发密电给南京国防部二厅。

保密局头目毛人凤也得到了报告。

国防部二厅厅长侯腾与毛人凤矛盾很深。 二厅不受保密局领导，在国防部独树一帜。 毛人凤害怕侯腾把周镐关押到二厅，会和他在蒋介石那里争宠，借周镐曾经的军统身份打击毛人凤，所以毛人凤算好时间，派业务处处长黄逸公带人到浦口守候。

而此时，二厅厅长侯腾也不敢延误，派二厅五处处长罗杏芳去浦口提解周镐。

周镐、祝元福、孙良诚、王清翰等人由刘汝明委派的二处处长陶纪元押解到南京。

到达浦口后，国防部二厅五处处长罗杏芳与保密局业务处处长黄逸公二人，因为谁带走周镐的事，自然发生了争执。

毛人凤得知情况后，立即报告蒋介石，并与国防部协调。 这样，周镐被交给了黄逸公带回保密局。

戴着手铐的周镐被押上保密局的车后，黄逸公对着周镐苦笑。周镐也对他笑笑。

黄逸公说："治平啊，开始我是真的不相信你是共产党，可现在你确确实实就是共产党。你这样折腾自己，你说你这是何苦？"

周镐笑道："这哪里是你能理解的？我们的目标、信仰不同，我走向的是一条光明大道，你走向的是一条黑暗道路……"

黄逸公摆手说："罢罢罢，你也不要对我进行共产党思想宣传了。我这只是执行任务，把你押回保密局而已。"

周镐仍然是被关押在宁海路 19 号保密局监狱。

监狱的那个老看守还在。

老看守看看周镐，感叹道："周治平啊，你这是第三次被关押在这里了。"

进了这里，周镐心中已是十分坦然，他开朗地对老看守笑道："没想到，我们又见面了。"

这次入狱，没有任何人来提审周镐，看来已经用不着提审了。

白天，周镐要求看守找来报纸给他阅读。看守不敢给他新报，只找一些残缺不全的旧报给他。周镐努力想从报纸上找出前线的消息。

夜深人静的时候，周镐开始思念亲人。

周镐想父母了。自己这些年漂泊在外，一直没有时间和机会回罗田老家看看二老，也没有尽过孝，真是苦了大哥和兄弟姐妹们了。年迈的父母，你们现在怎么样了？

周镐想妻儿了。自己离开宿迁时，并没有想到会再次身陷囹圄，所以并没有认真和吴雪亚、孩子道个别。雪亚，你现在怎么样了？三个孩子还好吧？

周镐想李华初了，想慧冰、慧励、慧琳了。华初，真是对不起你了，我常年奔波在外，不得不离开你；慧冰、慧励、慧琳，你们学习还好吗？生活得怎么样了？

二

南京街头的梧桐仍然那么遒劲。

扬子江水仍然那么波澜壮阔。

可是这些周镐都看不到，他被囚禁在与世隔绝的监狱之中，连巴掌大的一块蓝天也看不到了。

1949 年 1 月的南京，已经是风雨飘摇。 三大战役的枪炮声，早已把国民党统治集团震得人心惶惶。

周镐被押解到保密局监狱后，毛人凤写好处置周镐的报告，送到蒋介石手上。 蒋介石看了一眼报告的标题，内容看也不看，便面无表情地在报告上批了两个字：枪决。

毛人凤找来保密局六处处长李希成，让他看了蒋介石的批复。

毛人凤说："交给你监督执行吧。"

李希成问："在哪里执行？ 要不要拉出去？"

毛人凤说："不拉出去了。 他这样的人物在保密局和南京老百姓中影响很大，就在看守所执行吧。 要秘密，不要声张。"

李希成带着六处的几个特务进了看守所。 他们把周镐提解到监狱内的秘密刑场。

这几个负责执行的特务几乎都认识周镐，周镐对他们微笑，他们却不敢看周镐。

周镐开玩笑地问："李处长，怎么把我押到这里？ 这不像是要审讯我啊。"

李希成说："不审讯了。 周治平，我们就是执行任务，蒋总统亲自下了命令，没人能救得了你了。"

周镐说："能让我写下几句话，委托你带给我的家人吗？"

李希成说："还是算了吧。 我们是奉命对你进行秘密处决，你就是留下话我们也不能帮忙带出去。"

周镐说："好，那就来吧。"

周镐站直身体，面对着刽子手。

李希成下令："执行！"

刽子手举起枪对准周镐，要扣扳机时，手忽然发抖，慌乱中子弹射向周镐，没有击中要害，周镐的身子一偏，痛苦万状地倒在地。就在这样的情况下，周镐还是用力地喊出口号："共产党万岁！"

见周镐没有死去，李希成掏出自己的手枪上前，对着周镐的头部开了一枪。

1949 年 1 月底，英雄周镐，就这样倒在了昔日同事、保密局特务的反动枪口下。周镐牺牲时，年仅三十九岁。

周镐牺牲两个多月后，南京迎来了解放。

对于周镐牺牲的过程，在其后几十年的岁月中，曾有过很多猜测和传说，有的说是被活埋的，有的说是被勒死的。

直到后来，保密局少将经理处长、周镐的好友郭旭所写的材料中，才揭秘了周镐牺牲的经过。这是保密局六处处长李希成亲口告诉郭旭的，郭旭又把这事告诉了周镐的另一位好友、设计处少将设计委员任建冰。李希成对郭旭讲述处决过程时，是边哭边讲的。他是对自己的行为进行忏悔，还是出于其他原因痛哭，已不得而知。但有一点是肯定的，反动特务李希成和军统头目戴笠、毛人凤一样，都是杀人不眨眼的刽子手。

郭旭 1949 年在昆明被俘，在西南完成改造后，被安排到上海市政协从事文史工作。

有人说，国民党败退大陆时，特务李希成便随着保密局去了台湾。但据一位从台湾返回大陆的保密局特务介绍，他在国民党败退大陆后的一段时间内，在台湾并没有看到同事李希成，而去了台湾的那些保密局特务都说，李希成留在了上海，没有离开大陆。实际情况是：这个杀害了周镐，随后又杀害了谢庆云的特务，在南京解放前夕就已不知所终。这个出生于江苏宝应的国民党军统特务，也许隐姓埋名，在一个偏僻的地方度过了他罪恶的一生。

因为周镐是被秘密杀害，所以在后来的许多年里，组织上和亲人们都不知道周镐究竟是死是活，甚至还有人说周镐随着保密局撤到了台湾。这里有缘由——

据保密局的资料和留在大陆的保密局特务交代，国民党败退大陆之前，毛人凤在会上指示第六处处长李希成迅速清理在南京看守所的人犯，案情轻的和嫌疑政治犯，分别释放或送到南京卫戍总司令部羁押，再进行释放；重要的人犯解往台湾，由总务处派汽车队的卡车送往南方，由福州转往台湾，再由看守所的特务张笑负责率领。周镐是重犯，所以被一些人认为是押送去了台湾。而实际上，毛人凤这个做法就是个幌子，那些重要“犯人”哪里还往台湾押送，都是就地杀害了。

可惜的是，烈士周镐的遗骨，至今一直没有下落。

三

在这次策反事件中牺牲的英雄，除周镐外，还有王清翰、谢庆云、祝元福。

王清翰，号镜波，河北交县人，国民党中将副军长兼师长，中共地下党员。王清翰与地下党员谢庆云是亲戚关系。他被押到南京后，毛人凤亲自进行审讯。王清翰不屈不挠，他自知已无法逃脱，便叫来一同被押到南京的勤务兵刘彦锡，将雨衣、手表送给他做纪念，并写了两张条子请他转交出去，一张条子是写给自己十九岁的儿子王守谟的：“守谟我儿，速与你母回京。”另一张条子是写给孙良诚的，试做最后的努力。王清翰在狱中很放得开，没事就唱戏，唱京剧《四郎探母》，唱完了就对看守吼：“给我拿《三国》来，给我拿《水浒》来！我要看书！”1949 年 3 月 5 日，距南京解放仅一个多月时间，王清翰被保密局秘密杀害，为中国人民的解放事业英勇献身，终年五十一岁。1978 年 4 月，王清翰牺牲近三十年后，北京市委追认他为革命烈士。

谢庆云，又叫谢天祥，山东巨野人，国民党副军长、中将处长，中共地下党员。周镐、王清翰被刘汝明扣留后，谢庆云接到组织通知，但他并没有急于离开南京，而是从容地将自己的三个孩子偷偷送到别处躲藏起来。谢庆云没有及时撤离南京，是否还有别的任务需要完成，已经不得而知。谢庆云被捕后，先是关押在南京车站路190号交备总队内看守所五号牢房，后交保密局审讯。为营救谢庆云，他的副官奚德民、田连熙多方奔走，托特务科特务梁耕三进行疏通，梁耕三张口就要二百两黄金，由于数量太大，营救者无法兑付。在审讯期间，特务李希成等人又向谢庆云索要金条。谢庆云托人捎来八根金条给了李希成，满心希望能被释放。1949年3月，李希成以接到毛人凤命令为由，将谢庆云押出监狱送往上海，自此谢庆云失踪，随后不久特务李希成也杳无踪迹。谢庆云牺牲时四十九岁。1977年，谢庆云被追认为革命烈士。1983年6月20日，国家民政部为谢庆云颁发了革命烈士证明书。很长一段时间，对谢庆云的牺牲时间、地点、过程都是众说纷纭，特务梁耕三对外称："人已装入麻袋投入黄浦江。"军统特务郭旭在后来所写的材料中认为，谢庆云给李希成的黄金太多，黄金被李希成贪污，人则可能被李希成灭口了。

祝元福，又名祝康国，山东掖县（今莱州）人。1943年加入我党地下组织华中局第三工委，并考入国民党南京中央陆军学校，在南京秘密从事革命工作，为协助徐楚光争取谢庆云、周镐加入共产党和策反孙良诚做出了贡献。祝元福与周镐一同被捕后，关押在宁海路19号保密局监狱，1949年1月底，被敌人秘密杀害，年仅二十六岁。1973年11月，祝元福被追认为革命烈士。

孙良诚先是被羁押在军法局。后来，孙良诚在其西北军中的老同事、时任国防部次长的秦德纯的帮忙之下，在蒋介石面前尽力进行保释。最终，孙良诚被释放。孙良诚想随国民党撤退去台湾，未获批准，最后被丢弃在大陆。

永恒的寻找和怀念

一

1949年的春雷，激荡着人间。

1949 年的风雨，滋润着淮河两岸。

南迁的大雁飞回来了。

离家的雨燕飞回来了。

就连那无根的浮萍，也从远方的河面上漂回来了。

可是，周镐没有回来。

周镐离开吴雪亚和孩子，踏上南行蚌埠之路后，便不见了踪影。

吴雪亚在周镐 1 月 4 日日记的后面写上了自己的期待：“治平于 1 月 5 日去刘汝明部工作，至今未得消息，令人挂怀异常。我在此馨香顶祝治平平安归来，一切成功。”

吴雪亚带着三个孩子，在苏北解放区苦苦等候周镐，但是一直没有等到消息。

周镐的工作做得怎么样？他现在在哪里？吴雪亚四处打听。

直到渡江战役后刘汝明南撤，也没有周镐的消息。

南京解放了，上海解放了，大半个中国解放了。

吴雪亚心中期待着：“治平你在哪里？你总要给家里一个音讯啊！”

上海解放之后，等不到周镐消息的吴雪亚带着三个孩子，经苏北到南京，一路打听周镐的消息，然后回到上海。后来，吴雪亚被安排到上海市公安局教育处工作。

吴雪亚期待着能有周镐的消息。

在单位，吴雪亚对着窗外发呆：周镐，你是去了台湾，还是又领受了新的任务去了其他地方？

回到家，吴雪亚抚摸着周镐的日记，想着周镐的话，回忆着和周镐在一起生活的点点滴滴——

周镐对她说：“等全国解放了，我要回家看父母。”

周镐对她说：“等全国解放了，我要当一个老师，教孩子们认字、识道理。”

想着这些，吴雪亚在心里说：“治平啊，你这些愿望，一个都没有实现啊，你怎么就没有了消息？”

想着想着，吴雪亚就流下泪来。

孩子们过来问：“妈妈，你怎么哭了？”

吴雪亚说：“我想你们爸爸了，你们想爸爸吗？”

儿子说：“想，我想让爸爸教我认字。”

女儿说：“想，我想要爸爸买糖果给我吃。”

儿子说着，流泪了；女儿说着，哽咽了。

母子四人抱在一起，放声痛哭起来。

吴雪亚知道，周镐是和孙良诚一起出发，又一起被国民党扣押的，周镐没了消息，而孙良诚被释放了，那孙良诚一定知道周镐的下落。吴雪亚还了解到，周镐是被孙良诚出卖的。

要想得到周镐的消息，就要找到孙良诚，就要让孙良诚受到应有的惩罚。

吴雪亚认识孙良诚的老婆，也认识孙良诚的小老婆。吴雪亚知道孙良诚最喜欢他的第四个小老婆。

吴雪亚便开始寻找孙良诚的第四个小老婆。

孙良诚未能去成台湾，1949 年之后先是潜伏在无锡苟活着，又从无锡逃到上海，化名孙云，毫无声息地蛰居在第四个小老婆家。

吴雪亚利用节假日、休息日和工作之余进行寻找，终于在街头发现了孙良诚第四个小老婆的身影，便悄悄尾随跟踪，探清了孙良诚的住处，立即向上海市公安局举报。

孙良诚被抓获后，送到华东军区训练团（也称高俘团）进行“学习”。随后，孙良诚被关押在苏州，而后又被关押到山东战犯管理所。孙良诚在服刑期间的 1951 年底，忽然中风，口吐白沫倒在地上，被送往医院抢救，于 1952 年 3 月 6 日病死在山东禹城韩庄。

孙良诚只知道周镐被捕，与自己一同被押往南京，但他并不知道周镐的最后下落。

孙良诚也一直不承认是自己出卖了周镐，但他的副官尹燕俊后来交代了孙良诚出卖周镐的真相。尹燕俊在1949年后化名尹贵钧，悄悄隐藏下来，但在“文化大革命”中被发现了身份，被送到辽宁八家子铅锌矿服刑。面对调查人员，尹燕俊讲述了孙良诚借策反刘汝明之际摆脱中共方面，并出卖了周镐的经过。尹燕俊还写下了证明材料。

吴雪亚继续寻找周镐的下落，并通过陈丕显、曹荻秋、上海市公安局、南京市公安局协助寻找。吴雪亚仍然寄希望于周镐还活在世上。

吴雪亚不断地努力着，党和政府也没有忘记周镐，对周镐的下落展开了调查。

南京市公安局第二分局进行了查找，终于有了初步结果，并予复函：

受文者：二科

一、接你科十一月五日侦字1425号函，请秘密调查周镐下落一案已悉。

二、据二条巷蕉园三号刘夷反映（该人已登记）：周镐约四十岁，湖北人，黄埔六期学生，原是军统特务，后又转变为我工作，曾由华东局派任京沪杭徐特派员，并与刘夷是同事，确住蕉园4号（误，5号），于1949年1月5日（被捕）被蒋匪杀害等情，特此复函。

复函中提到的刘夷，是日本投降后周镐领导的京沪行动总队南京指挥部的成员，曾任汪伪独立警备旅旅长、中央军委会参赞武官、汪伪中将。他在抗战胜利后被国民政府逮捕，后释放。1949年新中国成立后，他被重新逮捕、判刑。周镐的牺牲，最早从他口中得到了证实。

后来，周镐被杀害的情况，又得到了改造中的军统特务郭旭、江任的确认。

获知周镐牺牲的确切消息，吴雪亚抱着周镐的遗物，久久不能平静。

吴雪亚说：“治平啊，你走啦，你丢下了我和三个孩子，你还丢下了父母，丢下了老家的三个孩子。你在那边想我们吗？你孝敬父母、回家当老师的心愿不能实现啦。”

吴雪亚说：“治平啊，你总是忘记自己，为了策反刘汝明，你冒着严寒和饥饿奔波，你从来不顾惜身体。”

吴雪亚说：“治平啊，你的性子为什么那么急呢？你急于求成，急着想为党为人民做成策反的事，可是你没有好好思量自己的安全啊。你如果多听从我、听从同志们的意见，或许我们还在一起幸福地生活着……”

吴雪亚说着说着，就忍不住抹泪，最后终于放声痛哭起来。

中共上海市委时刻关心着周镐的情况，后来担任华东局领导、上海市委领导的陈丕显，担任上海市委副书记、书记处书记、市长的曹荻秋等人，都为周镐亲手写下了书面材料，确认周镐对人民解放事业的贡献。华东局和上海市委，都重视周镐的牺牲问题。

1965 年 11 月 22 日，中共上海市委致函中共中央组织部：“对周治平的情况，曹荻秋同志（时任中共上海市委书记处书记、上海市市长）比较了解……1949 年 1 月遭蒋匪军保密局杀害。根据上述情况，经我们研究，追认周治平为革命烈士，其家属享受烈属待遇。”

不久，中共中央组织部回函上海市委——

上海市委办公厅：

十一月二十二日函悉，同意你们追认周治平为革命烈士，并对其家属予以照顾的意见。

此复。

中央组织部办公厅

一九六五年十二月十八日

吴雪亚领到的烈属证为：上海字第 0040 号。

周镐离开了吴雪亚，但他永远活在了吴雪亚和孩子们的心中。

吴雪亚秉承周镐的遗志，忠诚于党，勤奋工作，即便在“文革”中因为“军统家属”的身份遭受不公平待遇，被隔离和审查，她也始终不忘记身上的责任，时刻教育孩子爱党爱国，不忘先烈。

吴雪亚精心抚养烈士的后代，使他们的一个儿子、两个女儿茁壮成长。他们的长子吴亚平的成就非常突出，1968 年大学毕业后，被分到新疆工作，后来又考上了浙江医科大学研究生；吴亚平硕士毕业后，又远赴荷兰深造，在乌德勒支大学取得了博士学位。随后，他留在当地的医院从事学术研究，一直到退休。他经常回国进行学术交流，并被国内大学聘为专家、顾问。

二

李华初和她的三个孩子慧冰、慧励、慧琳，也一直在寻找周镐的下落。

李华初 1946 年在南京见到周镐之后，就再也没有见过他。李华初当初对周镐的地下工作并不知情，但她凭借自己的直觉理解周镐，避免给他的工作带来麻烦。她的心中，总是按捺不住对周镐的思念。

1948 年夏天，李华初曾独自一人来到南京，寻找周镐的下落。

李华初来到当初居住的蕉园 5 号，见这座洋楼里的保姆还在。而那保姆也认出了她。

保姆热情地接待了李华初。李华初问保姆：“我家治平哪里去了？”

保姆只是摇头，告诉她，他们已经走了好久了，不知道去了哪里。

李华初失望地回到武汉。

直到武汉解放之后，李华初也没有得到周镐的任何消息。那时候，因为是刚刚解放，武汉时常会拉响警报，弄得人心惶惶，李华初担心周镐的安危，几乎每天都生活在恐惧中。为了安全，李华初领着三个女儿回到老家罗田乡下的周家垸。

农村生活艰苦，李华初省吃俭用，节省下来半块金条、一盒银圆、一些金首饰、一些港币，还有象牙筷子、银筷子、手表、钢笔等珍贵的东西，她把它们装在一个小箱子里，随身携带，睡觉时也放在枕头边。李华初的规划是：周镐没了踪影，她要把这些东西留着，供三个孩子读书用。

一个夜晚，疲劳了一天的李华初带着孩子入睡。没有想到，就在这个夜晚，她保留的这些财物被盗贼盗得一干二净，就连母女四人的换洗衣服也没有被盗贼放过，全部拿走了。

李华初抱着三个女儿哭泣："这是要我们母女四个的命啊！我们还怎么活下去啊！"

李华初去农会的工作组，请他们向上报案。工作组的人都很同情，劝她："最好还是不要报案，这些东西即使找回来，农会中的贫苦农民也不会让你们拿回家去，还要追问来源。你们就当丢了这些东西，换回你们四条人命吧。"

工作组的话说得有道理，因为没了这些财物，后来划分成分时，李华初家就被划成了贫农，分到了田地和房子，否则真不敢想象。

好人总有好报。在划分成分期间，也有人想把李华初划为富农或地主，说当年周镐和李华初把自家的田地租给了那个乞丐，又收租又收税，是剥削阶级。这时，当年的乞丐出来说话了："他们是把田地送给我，从来不收我一分钱、不收我一粒粮食，他们是好人。没有他们我早就饿死了！"

就这样，李华初带着三个女儿，在乡下过起了贫困的生活。分来的几亩田地，母女四人没有多少力气干活，都是大伯周继先的儿子来帮忙耕种。李华初很感谢这位侄子，慧冰姐妹三人也很喜欢这位哥哥。

慧冰、慧励、慧琳姐妹三人都很争气，学习成绩优异。后来孩子们在英山、新洲又有了很好的工作岗位，还把李华初接过去一起生活。

只是她们在历次的运动中吃尽了苦头。

那个时候，由于交通不便、信息闭塞，李华初一直无法从外界获得周镐的任何消息，大家也都知道周镐是国民党军统特务，并不知道他是中共的潜伏人员。所以，李华初和三个孩子所遭受的冲击就可想而知了。

周慧励刚结婚，她的爱人就因为周镐的身份被开除了党籍。

1962年，因为李华初是国民党军官的太太，要下放农村，于是跟随女儿生活的她，与女儿一起下放回了罗田老家。

无论是在武汉，还是在罗田、新洲、英山，李华初总是打听着周镐的消息。她不敢公开打听，就暗中联系从前的熟人打听。遗憾的是，没有任何人知道周镐的消息。

有人说："还是别找了吧，周镐应该是到台湾去了，不然不可能没有消息。"

慧冰也问妈妈："我爸是不是去台湾了？"

李华初斩钉截铁地说："不可能，你爸不可能跟蒋介石去台湾，只有我最清楚，他痛恨蒋介石，痛恨国民党。我们一边找一边等吧，总有你爸的消息的。"

就这样找啊找，等啊等，一直也没消息。

1965年，李华初病了，越来越重。应该说，对周镐的思念和寻找，是导致她生病的重要原因。

李华初把女儿慧励叫到面前，对女儿说："你爸也许早已经不在人世了。你爸爸他是一个非常好的人，好人都应该有善终，可是他怎么就没有善终呢？"

李华初把偷偷保存下来的东西交给慧励，那是周镐曾经用过的东西：信件、照片、通讯录、衣服、领带、印泥、印泥盒、砚台、老虎钳、报纸、专用的"治平信笺"信纸和"治平缄"信封。

这些物品中，那个砚台是蒋介石亲自送给周镐的，上面有蒋中正三个字，慧励因为害怕，用螺丝刀和锤子把那三个字凿掉了；报纸是《复兴日报》，上面刊登了周镐起草的《京沪行动总队南京指挥部布告》；留下的十三封信是周镐对李华初和孩子们情感的倾诉。

李华初遗憾地说：“你爸爸的黄埔同学通讯录和军统证件被我埋在地下，已经找不到啦——那是你爸爸的‘罪证’，不埋不行啊。”

为保存这些物品，慧励把它们用牛皮纸一件一件包好，又在牛皮纸外面包一层玻璃纸，黎明时爬上山顶，把这些东西藏在山上的柴火堆里，晚上天黑后又把它们取回来藏回家里，就这样不辞辛苦地长年保存着，避免白天在家里被搜查到，晚上在外面被动物咬。

李华初病重昏迷之中，仍不忘记呼唤周镐。

李华初喃喃地呼唤：“治平，你在哪里？”

李华初又口齿不清地呼唤：“治平，你回来吧，回来吧。”

李华初呼唤的时候，眼角流下两行泪来。

女儿们陪着她流泪。

李华初终于没能等到周镐的任何消息，遗憾地离开了人世，她去世在罗田老家，享年五十八岁。

慧励为刚去世的妈妈换衣服时，发现她别在内衣口袋里的“军统证章（出入证）”。当年，凭着这个证章，她可以进出周镐做事的地方找到周镐，如今她把证章别在内衣口袋里，是想凭着它再能够轻易地找到周镐吧？

一年之后，慧冰、慧励、慧琳三姐妹得到政府通知：周镐被追认为革命烈士。

可惜，李华初永远听不到这个消息了。

姐妹三人来到母亲坟前，流着泪给母亲烧纸。

慧冰点着纸说：“妈妈，我爸找到了。”

慧励跪着说：“妈妈，我爸没有去台湾。”

慧琳磕着头说：“妈妈，我爸牺牲了，他不是特务，是革命烈士。”

姐妹三人泣不成声，相拥着哭倒在坟前。

1983 年，姐妹三人接到了“革命烈士证书”，上面写道：“周镐同志在解放战争中壮烈牺牲，经批准为革命烈士，特发此证，以兹褒扬。

中华人民共和国民政部一九八三年九月一日。”

三

周镐没有死——他在吴雪亚的梦里向她微笑。

周镐没有死——他在慧励这些兄弟姐妹们的脑海里跟他们说话。

周镐没有死——他在告诉着儿女们许多过去的事，他在教给后代们做人的道理。

周镐的事迹鼓舞着儿女们成长。

周镐的大女儿周慧冰是湖北省罗田县的人民教师，二女儿周慧励在英山县粮食局工作，三女儿周慧琳考取了湖北省歌舞剧院当上了演员。她们在党和政府的关怀下，勤奋工作，硕果累累，直到退休。

出生在南京、随父母奔波于苏北、后来在上海长大的周镐长子吴亚平和他的两个妹妹，也在不同的工作岗位上各有成就。

为了铭记父亲的英名，周慧冰、吴亚平都仔细地搜集和保存周镐的资料。慧冰曾特意赶赴上海，找到亚平，了解父亲那些不为人知的往事，姐弟相见，分外激动。

在周镐的老家罗田，人民永远记住了这位英雄。

2007年清明节，周镐的女儿周慧冰、周慧励、周慧琳各自携自己的家人，相约来到罗田老家，为周镐建起了衣冠冢。这个衣冠冢被当地人称为“周镐墓”。

周镐墓原位于凤山镇塔山村周家垸对面，后来因为修建武英高速公路，便迁葬于村原林场的一面山坡上。

这山坡上的坟墓大体上坐北面南，整个墓地面积很小，竖起的墓碑也极为普通。总体上，周镐墓并不起眼，甚至路过的陌生人都不会看上一眼。这正如周镐作为一名高级特工、我党隐蔽战线的士兵一样，默默无闻，不为外界所知。而现在，随着英雄事迹的揭秘，周镐被越来越多的人所景仰。

这个周镐生活过的地方，七里冲的河水仍旧那么清纯，老塔山的风仍旧那么轻柔。

每到清明节，罗田人民都会来到周镐墓前，悼念这位革命先烈。青少年们在这里举起拳头宣誓，要继承烈士的遗志，建设好我们的国家。

全国人民不会忘记这些为人民解放抛头颅、洒热血的革命先烈。

在南京，周镐的名字被刻在高高的石碑上。周镐烈士的遗像，被高高地悬挂在南京雨花台烈士陵园的陈列大厅里。在他遗像的旁边，是与他一起在策反事件中牺牲的王清翰、祝元福、谢庆云的遗像。周镐留下的珍贵遗物，被摆放在玻璃橱中，供人们瞻仰和追思。

雨花台的革命烈士群像前，几乎每天都有共产党员和青少年前来，他们举起拳头，对着党旗、对着革命烈士进行宣誓。

英雄的周镐，永远、永远地活着，活在罗田，活在雨花台，活在这厚重的中华大地上。

雨花忠魂·雨花英烈系列纪实文学

《流火：邓中夏烈士传》　龚　正 著
《落英祭：恽代英烈士传》　徐良文 于扬子 著
《去留肝胆：朱克靖烈士传》　王成章 著
《夜行者：毛福轩烈士传》　周荣池 著
《残酷的美丽：冷少农烈士传》　薛友津 著
《爱莲说：何宝珍烈士传》　张文宝 著
《飙风铁骨：顾衡烈士传》　邹　雷 著
《碧血雨花飞：郭纲琳烈士传》　张晓惠 著
《“民抗”司令：任天石烈士传》　刘仁前 著
《青春永铸：晓庄十烈士传》　蒋　琏 著

《文心涅槃：谢文锦烈士传》　周新天 著
《丹心如虹：谭寿林烈士传》　刘仁前 著
《云间有颗启明星：侯绍裘烈士传》　唐金波 著
《风向与信仰：金佛庄烈士传》　李新勇 著
《栽种一棵碧桃：施滉烈士传》　蒋亚林 著
《雄关漫道：陈原道烈士传》　杨洪军 著
《忠贞：吕惠生烈士传》　辛　易 著
《红骨：黄励烈士传》　雪　静 著
《热血荐轩辕：李耘生烈士传》　张晓惠 著
《世纪守望：徐楚光烈士传》　李洁冰 著

《以身殉志：邓演达烈士传》　王成章 著
《逐潮竞川：孙津川烈士传》　肖振才 著

《生命的荣光：朱务平烈士传》　　吴万群 著
《信仰无价：许包野烈士传》　　裔兆宏 著
《金子：杨峻德烈士传》　　蒋亚林 著
《血花红染胜男儿：张应春烈士传》　　李建军 著
《青春祭：邓振询烈士传》　　吴光辉 著
《任凭风吹雨打：罗登贤烈士传》　　龚 正 著
《红灯永远照亮中国：吴振鹏烈士传》　　曹峰峻 著
《青春的瑰丽：陈理真烈士传》　　薛友津 著
《长淮火种：赵连轩烈士传》　　王清平 著
《青春绝唱：贺瑞麟烈士传》　　刘剑波 著
《逐梦者：刘亚生烈士传》　　李洁冰 著
《抱璞泣血：石璞烈士传》　　杨洪军 著
《新生：成贻宾烈士传》　　周荣池 著

《血色梅花：陈君起烈士传》　　杜怀超 著
《文锋剑气耀苍穹：洪灵菲烈士传》　　张晓惠 著
《红云漫天：蒋云烈士传》　　徐向林 著
《在崖上：王崇典烈士传》　　蒋亚林 著
《生死赴硝烟：夏雨初烈士传》　　吴万群 著
《八月桂花遍地开：黄瑞生烈士传》　　辛 易 著
《英雄史诗：袁国平烈士传》　　浦玉生 著
《青春风骨：高文华烈士传》　　吴光辉 著
《魂系漕河四月奇：汪裕先烈士传》　　赵永生 著
《犹有花枝俏：白丁香烈士传》　　孙骏毅 著

《向光明飞翔：朱杏南烈士传》　　梁 弓 著
《长虹祭：陈处泰烈士传》　　李洁冰 著
《浩气长存：周镐烈士传》　　胡继云 著
《山丹丹花开：胡廷俊烈士传》　　杜怀超 著
《铁血飞雁：赵景升烈士传》　　陈绍龙 著